알바르 강
디안
변화의 산맥
마입린 강
마일라르 강
라덴 신탁
카슈타르 사막
(안 족의 땅)
룸바크
라덴 해
코슈
닌
트라스크반
간트
아위노르 탑
간타드 언덕
(간티 족의 땅)
샤렐
간타드 신탁
아위노르
(용의 땅)
다글레두
해양 왕국
(바루 족의 땅)
이수
아글리
글레수
리브 아르네트 섬
텔리
블레누
마법 탑
신탁
인간 왕국들
늪지

이둔의 기억

MEMORIAS DE IDHÚN

제1부 저항군

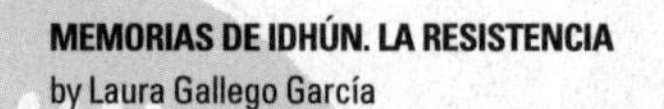

MEMORIAS DE IDHÚN. LA RESISTENCIA
by Laura Gallego García

이 도서의 국립중앙도서관 출판시도서목록(CIP)은
e-CIP 홈페이지(http://www.nl.go.kr/cip.php)에서 이용하실 수 있습니다.
(CIP제어번호: CIP2007002224)

제1부 저항군

제1권 수색

라우라 가예고 가르시아 장편소설 | 고인경 옮김

문학동네

이둔 연대기

제1시대 § 마법의 시대

고대 신들이 여섯 종족(인간족, 요정족, 거인족, 바루 족, 천상족, 얀족)을 창조한다. 여섯 종족이 신에게 기도를 올리자 유니콘이 도래하여 마법의 시대가 열린다. 마법을 배운 인간들은 마법사가 되었으며 마법의 네 탑이 건설된다. 어둠의 화신 셉티모의 자녀들이 세상에 도래하여 셰크가 나타났고, 여섯 종족의 신들은 이에 대항하여 용을 세상에 보낸다. 이둔인들은 셉티모에 대항해 전투를 벌이지만, 만오천 년 동안 계속된 이 시대는 어둠의 편으로 돌아선 강력한 네크로맨서 탈만논이 '뱀의 눈' 시스카셰그를 손에 넣어 마법사들을 조종하게 되면서 막을 내린다.

제2시대 § 어둠의 시대, 일명 탈만논 제국 시대

이둔을 손아귀에 넣은 황제 탈만논이 자신의 제국을 넓혀가고, 마법 종단의 모든 마법사들이 그에 복종하며 셉티모를 섬기는 약 천 년간의 시기. 시스카셰그의 마법을 견뎌낼 수 있었던 유일한 준마법사 아이셸(아와의 아가씨)이 유니콘과 함께 마법 지팡이인 '아이셸의 지팡이'를 만들고 사제 세력을 집결하여 탈만논에 맞섰으며, 용들도 셰크를 무찔러 이둔에서 추방하며 차원의 문을 닫는다.

제3시대 § 명상의 시대

여섯 신을 섬기는 사제들의 시대. 시스카셰그는 어디론가 사라지고, 셉티모를 섬겼던 마법사들은 추방당하여 지구와 다른 세상으로 탈출한다. 지구의 마법과 림바드를 창조하고 『제3시대의 서』를 쓴 것도 그들이다. 교단에 대한 신뢰가 추락하고 마법사들이 귀환한다.

제4시대 § 대마법사들의 시대

돌아온 마법사들의 전성시대로 네 마법의 탑의 대마법사들이 중심이 되는 시대이다. 그런데 네크로맨서 아슈란이 흑마술로 여섯 천체를 결합시키고, 셰크와 동맹을 맺어 그들을 다시 이둔으로 불러들인다. 이날 이둔의 모든 용과 유니콘이 떼죽음을 당하고, 마지막으로 살아남은 어린 용 얀드라크와 유니콘 루나리스가 바니사르 왕국의 왕자 알산과 마법사 샤일에게 구출되어 차원의 문을 넘어 지구로 보내진다.

이야기가 펼쳐지는 시점은 '대마법사들의 시대'의 말기로, 네크로맨서 아슈란은 이둔을 다스리며 지구와 그밖의 세계로 탈출한 '변절자'들을 찾아 처단한다. 탈출한 세력들은 곳곳에서 규합하여 저항 세력을 조직하고, 샤일과 알산은 빅토리아와 잭을 암살자들로부터 구해내어 제3시대에 만들어진 중간계 림바드로 데려와 보호한다.

등장인물 소개

잭 열세 살 소년. 금발 머리에 마른 체구, 자제력이 모자라는 좌충우돌의 성격을 지녔다. 감정에 심한 기복이 생기면 불을 일으키는 염화능력을 타고났다. 암살자 키르타슈와 마법사 엘리온의 공격으로 부모님을 잃고, 샤일과 알산이 이끄는 '저항군'의 일원이 된다. 알산에게 검술을 배운 뒤, 불의 검 도미바트의 주인이 된다.

빅토리아 열두 살 소녀. 밤색 머리칼에 차분하고 다정한 성격. 고아였으며, 자신에게 치유능력이 있음을 깨달은 뒤부터 마법의 흔적을 뒤쫓아 이둔인을 제거하는 키르타슈에게 쫓기는 몸이 된다. 부유한 노부인 알레그라 다스콜리에게 입양되어 스페인 마드리드의 대저택에 살며 저항군의 본거지인 림바드와 지구를 오가는 이중생활을 한다. '아와의 아가씨 아이셀'이 만든 전설의 '아이셀의 지팡이'를 다룰 수 있는 유일한 인물.

키르타슈 열다섯 살. 갈색 머리에 얼음 같은 차가운 파란 눈동자와 호리호리한 체구의 소유자. 전광석화 같은 검술 실력을 지닌 암살자. 네크로맨서 아슈란의 명을 받아 이둔에서 도망친 '변절자'들을 뒤쫓아 암살하고, 최후의 유니콘 루나리스와 최후의 용 얀드라크를 처단함으로써 예언이 실현되지 못하도록 하는 임무를 맡았다. 얼음의 검 하이아스를 주무기로 사용한다.

샤일 이둔의 젊은 마법사. 지구로 탈출시킨 최후의 유니콘 루나리스를 다시 이둔으로 데리고 오는 임무를 맡지만 루나리스를 찾지도 못하고 차원의 문이 닫혀버려 이둔으로 돌아가지도 못한다. 빅토리아의 특별함을 발견하고 그녀를 친동생처럼 돌보며 마법을 가르쳐주는 자상한 오빠 같은 인물.

알산 이둔의 바니사르의 국왕 브룬의 아들이자 명예와 용기, 정직을 받드는 누르곤 기사단의 고위직 기사이며 저항군의 리더. 강하고 용감하며 자신감이 넘치는 전사. 최후의 용 얀드라크를 데리고 이둔으로 돌아가는 임무를 맡았다. 누르곤 기사단이 주조한 무적의 검 숨라리스의 주인.

이슈란 최강의 흑마술을 구사하는 네크로맨서. 이둔의 여섯 천체를 결합시켜 셰크를 소환하고 용들과 유니콘을 전멸시키면서 제4시대인 '대마법사들의 시대'를 열었다. 키르타슈의 후견인.

용어 해설

이둔의 종족들 §

용 불의 신 알둔이 창조했다는 전설에 따라 불(火)을 주요한 성질로 지닌다. 황금빛 눈에 날개와 치명적인 상처를 입힐 수 있는 발톱이 있으며, 불을 내뿜는다. 여섯 천체의 결합으로 멸종하기 전, 이둔 최남단의 아위노르에 살았다. 수백 년을 살 수 있으며, 셰크를 제압할 수 있는 유일한 존재.

유니콘 빛(光)을 주요한 성질로 가진다. 하얀 털과 갈기를 지닌 말 모양의 몸뚱이에 이마에 나선형의 뿔을 지녔다. 모습을 드러내길 두려워하는 본성을 지녔다. 이둔의 공기중에 흐르고 있는 마법을 전달해주는 매개체이자 순수의 상징이며 살아 있는 생물에게 마법을 부여해줄 수 있는 유일한 존재. 여섯 천체가 결합하는 날 한 마리만 남고 모두 멸종했다. 마법을 극대화할 수 있어 아슈란에게 꼭 필요한 존재이기도 하지만, 네크로맨서를 파멸시킬 거라는 예언 때문에 제거해야 할 존재이기도 하다. 멸종하기 전, 이둔 서부의 알리스 리스반에 살았다.

셰크 물(水)과 얼음(氷)을 주요한 성질로 가진다. 어둠의 왕과 그 세계의 중심인 뱀 샤크시스의 결합으로 태어났다는 전설이 있다.

거대한 뱀의 몸뚱이에 날개가 달렸으며, 눈은 무지갯빛이며 치명적인 독을 지녔다. 다른 셰크들과 텔레파시로 소통한다. 새로운 것에 대한 호기심이 많고 아름다움에 민감하며, 고도의 지능을 지녔다. 용과 유니콘에 대치하며, 그 때문에 오랜 세월 동안 이둔에 들어오지 못하고 세상의 경계에 머물러야 했다. 용에 맞서 이길 수 있는 유일한 존재.

거인족 키가 삼 미터가 넘는 바위처럼 건장하고 용맹한 종족으로, 북쪽의 얼어붙은 산맥 나나이 왕국에 산다. 고독을 사랑해 다른 종족들과 어울리지 않는다. 보통 백 년 넘게 살며 수명이 길다. 돌의 신 카레반의 보호를 받는다.

바루 족 깊은 바다에 사는 양서(兩棲) 생물. 피부는 푸른색에 비늘조직으로 되어 있으며 머리카락이 없다. 납작한 코에 귀 대신 아가미가 있으며, 물갈퀴가 있다. 수중생물이기는 해도 가끔씩 물 밖으로 나와야 하기 때문에 해안가에서 멀리 떨어져 살지 못한다. 이둔 남동쪽의 해양 왕국에 산다. 물의 여신 넬리암의 보호를 받는다.

얀 족 고대 이둔어로 '최후의 존재들'이라는 뜻. 외양은 인간족과 흡사하다. 전설에 따르면, 이둔이 젊은 별이었을 때 불의 신인 알둔이 세상으로 내려오면서 자신의 의지와 상관없이 남쪽 영토를 태워버렸는데, 그 벌로 다른 신들이 알둔의 피조물들을 이둔 중부의 카슈타르 사막에 살게 했는데 그 자손들이 얀이다. 이둔에 사는 종족들 중 신에게나 인간에게나 가장 믿음을 주지 못하는 존재. 불의 신 알둔의 보호를 받는다.

요정족 요정, 님프, 두엔데, 그노모, 트라스고 등으로 이루어진 종족으로, 이둔 동부의 데르바르 왕국의 숲속에 산다. 초록빛 머리칼에 본능적으로 불을 두려워하는 성질을 지녔다. 대지의 여신 위나의 보호를 받는다.

인간족 지구인과 똑같이 생긴 종족으로, 주로 나델트라는, 고원과 언덕이 있는 곳에 여러 왕국을 이루어 산다. 빛의 여신 이리알의 보호를 받는다.

천상족 인간과 닮은 종족이지만 키가 더 크고 독특한 외양을 지녔다. 길쭉한 두개골에는 머리카락이 없고, 커다란 검은 눈과 하늘색의 고운 피부를 지녔으며 반투명한 옷을 입는다. 절대로 싸움에 개입하지 않는 평화로운 생물로, 이들의 언어에는 암살, 폭력, 전쟁 혹은 배신과 같은 개념들이 존재하지 않는다. 공기의 신 요하비르의 보호를 받는다. 이둔 가운데의 셀레스트라고 하는 넓은 평원과 완만한 계곡에 산다.

이밖에도 이둔에는 지구에는 존재하지 않는 식물과 동물들이 많다. 예를 들어 천상족들이 타고 다니는 황금 새 하이와 카슈타르 사막의 상인들이 타고 다니는 거대한 도마뱀인 투가 등이 그것이다.

이둔의 여섯 신 §

전설에 따르면 이둔에는 여섯 신이 있으며, 이들은 이둔의 세 달 중 가장 큰 에레아 달에 산다.

불의 신이자 야 족의 수호신인 알둔, 돌의 신이자 거인족의 수호신인 카레반, 공기의 신이자 천상족의 수호신인 요하비르, 빛의 여신이자 인간족의 수호신인 이리알, 물의 여신이자 바루 족의 수호신인 넬리암, 대지의 여신이자 요정족의 수호신인 위나가 있다.

전설의 무기 §

도미바트 잭이 사용하는 전설의 무기. 불(火)의 성질을 지니고 있다. 다른 전설의 무기와 마찬가지로 무기 스스로의 의지가 있어서 아무나 다룰 수가 없다. 전설에 따르면 불의 신이자 용들의 아버지 알둔이 사용한 검으로 용의 불로 칼날을 벼렸다. 금으로 세공한 손잡이에 루비로 장식한 용의 모습이 새겨져 있다. 숨라리스와 함께 하이아스에 대항할 수 있는 무기.

숨라리스 바니사르의 왕자 알산이 사용하는 전설의 무기. '무적의 검'으로 불린다.

하이아스 키르타슈가 사용하는 전설의 검. 얼음(氷)의 성질을 가졌다. 칼날에 스치기만 해도 차츰 몸이 얼어붙는 치명상을 입힌다. 이둔의 북쪽 거인 왕국인 나나이에서 제조되었다.

네크로맨서 흑마술사. 악 또는 어둠의 상징으로, 마법의 근원적 힘은 '죽음'이다. 신의 성스러운 힘을 이용하는 사제들과 상극이며, 주로 무생물이나 죽은 자를 되살리는 소환술과 주술, 환상, 저주에 능하다. 이둔에서 천체결합으로 권력을 잡는 탈만논, 아슈란이 네크로맨서다.

누르곤 기사단 이둔 전체에서 가장 막강하고 영향력 있는 기사단으로, 가장 고귀한 전사만 입단할 수 있다. 알산 역시 이 기사단의 멤버이다. 명예, 용기, 정직이라는 기치를 세우고 있다. 이둔의 두 교단의 든든한 지원자로서, 사제들과 긴밀한 관계에 있다.

드락웬 탑 유니콘들의 성지 알리스 리스반 숲의 한가운데에 위치한 마법 종단의 메카. 사제 세력과 마법사 세력의 깨지기 쉬운 균형을 자주 위협해 결국 마법사들이 평화를 위해 포기했다. 여섯 천체의 결합으로 아슈란이 패권을 잡은 후, 그의 주요 거처로 사용된다.

루나리스 '마법을 연결해주는 생물'이라는 뜻을 지닌 이름의 유니콘. 이둔에 남은 최후의 유니콘이다. 수풀 속에서 떨고 있는 것을 샤일이 발견해 카슬룬 탑으로 데리고 가 목숨을 건졌다. 아슈란과 셰크들을 피해 지구로 도망쳐오다 실종된다.

림바드 이둔과 지구 사이의 중간계. 고대 이둔어로 '경계의 집'이라는 뜻. 시간이 멈춰 있어서 언제나 밤이며, 이둔의 마법과 지구의

기술문명이 공존한다. 겨우 몇 평방킬로미터의 작은 세상으로, 숲 하나, 개울 하나, 서로 이어진 작은 산봉우리 몇 개, 공터, 별이 떠 있는 하늘 한 조각과 집 한 채로 이루어져 있다. 제3시대 '명상의 시대' 때 사제들의 핍박을 받고 지구로 탈출한 마법사들에 의해 우연히 발견된 공간으로, 아슈란의 공포 정치가 시작된 후 저항군이 머무르는 곳이 되었다. 마법의 힘을 이용해 '알마'라는 파수꾼과 소통하지 않고는 출입이 불가능하다.

마법사(마법의 탑) 이둔의 인간 왕국의 주된 두 세력 중 하나. 시스카셰그(뱀의 눈)에 홀려 네크로맨서 탈만논과 결탁했던 부끄러운 과거를 지니고 있다. 사제들과 대립 관계에 있다.

사제(신탁) 이둔의 인간 왕국의 주된 두 세력 중 하나. 신탁의 예언을 해석하고 왕권의 비호 아래 세력을 유지한다. 오랜 세월에 걸쳐 마법사들을 핍박했다.

셉티모 '일곱번째'라는 뜻을 가진 어둠의 화신. 제3시대 때 마법사들과 결탁해 이둔을 지배하려 했다가 사제들의 저항으로 그 꿈이 좌절되었다.

시슈 뱀 인간. 아슈란의 호위대 및 지상군이며, 셰크들을 섬긴다.

시스카셰그 일명 '뱀의 눈'. 마법 도구로, 선한 의지를 꺾고 의식을 조종할 수 있는 힘을 지녔다. 제2시대 '어둠의 시대'에 이둔을 손에 넣으려는 네크로맨서 탈만논이 마법사들을 조종하는 데 사용되다 탈만논이 몰락한 후 사라진다. 후에 키르타슈의 부적이 되어 그가 빅토리아에게 주는 정표이자 둘 사이의 메신저가 된다.

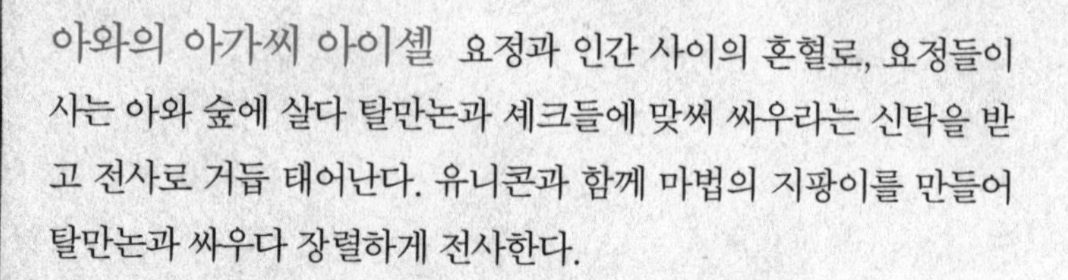

아와의 아가씨 아이셀 요정과 인간 사이의 혼혈로, 요정들이 사는 아와 숲에 살다 탈만논과 세크들에 맞써 싸우라는 신탁을 받고 전사로 거듭 태어난다. 유니콘과 함께 마법의 지팡이를 만들어 탈만논과 싸우다 장렬하게 전사한다.

아워노르 이둔 최남단에 있는 용의 땅.

아이셀의 지팡이 아이셀과 유니콘이 은, 다이아몬드, 수정으로 만든 경이로운 지팡이. 세 달의 달빛, 요정의 눈물, 유니콘의 능력이 들어 있다. 이둔의 공기중에 떠도는 마법의 기운을 모으는, 유니콘 뿔과 유사한 능력을 발휘한다. 오직 준마법사만이 다룰 수 있다. 제3시대로 들어오면서 그 행방이 묘연했다가 아프리카의 사막에 사는 얀 족이 수대에 걸쳐 보관해온 것이 밝혀진다.

알마 림바드의 영혼이자 심장. 지능을 지닌 존재로서, 파수꾼의 역할을 한다. 림바드에 사는 사람들을 인식하고 길을 열어준다.

알리스 리스반 이둔 남동쪽에 있는 유니콘의 땅. 아슈란과 세크의 공습으로 초토화된다.

얀 드라크 이둔어로 '최후의 용'이라는 뜻. 일만 분의 일 확률로 존재한다는 황금빛 비늘의 용으로, 여섯 천체의 결합으로 용들이 모두 죽은 뒤에 살아남은 유일한 용이기도 하다. 전설에 따르면, 황금 용은 위대한 업(業)을 이룬다고 한다.

유니콘의 눈물 장인(匠人)들의 도시 라헬드 북부에서 만든, 순수하고 특별한 크리스털로 만든 부적. 마법과 상상력, 직관을 향상시켜준다.

의사소통 부적 세 달과 세 태양이 결합하고 있는 육각형 모양으의 부적. 이둔어를 모르는 지구인도 이 부적을 목에 걸면 이둔인과 아무런 어려움 없이 의사소통할 수 있다.

제3시대의 서書 고대 이둔어로 씌어진 비서(秘書). 수세기 전에 지구로 추방되어온 이둔의 마법사들이 썼다. 지구에서의 경험을 기록한 일종의 일기. 이둔의 보물들을 가지고 온 마법사들이 그 물건을 숨긴 장소 등이 적혀 있다. 피터 패럴이라는 고고학자에 의해 스코틀랜드에서 발굴되어 대영도서관에 보관되어 있다가 키르타슈에 의해 도둑맞는다.

카슬룬 탑 이둔에 있었던 네 마법의 탑 중 유일하게 남아 있는 마지막 마법의 보루. 이곳에 아슈란에 저항하는 마법사와 사제 등 이둔의 저항세력들이 남아 있다.

하이브리드 변종생물. 두 생물의 영혼이 한 생물의 몸에 결합한 존재로 원래의 두 생물로 각각 변신이 가능하다. 두 생물 사이의 결합으로 태어난 혼혈과는 달리 인위적으로 조작된 경우이다.

처음으로 나와 함께 용감하게 문을 넘고,

세 개의 달이 뿌리는 빛 아래서 이 이야기를 들어준

안드레스에게

무엇을 하는가는 중요치 않네.

이 땅 위의 모든 이들은 늘 세상의 역사에서

저마다 중요한 역할을 하고 있으니.

다만 대개는 그 사실을 모르고 있을 뿐이지.

파울로 코엘료, 『연금술사』

MEMORIAS DE IDHÚN

제1권 수색

제2권 드러나는 진실

제1권

수색

잭

5월이 끝나갈 무렵의 저녁이었다. 열세 살 소년 잭은 자전거를 타고 키 큰 침엽수들이 늘어선 주(州) 도로를 따라 집으로 돌아가고 있었다.

덴마크의 작은 도시 실케보르 교외에 있는 농장에서 산 지도 벌써 이 년이 넘었다. 날씨가 좋은 날이면, 수업이 끝난 후 자전거를 타고 이 길로 돌아왔다. 숲길을 달리면 기분이 편안해지고 모든 걱정을 떨쳐버릴 수 있었다.

그런데 무슨 이유에서인지 오늘은 그렇지 못했다.

잭은 하루 종일 집과 부모님에 대한 이상한 예감에 시달렸다. 뭐라 말로 표현할 수 없는 느낌이었다. 점심시간에 집에 전화를 걸어 별일이 없는지 물을 정도였다. 전화를 받은 엄마는 아무 일도 없다고 했다. 그런데 수업을 마치고 학교를 나서는 순간 그 불길한 예감은 더욱 강해졌다. 이유를 설명할 순 없었지만 잭은 가

족이 위험에 처했다는 걸 직감할 수 있었다. 말도 안 되는 소리라는 것도 알고 이성적으로 설명할 수도 없었다. 그러나 그 느낌을 떨쳐버릴 수가 없었다. 최대한 빨리 집으로 돌아가 별일 없는지 확인해야 했다.

마침내 집에 도착했을 즈음, 잭의 심장은 터져버릴 것만 같았다. 잭은 자전거를 헛간 옆에 팽개쳐두고 현관 쪽으로 달려갔다.

그러다 그는 돌연 발걸음을 멈추었다. 심장은 더 거세게 뛰고 있었다.

조커! 집에 돌아오면 자신을 제일 먼저 반기곤 하던 개 조커가 보이지 않았다. 농장 뒤쪽에서 짖는 소리도 들리지 않았다.

'숲에 갔을 거야.'

잭은 마음을 가라앉히려고 애썼다. 하지만 생각대로 되지 않았다. 잭은 다시 현관문으로 달려갔다. 문이 반쯤 열려 있었다.

현관에 발을 딛는 순간 잭은 그 자리에 멈춰 서버렸다.

겉으로 봐서는 모든 게 평소와 다름없었다. 거실 불은 켜져 있고, 텔레비전 소리가 희미하게 들려왔다.

그런데 뭔지 모를 이상한 분위기가 감돌고 있었다.

잭은 몸을 떨면서 거실로 들어섰다. 소파에 앉아 텔레비전을 보고 있는 아빠의 뒷모습이 보였다. 아빠는 소파 등받이에 머리를 기댄 채 쉬고 있었다.

"아빠……"

대답이 없었다. 텔레비전에서는 인기 가수를 흉내내는 바보 같은 쇼를 하고 있었다.

잠든 걸 거야.

잭은 소파를 돌아 잠깐 머뭇거리다 아빠의 얼굴을 보았다.

아빠는 초점 없는 두 눈을 부릅뜨고 있었다. 움직임이 없었으며, 얼굴은 창백했다. 피를 흘리거나 폭행을 당한 흔적은 전혀 없었다.

하지만 잭은 알 수 있었다. 아빠가 죽었다는 걸.

무거운 망치가 그의 의식을 세차게 내려친 것 같았다. 한순간 시간이 멈추고, 심장도 함께 멎은 듯했다. 그러나 곧바로 잭을 둘러싼 세상이 휘청, 하더니 엄청난 속도로 다시 돌기 시작했다. 잭은 아빠를 마구 흔들어대며 깨우려고 애썼다. 부질없는 짓이라는 걸 알고 있었지만 믿고 싶지 않았다.

"아빠! 아빠, 제발 정신 차려……"

잔뜩 겁에 질려 흐느끼는 목소리가 갈라졌다. 불현듯 아직 늦지 않았을지도 모른다는 생각이 들었다. 앰뷸런스를 불러야 해. 또 어쩌면…… 잭은 바로 전화기로 달려가 수화기를 들었다.

통화음이 들리지 않았다. 잭은 분노와 절망으로 거칠게 수화기를 내려놓았다. 그리고 소매 끝으로 눈물을 훔치고는 계단으로 뛰어올라가며 소리쳤다.

"엄마! 엄마! 어서 내려와, 휴대전화도 가져오고!"

계단에 부딪혀 넘어지는 바람에 무릎을 다쳤지만 이대로 주저앉을 수는 없었다. 잭은 다시 일어나 계단을 뛰어올랐다.

"엄마……!"

갑자기 잭은 입을 다물었다. 복도 안쪽에 누가 있었다. 분명 엄

마는 아니었다. 잭은 걸음을 멈추었다. 한순간, 두 사람의 시선이 부딪쳤다.

갈색 눈에 섬세한 얼굴의 남자였다. 비웃음이 어렴풋이 서려 있는 차가운 표정이었다. 바닥까지 닿는 튜닉 같은 옷을 입고 있고, 머리는 짙은 갈색 곱슬머리였다.

"누구……? 누구세요?"

두 눈 가득 눈물이 고인 채, 잭은 어리둥절하여 속삭였다.

그때 무언가가 잭의 주의를 끌었다. 튜닉을 입은 남자의 발치에 놓인 움직이지 않는 물체. 그게 무엇인지 알게 된 순간 다리가 후들거렸다. 잭은 넘어지지 않으려고 벽에 버티고 섰다.

엄마였다. 두 눈을 부릅뜬 창백한 얼굴은 잭을 향하고 있었다.

온몸의 피가 얼어붙는 듯했다. 하지만 의심의 여지가 없었다. 엄마의 시선은 텅 비어 있었고 얼굴은 무표정했다. 죽은 사람의 눈이었다.

"엄마!"

잭은 이성을 잃고 소리쳤다. 그리고 엄마에게 내달렸다. 갈색 머리의 사내는 안중에도 없었다.

모든 일은 그야말로 순식간에 일어났다. 그 정체불명의 남자가 잭이 모르는, 하지만 이상하게도 친숙하게 들리는 언어로 뭐라고 외쳤다. 그러자 무언가가 잭의 가슴을 숨도 못 쉴 정도로 세게 밀쳐 그를 내동댕이쳤다.

벽에 세게 부딪힌 잭은 고개를 저으며 힘겹게 숨을 내쉬었다. 도대체 어떻게 된 일이지? 튜닉을 입은 남자는 나와 손도 닿지 않는 거리에 있었는데!

하지만 그 생각에만 빠져 있을 수는 없었다. 십중팔구 이 수상한 작자가 엄마아빠를 죽였을 것이다. 평소에는 잠들어 있다가 특별한 순간에만 깨어나는, 잭 자신도 이미 잘 알고 있는 몸 안의 한 부분이 고통과 분노 그리고 복수에 대한 갈증으로 울부짖고 있었다. 그러나 지금은 가능한 한 빨리 이곳을 빠져나가 경찰에 신고해야 했다.

잭은 간신히 분노를 다스리며 이성을 되찾았다. 상대가 미처 준비하기 전에 재빠르게 움직여야 했다. 그는 계단을 향해 뛰기 시작했다. 등 뒤에서 외치는 소리가 들렸지만 멈추지 않았다. 전력으로 내달리다 잭은 다시 계단에서 넘어져 거실까지 굴러떨어졌다.

잭이 막 일어서려는데 뒤에서 얼음같이 차가운 존재가 느껴졌다. 온몸이 오싹했다. 잭은 천천히 뒤를 돌아보았다.

자신보다 조금 나이가 많아 보이는 검은 옷을 입은 소년이 서 있었다. 날렵하고 단단한 체격에 부드러운 인상을 지닌 소년의 얼굴에는 윤기가 흐르는 밝은 갈색 머리카락이 내려와 있었다. 그의 푸른 눈이 잭을 샅샅이 훑었다.

처음 보는 소년인데도 왠지 모를 강한 거부감이 들었다. 그가 옆에 있는 것만으로도 한기가 느껴졌다.

두려움을 애써 억누르며 잭은 상대의 눈을 똑바로 바라보았다.

갑자기 낯선 진동 같은 것이 느껴졌다. 마치 무언가가 그의 안으로 들어와 가장 비밀스런 생각과 은밀한 감정들을 헤집는 것 같았다.

그리고 또다른 느낌.

차가움이었다.

잭은 마법에라도 사로잡힌 듯 검은 옷을 입은 소년의 시선에 꼼짝도 할 수 없었다.

'너를 찾고 있었어.'

마음속에 들려오는 말이었다.

그리고 바로 그 순간, 잭은 자신이 죽을지도 모른다는 예감을 느꼈다. 거미줄에 걸린 파리나 뱀의 시선에 사로잡힌 쥐가 그러하듯.

그때 무언가가 그를 확 잡아끌어 양탄자 위에 패대기치며 검은 옷 소년에게서 떼어놓았다. 잭은 무슨 일이 벌어지고 있는지, 누가 자신을 죽음의 시선에서 떼어놓았는지 확인하기 위해 돌아보았다.

잭을 구해준 것은 스무 살쯤 된 키 큰 근육질의 청년이었다. 홀연히 나타난 그는 짧은 밤색 머리에 신중하고 엄격한 표정으로 잭과 검은 옷 소년 사이에 버티고 서 있었다. 검은 옷 소년은 방해자를 아무런 동요 없이 바라보며 침착하게 공격 자세를 취했다. 그러자 근육질의 젊은이가 허리춤에서 검을 빼어들었다. 검은 옷 소년 역시 이 결투를 받아들였다. 그는 등에 멘 칼집에서 검을 꺼내더니, 인간이라고 보기에는 엄청나게 빠른 속도로 상대의 일격을 막았다. 공포에 질린 잭은 낯선 사람 둘이 자기 집 거실에서 결투를 벌이고 있는 모습을 멍하니 바라보았다. 두 사람이 벌이는 난장판 속에 무기력하게 서 있을 뿐 꼼짝할 수가 없었다. 확실히 근육질의 청년이 더 침착했고, 그가 퍼붓는 일격은 점점 더 강해졌다. 하지만 검은 옷 소년은 훨씬 더 빠르고 민첩했고, 조용하면서도 치명적이었다.

이건 현실이 아니야, 악몽이야. 어떻게 이런 일이 있을 수 있어! 소리를 지르려는 순간 누군가가 그를 잡아끌며 입을 막았다.

어지러웠다. 상대방의 팔에서 벗어나려 했지만 뜻대로 되지 않았다. 간신히 몸을 돌려 흘끗 보니, 자신을 잡고 있는 것은 열여덟에서 열아홉 살가량 된 호리호리한 남자였다. 짙고 커다란 눈이 쾌활하고 진지해 보였다. 그는 잭의 얼굴을 내려다보며 고개를 가로저었다. 잭은 그가 친구이며 자신을 도우러 왔다는 사실을 알 수 있었다. 잭은 필사적으로 그의 팔을 붙잡고 우물거렸다.

"으읍, 제발 나 좀 도와줘요…… 엄마아빠가……"

하지만 청년은 알아들을 수 없는 말로 뭐라고 설명하며 고개를 가로저을 뿐이었다. 잭은 이 사람들이 다른 언어로 말한다는 걸 깨달았다. 그래서 아빠가 누워 있는 소파를 가리키려고 몸을 돌렸지만 그 모습을 다시 볼 엄두가 나지 않았다.

두 사람이 기이한 검 싸움을 계속하고 있는 사이에 부모님을 살해한 튜닉 입은 자가 계단 위에 나타났다. 잭을 붙잡고 있던 사람이 그자를 알아보고는 뭐라고 소리를 지르자, 싸우던 청년이 고개를 끄덕이며 잭이 있는 곳까지 뒷걸음질쳐왔다. 검은 옷 소년이 젊은이를 쫓아와 세 사람을 향해 검을 휘둘렀고, 바로 그때 잭을 붙잡고 있던 청년이 소년과 싸우던 남자의 팔을 잡았다.

누군가 잭의 팔을 아프게 움켜잡았다. 검은 옷 소년의 얼음처럼 차가운 푸른 눈을 마지막으로, 모든 것이 빙빙 돌기 시작했다.

잭은 소리를 지르며 눈을 떴다. 미친 듯이 뛰는 심장 박동을 느끼며 침대에서 몸을 일으켰다.

'너무 끔찍한 악몽이었어.'

몸은 여전히 떨리고 있었다. 잭은 뱀이라면 질색이었다. 그런데 핏빛으로 물든 기괴한 하늘 아래 솟구쳐오르는 거대하고 무시무시한 뱀이 나오는 꿈을 꾼 것이다. 하늘에 떠 있는 여섯 개의 천체가 눈을 멀게 할 만큼 강렬한 빛을 내뿜고 있었다.

잭은 진정하려고 애를 썼다. 하지만 몸은 계속 부들부들 떨렸고, 얼음 같은 손아귀가 심장을 쥐어뜯는 듯한 낯선 고통이 느껴졌다. 그는 심호흡을 하고는 '그냥 악몽을 꾼 거야' 라고 중얼거렸다. 하지만 이런 꿈은 이번이 처음이 아니었다. 혹시 공상과학 영화에서 본 장면이 아닐까 생각해봤지만 기억이 나질 않았다. 거대한 뱀 꿈을 꾸기 전에 더 무시무시한 꿈을 꾼 것 같았다. 기억은 희미했지만, 분명 부모님과 관련된, 기억하고 싶지 않은 꿈이었다.

잭은 손가락으로 금빛 머리카락을 헝클어뜨리며 눈으로 디지털 알람시계의 형광 숫자판을 찾았다.

그리고 순간, 그대로 얼어붙고 말았다.

자기 방이 아니었다. 낯선 곳, 낯선 방, 낯선 침대. 방의 형태도 결코 평범하지 않았다. 모서리가 없이 기이하게 둥글기만 한 벽이 사방을 감싸고 있었다. 마치 거대한 이글루 안에 있는 것 같았다. 방 한쪽의 둥근 창문이 열려 있었다. 그 너머로 별이 총총 뜬

맑은 밤하늘과 둥그스름하고 어두운 나무 꼭대기가 보였다. 익히 보아온 풍경이 아니었다.

잭은 혼란스러워하며 눈을 껌벅거렸다. 도대체 내가 어디 있는 거지? 무슨 일이 일어난 거야?

이상하리만치 부드러운 침대 시트를 걷어내며 그는 단숨에 일어나 앉았다. 전기 스위치를 찾았지만 보이지 않았다. 눈이 어둠에 익숙해지길 기다렸다가 주위를 둘러보았다.

가구도 몇 개 없었다. 이상한 모양의 의자와 테이블, 옷장, 책장과 서랍장을 결합한 듯한 가구, 두 개의 방문. 그리고 문 하나가 반쯤 열려 있었는데, 문 너머 있는 것은 옷방 같아 보였다. 잭은 묘하게 생긴 청록색 금속 손잡이를 당겨 다른 쪽 문을 열고 살그머니 밖으로 빠져나왔다.

터널처럼 천장이 둥근 복도가 모서리 없이 부드럽게 오른편으로 구부러져 있었다. 천장에 매달려 있는 전구는 지극히 평범한 모양으로, 환히 불을 밝히고 있었다. 잭은 어지러워 심호흡을 했다. 이건 말도 안 돼. 완전히 미친 거야.

그는 아무 소리도 나지 않게 애쓰며 조심조심 나아갔다. 바로 그때 한 남자와 마주쳤다. 잭은 화들짝 놀랐다. 전에 그를 본 적이 있었다. 잭의 집 거실에서 두 명이 검을 들고 싸우는 동안 자신을 붙잡고 있던 남자였다.

갑자기 모든 기억이 떠올랐다. 농장으로 가는 길, 튜닉을 입은 사내, 잭을 쫓던 자와 구해준 자 사이의 결투, 차가운 푸른 눈, 엄마아빠의 죽음……

엄마아빠가, 돌아가셨어.

꿈이 아니었다. 모든 일이 실제로 일어난 일이었다.

잭은 간신히 비명을 삼켰다. 그리고 자신이 무슨 짓을 하는지도 모르는 채, 분노에 가득 차 돌진했다. 그는 벼락같이 남자를 붙잡았고, 두 사람은 바닥으로 굴렀다. 청년은 이상한 소리를 내질렀으나, 잭은 아랑곳하지 않았다. 그를 때리려고 주먹을 뻗는 순간, 강철 같은 두 손이 잭의 팔목을 움켜잡았다. 청년은 침착하고 조용하면서도 위엄 있는 목소리로 말했다. 하지만 이번에도 잭은 알아듣지 못했다. 벗어나려고 애썼지만 뜻대로 되지 않았다. 누군가가 자신을 상대에게서 떼어놓으려고 뒤로 잡아당기고 있었다. 잭은 반항했다. 화가 치밀어 눈에 보이는 게 없었다. 몸을 돌려보니, 그의 집에서 검은 옷 소년과 맞서 싸웠던 젊은이였다. 강철 같은 팔 힘의 소유자였다. 아무리 반항을 해봐도 잭을 제압하는 것쯤은 일도 아닌 듯했다.

결국 잭은 기진맥진한 채 항복했고, 그들에게 붙잡혔다.

잭은 털썩 주저앉아 몸을 떨며 흐느끼기 시작했다.

방금 잭이 달려들었던 가무잡잡한 청년이 몸을 숙여 잭에게 뭐라고 말했지만 잭은 얼굴을 돌려버렸다. 화가 나기도 하고 괴롭기도 했다. 하지만 눈물 너머로 청년이 진지하고도 걱정스런 표정으로 자신을 빤히 바라보는 게 보였다. 그가 또 뭐라고 말을 하자 잭은 고개를 들었다. 프랑스어 같았다. 하지만 잭은 프랑스어를 할 줄 몰랐다. 옆에 있던 다른 젊은이가 생각에 잠긴 듯 인상을 쓰더니 다른 언어를 시도했다.

"어…… 네…… 영어는 할 줄 알아요."

잭이 중얼거리고는 목청을 가다듬으려고 침을 삼켰다. 그리고 눈물을 닦으려고 고개를 돌렸다. 그러나 두 사람에게 팔목이 잡혀 있어서 손을 쓸 수 없었다.

가무잡잡한 청년이 생각에 잠겨 잭을 바라보았다.

"좋아. 사실 난 영어를 그리 썩 잘하지는 못해. 배울 시간이 거의 없었거든."

그는 이상한 악센트의 영어로 더듬더듬 설명했다.

"그래도 말은 통할 거라고 믿는다."

잭은 풀이 죽은 채 고개를 끄덕였다. 잭은 영어를 거의 모국어처럼 말할 수 있었다. 아빠가 영국인이었으니까…… 아빠 생각을 하자 소파에 앉은 채 죽어 있던 모습이 떠올랐다. 잭은 눈물을 참느라 다시 눈을 감았다. 모든 일이 악몽 같을 뿐이었다.

"그래, 지금이 대화하기에 좋은 때가 아니란 건 안다. 하지만 무슨 일이 벌어지든 넌 안전할 거라는 사실을 알려주고 싶었다."

"안전하다고요!"

잭은 고통스럽게 신음했다.

"우리 부모님에게 그런 짓을 하고도……!"

"우린 네 목숨을 구했다."

상대방이 잭의 말을 바로잡았다.

"우리가 제때 도착했다면 네 부모님도 구했을지 모르지. 하지만 그들이 우리를 앞질렀어."

그의 얼굴에 떠오른 분노와 낭패감을 보고 잭은 그 말을 믿을 수밖에 없었다.

"엄마, 아빠……"

머릿속에서 그 생각이 지워지지 않았다.

잭은 기억 속의 수수께끼를 풀기 위해 안간힘을 썼다. 그는 자기 집에서 서로 다른 두 패가 싸움을 벌이는 모습을 보았다. 그리고 그 두 사람, 튜닉을 입은 남자와 검은 옷 소년이 부모님을 살해했다. 어쩌면 잭도 그자들에게 죽임을 당했을지도 모른다. 어찌 되었든 지금 앞에 있는 두 사람이 그를 구하지 않았다면 말이다. 왜 이런 일이 벌어진 거지? 그들은 누구지? 그리고 엄마아빠가 이 모든 일과 무슨 상관이 있는 거지?

"왜? 왜 우리 엄마아빠를?"

잭은 깊은 슬픔에 잠긴 목소리로 나지막이 물었다.

눈물이 뺨을 타고 흘러내렸다. 잭은 우는 모습을 보이지 않으려고 황급히 고개를 돌렸다.

청년이 그런 잭의 모습을 가슴 아픈 듯 바라보았다.

"정말 유감이다. 네게 해줄 수 있는 말은 앞으로 우리가 널 보호하고 더는 죽는 사람이 없도록 계속 싸울 거라는 말밖에는 없구나."

"누군가가 또…… 죽게 될 거라는 말인가요?"

잭이 혼란스러워 되물었다.

다른 남자가 한숨을 쉬었다.

"넌 이 일에 관여하지 않는 게 나아. 아는 게 적을수록 더 안전할 테니까."

순간 잭의 마음속에서 불쑥 반발심이 치솟았다.

"아니요!"

잭이 소리를 지르며 벌떡 일어났다.

"아니, 말도 안 돼요! 도대체 무슨 일이 벌어지고 있는지 알아야겠어요! 내 말 알겠어요? 그리고 난 집으로 돌아갈 거예요! 당신들은 누구예요? 날 어디로 데려온 거예요?"

"안전한 곳으로. 우리가 누군지 알고 싶다면 이름 정도는 말해줄 수 있지. 난 샤일이고 이쪽은 내 친구 알산이야. 이 친구는 영어를 잘 못해."

그리고 체념한 듯 한숨을 내쉬며 덧붙였다.

"프랑스어도 못하고, 그 비슷한 다른 언어도 전혀 못해."

잭은 옆에서 꼼짝 않고 있는 알산을 돌아보았다. 샤일이 어깨를 으쓱하며 알산에게 그들의 말로 뭐라고 했다. 알산이 결박을 풀어주자 잭은 손목을 문질렀다. 여전히 무슨 일이 일어나고 있는지 알 수가 없었다.

"내 이름은 잭이에요."

잭은 중얼거리듯 말하고 다시 바닥에 털썩 주저앉았다. 서 있을 힘조차 없었다. 그저 바닥에 앉아 몸을 웅크리고 고개를 숙인 채 두려움, 고통, 고뇌, 분노, 무력함에 몸을 떨 뿐이었다. 얼마나 많은 감정들이 머릿속에서 소용돌이치는지, 마치 태풍의 눈 속에 들어와 있는 것 같았다.

샤일은 잭을 일으켜주려고 손을 내밀었다. 잭은 혼란스러워하며 샤일을 바라보다가 눈물이 흐르지 않도록 눈을 깜박였다.

"우린 너를 도와주고 싶어."

샤일의 목소리는 아주 진지했다.

잭은 머뭇거리다 결국 손을 내밀고 몸을 일으켰다. 그리고 미심쩍은 마음으로 알산을 향해 돌아섰다. 그의 표정은 여전히 돌처럼 굳어 있지만, 눈빛에는 잭에 대한 호감과 연민이 담겨 있었다. 잭은 다시 주저했다.

"넌 혼자가 아니란다."

샤일이 다정하게 말했다.

갑자기 사방이 모두 빙빙 도는 것 같았다. 다리는 젤리로 만들어진 것처럼 흐느적거리며 말을 듣지 않았다. 넘어지지 않도록 팔을 붙드는 알산의 손길과, 그들이 자신을 더 넓은 방으로 데려가 안락의자에 앉히는 것을 어렴풋하게 느낄 수 있었다. 한참 후에 어지럼증이 가시자 그제야 주변을 둘러볼 수 있었다. 잠을 깼던 방과 같은 스타일의 가구가 더 많이 있는 거실로, 스탠드, 오디오, 컴퓨터 등 어울리지 않는 전자제품들이 갖추어져 있었다.

"우리의 중앙 작전실에 온 것을 환영한다."

샤일의 목소리가 옆에서 들려왔다.

잭이 화들짝 놀라 돌아보았다. 샤일이 우정 어린 미소를 지으며 문턱에 기대어 서 있었다. 어느새 평범한 젊은이처럼 청바지에 셔츠를 밖으로 꺼내 입은 모습이었다. 하지만 그럼에도 여전히 그에게선 남다른 무언가가 느껴졌다. 잭은 눈으로 알산을 찾았지만 그는 이미 나가고 없었다.

"현기증이 났나보구나. 몸이 많이 약해져서 그래. 뭐든 좀 먹어야 해. 배고프지 않니?"

샤일의 말에 잭이 머리를 가로저었다.

"속이 안 좋아요."

샤일이 고개를 끄덕였다.

"그럴 거야. 넌 아주 힘든 일을 겪었으니까."

잭은 고통을 속으로 삼키며 단호한 태도로 샤일을 보았다.

"난 알아야겠어요."

청년이 그를 빤히 바라보더니 마침내 대답했다.

"좋아. 몇 가지 이야기해주마."

그는 잭 옆에 앉았다.

"아마 넌 그날 저녁 너희 집에 온 사람들이 누구고, 왜 그런 일을 저질렀는지 알고 싶겠지."

잭이 고개를 끄덕였다.

"설명하자면 좀 길어. 그놈들은 사람들, 그러니까 아주 특별한 사람들을 찾는다고 할 수 있지. 어떤 곳에서 도망쳐나온 사람들 말이야."

"무슨 말인지 모르겠어요."

잭이 혼란스러워하며 중얼거렸다. 샤일이 인상을 찡그렸다.

"정말이냐? 아무것도 모르겠어? 부모님이 어디서 오셨는지 아무것도 모른단 말이야?"

"아빠는 영국 사람이고, 엄마는 덴마크 사람이에요. 그걸 말하는 건가요?"

샤일은 턱을 쓰다듬으며 생각에 잠겨 중얼거렸다.

"이상하군. 넌 이둔 말도 못하잖아. 왜 그들이 공격했는지도 모르고. 네 부모님이 아무 이야기도 해주지 않았을 리가 없는데. 하지만…… 그래, 어쩌면 그분들은…… 아니야, 그럴 리가 없어. 그들은 실수하지 않아."

잭은 참을성을 잃었다.

"제발 얘기해줘요. 무슨 일이 벌어진 건지 알아야 한다고요!"

"그래, 좋아. 검은 옷을 입은 사람 기억나니?"

잭은 자신도 모르게 몸을 떨었다.

'너를 찾고 있었어.'

기억 한구석에서 다시 나지막이 속삭이는 목소리.

"기억나는 모양이군. 좋아, 그러니까 그는…… 키르타슈라는 이름의 암살자야. 아주 특별한 존재지. 차갑고 무자비하고, 그리고 대단히…… 강한."

"어떻게 강하다는 거예요?"

또다시 한기를 느끼며 잭이 물었다.

"뭐라고 설명할 수는 없어. 하지만 분명히 너도 알아챘을 텐데. 또다른 자…… 그러니까 그 튜닉을 입은 자 말이다. 그의 이름은 엘리온이고, 키르타슈와 같이 다닌 지는 얼마 되지 않았어. 그것도 어쨌든 이상한 일이지. 키르타슈는 늘 혼자 행동하거든. 엘리온이 바로……"

순간 샤일이 입을 다물었다.

"……우리 부모님을 해친 자라고요?"

잭은 나지막한 목소리로 샤일이 하려던 말을 마저 끝냈다. 그리고 목이 멘 듯 침을 삼키며 다시 눈에 고이는 눈물을 흘리지 않으려고 안간힘을 썼다.

샤일이 침울한 표정으로 고개를 끄덕였다.

"그런데, 그 사람들은 누구예요……?"

잭의 목소리가 갈라져나왔다. 질문을 끝내려 했으나 간신히 한마디만 할 수 있었다.

"왜……?"

샤일이 한숨을 내쉬었다.

"잭, 우리가 떠나온 곳은, 몇몇 사람들…… 그래, 그냥 어떤 사람들이라고 하자. 어떤 사람들에게 지배당하고 있는데, 그들은 자신들에게 맞서 반란을 일으키는 이들을 싫어하지. 그래서 키르타슈를 보낸 거야. 그는 우리 같은 이들을 찾아 세상을 돌아다녀. 도망친 사람들, 이곳까지 탈출해온 사람들 말이야. 그리고 이들을 수소문해 찾아내고, 죽여버리지."

잭이 심호흡을 했다. 한순간 철권통치를 하는 독재자 밑에서 숨죽여 살아가는 나라들이 떠올랐다.

"하지만 우리 엄마아빠는 그런 곳 출신이 아니에요. 그랬다면 내게 말했을 거예요."

잭이 반박했다.

"그럴 수도 있고 아닐 수도 있지. 어쩌면 네 말이 맞고, 키르타슈와 그 일당이 착각한 것일 수도 있어. 하지만 이상한 건, 그들은 이런 종류의 실수를 한 번도 저지른 적이 없다는 거란다."

잭은 아무 말도 하지 않았다. 많은 정보를 한꺼번에 소화하기

가 쉽지 않았다.

샤일이 계속 말을 이어갔다.

"우리는…… 저항군이야. 그들은 우릴 변절자라고 부르지만. 알산과 나는 이곳에 어떤 임무를 수행하러 왔다가 키르타슈와 마주치게 되었어. 우리는 그자가 우리 쪽 사람들을 암살하는 걸 막으려 하지만 늘 놈이 우리보다 빨라."

샤일은 잠시 몸을 부르르 떨더니 말을 이었다.

"우리는 그와 맞서 싸울 수가 없어. 충분한 수단이 없거든."

"뭐라고요? 이해가 안 돼요. 그냥 애잖아요. 당신보다 나이도 많지 않아 보이던데요. 네, 한두 살 많다고 쳐요. 하지만 그래도 혼자라면……"

샤일은 이해하기 힘들다는 눈빛이었다.

"겉으로 보이는 모습으로만 판단해선 안 돼. 그냥 열다섯 살짜리로 보이지만, 키르타슈는 셀 수도 없이 많은 사람들을 암살한 자야."

"그럴 수가…… 말도 안 돼요."

"말이 되든 안 되든 사실이야. 내 말을 믿어, 그와 맞서서 살아남은 사람은 아무도 없어. 아무도!"

샤일은 떨고 있는 것처럼 보였다. 좋은 징후는 아니었다. 갑자기 한 가지 생각이 떠올랐다.

"하지만 우린 빠져나왔잖아요. 키르타슈는 검을 갖고 있었고, 금방이라도……"

샤일이 어색한 표정으로 모호하게 말했다.

"우리는 그에게 대항하지 않고 그냥 탈출한 거야. 알산은 더 견딜 수 없는 상태였어. 그래서 도망쳐야 했고."

"어떻게요?"

샤일이 대답을 피하며 말을 계속 이었다.

"아마 그가 우리를 죽였을지도 몰라. 그는 최고가, 그리고 가장 무자비한 암살자가 되도록 훈련을 받았거든. 전갈처럼 빠르고 사악하고 치명적이지. 게다가 대단히 신중해. 절대로 흔적을 남기는 법이 없으니까. 마치 죽음의 그림자 같지. 성서에 나오는 묵시록의 천사처럼 말이야."

잭이 심호흡을 했다. 다시 머리가 어지러웠다.

"집에 돌아갈래요."

"안 돼, 절대로 안 돼. 돌아가면 키르타슈가 널 찾아낼 거야. 그는 절대로 포기하지 않아. 이곳이 네겐 안전해."

잭이 고개를 들어 그의 눈을 쳐다보았다.

"안전하다고요? 여긴 어디죠?"

샤일의 얼굴에 희미한 미소가 떠올랐다.

"이곳은 림바드야. 오래전, 아주 오래전에 우리 선조들이 지은 곳이지. 키르타슈와 그 일당이 모르는 비밀 피난처야."

"우릴 못 찾을 거라고 어떻게 자신하죠?"

"우리만의 방법이 있거든. 네가 생각하는 것처럼 그렇게 무방비 상태는 아니란다. 단지……"

그는 머뭇거리다 다시 낮은 목소리로 말했다.

"키르타슈가 우리 모두보다 더 뛰어나다는 것뿐이야. 그가 실

제로 어떤 존재인지 네가 알 수 있다면 좋을 텐데."

잭은 편안한 안락의자 등받이에 몸을 기대고 눈을 감았다.

샤일이 말했다.

"핼쑥해 보이는구나. 기운을 회복해야 할 텐데……"

잭은 머리를 가로젓더니 천천히 말했다.

"우리 부모님이 어떤 곳에서 도망쳐왔다고 쳐요. 그렇다면 그 곳은 어떤 곳인가요?"

샤일은 한참을 망설이다가 나지막이 대답했다.

"이둔이라는 곳이야."

잭은 멍하니 눈을 깜박였다.

"그런 이름은 한 번도 들어본 적 없어요."

샤일은 아무 말도 하지 않고 자리에서 일어나 조용히 방을 나갔다. 잭은 그를 잡으려고 몸을 일으켰지만 다리가 말을 듣지 않았다. 그는 부들부들 떨며 간신히 복도로 나왔다. 하지만 샤일은 이미 가버리고 없었다.

잭은 잠깐 그곳에 서 있다 천천히 바닥으로 미끄러져 벽에 등을 기대고 앉았다. 그리고 두 팔로 무릎을 감싸고 몸을 웅크리곤 다시 조용히 울기 시작했다.

몹시 지치고 피곤했다. 두려움과 긴장이 연기처럼 빠져나가자 슬픔과 낙담이 그 자리를 채웠다. 샤일이 진실을 말했는지, 이곳이 과연 안전한 곳인지 알 수 없었다. 하지만 창문 너머 보이는 평온하고 조용하고 별이 빛나는 이런 밤이라면 금세 마음을 가라앉힐 수도 있을 것 같았다. 평화롭고 조용한 안식처였다.

쉬고 싶어 눈을 감았지만 잭의 마음속은 계속 소용돌이치고 있었다. 불과 몇 시간 만에 자신의 세계가 완전히 뒤집혔다. 부모님이 돌아가셨는데, 그 이유를 모른다. 낯선 곳에 갇혀 있는데도 역시 이유를 모른다. 사람들 또한 모두 이상했다. 침입자 두 사람…… 그리고 알산과 샤일도 마찬가지다.

갑자기 나의 삶은 산산조각이 났다. 엘리온이란 튜닉을 입은 사내가 엄마아빠를 죽였다. 아니, 어쩌면 다른 사람이 죽였을지도 모른다. 샤일이 키르타슈라고 부르는, 그 푸른 눈의 소년이.

잭은 자신도 모르게 몸을 떨었다.

차가움.

그는 세차게 고개를 저었다. 이제 다시는 살아 있는 엄마아빠를 만날 수 없다. 생각만으로도 끔찍하고 고통스러웠다. 이제 그는 고아가 된 것이다. 어느 한순간에 느닷없이.

받아들이기 힘들었다.

끝내 받아들일 수 없을지도 모른다는 생각이 들었다. 그는 고통이 자신을 데려가길, 눈을 감고 잠들어버리길, 영원히 잠들어 다시는 깨어나지 않길 바랐다. 그러면 두려움이나 고통과 마주치지 않아도 되니까. 넘실거리는 감정이 이끄는 대로 따라가자 질식할 것만 같았다. 잭은 조금씩, 천천히 물 위를 떠가듯 그 감정들에서 빠져나오고 있었다.

얼마나 그렇게 몸을 웅크리고 있었을까. 어느 순간 고개를 든 잭은 아직도 샤일이 '림바드' 라고 부르는 이 이상한 곳의 방 안에 혼자 있음을 깨달았다. 잭은 심호흡을 한 번 했다. 좀더 분명

하게 생각해보아야 했다. 그는 자리에서 일어나 사일이 뭐라든 이곳을 나가기로 결심했다. 우선 전화를 찾아 경찰에 신고하고 실케보르의 삼촌 집에 갈 것이다. 분명히 자기를 걱정하고 있을 것이다.

잭은 자리에서 일어나 문을 열고 복도로 나갔다.

조금 떨어진 곳의 반쯤 열린 문 사이로 밝은 불빛이 흘러나오고 있었다. 잭은 조심스럽게 안으로 들어갔다. 부엌이었다. 림바드의 다른 곳과 마찬가지로 기이하고 독창적이었다. 안쪽엔 따뜻하고 아늑한 불길이 일렁이고 있었고, 갖가지 모양의 조리도구들이 둥근 돌 선반 위에 걸려 있었다. 그리고 오른쪽으로 냉장고, 전기오븐, 전기조리대가 있었다. 이상한 물건들과 이처럼 평범한 가전제품들이 뒤섞여 있는 모습이 낯설었다. 뭔가 어울리지 않는 조합이었다.

그곳에서 막 나오려는 찰나, 그의 발에 무언가 걸리며 성난 고양이 울음소리가 났다. 계피색 고양이가 그를 거만하게 쳐다보더니 의자로 우아하게 뛰어올라가 편안하게 자리를 잡고는 다시 성난 시선을 던졌다.

"미안."

잭이 속삭였다.

그때 무슨 소리가 들렸다. 뒤를 돌아보니 우유 잔을 든 여자아이가 벽 쪽에 놓인 의자에 다리를 꼬고 앉아 있었다. 부엌 안에 누가 있는지 미처 알아채지 못했는데. 열두 살 정도 돼 보이는 긴 밤색 머리칼의 소녀였다. 짙은 밤색 눈은 작은 얼굴에 비해 지나칠 정도로 커 보였고, 작은 코는 위로 살짝 들려 있었다. 소녀는 잭을 뚫어져라 보고 있었다. 잭은 심호흡을 했다. 몰래 빠져나가려는 시도는 안녕이군. 좋아, 어쨌든 얘는 별로 위험해 보이지는 않으니까.

그녀는 잭을 주의 깊게 바라보았고, 잭은 마치 용서를 구하듯 손을 들어올리며 덴마크어로 말했다.

"안녕!"

여자아이는 그의 말을 알아듣지 못했다. 잭이 다시 영어로 말하자, 그녀의 얼굴에 미소가 떠올랐다.

"안녕!"

"난 잭이야."

"난 빅토리아야."

빅토리아의 영어는 나쁘지는 않지만 잭만큼 유창하지는 않았다. 그는 빅토리아에게서 그다지 많은 정보를 얻을 수 없으리라는 걸 금방 알아챘다.

"너, 알산과 샤일의 친구니?"

소녀는 고개를 끄덕였다.

"그럼 너도 이둔에서 온 거야?"

빅토리아는 잠시 생각에 잠겼다. 고양이가 갑자기 식탁 위로 뛰어올라 잭을 놀라게 하더니 못마땅한 표정으로 쳐다보았다. 잭은 손을 뻗어 비단결 같은 털을 어루만졌다. 고양이는 귀를 뒤로 눕히더니 조금 뒤에는 가르랑가르랑 하는 소리까지 냈다. 잭은 미소를 지었다.

"그건 모르겠어."

여자아이가 대답했다.

잭은 점점 더 낙담하기 시작했다. 샤일은 훨씬 더 많은 것을 알고 있지만 말해주려고 하지 않았다. 알산도 분명 알고 있을 테지만 그는 계속 이상한 언어로만 말하니 물어볼 수도 없었다(이둔어라고? 샤일이 그렇게 말했지?). 그리고 빅토리아는 말은 더 잘 통할 듯하지만 모든 것을 명확하게 설명할 만큼 영어를 잘하지는 못했다.

"이해할 수가 없어. 아무것도. 누가 답 좀 해줬으면 좋겠어."

빅토리아는 뭐라고 말하려다가 그냥 입을 다물었다. 적당한 말을 찾지 못한 것 같았다. 낙담한 잭은 등받이 없는 걸상에 앉아 두 손에 얼굴을 묻었다.

잠시 후 빅토리아가 옆으로 다가왔다. 그녀는 뭔가를 들고 잭 옆에 서 있었다. 기이한 모양의 상징이 새겨진 육각형의 은(銀) 부적이 매달린 줄이었다. 빅토리아가 줄을 목에 거는 시늉을 하며 잭은 그걸 받아 목에 걸었다. 그러자 몸 안으로 간지럼 같은 진동이 느껴졌다.

"지금은 어때?"

빅토리아가 갑자기 말하는 바람에 잭은 깜짝 놀랐다.

"이제 내가 하는 말을 알아들을 수 있지?"

잭은 제대로 들은 건가 싶어 당황해서 눈을 깜박였다. 빅토리아가 한 말은 영어도 덴마크어도 아니었지만, 그는 그녀의 말을 완벽하게 이해했다. 그녀는 알산이나 샤일이 나누던 이상한 언어로 말하고 있었다.

"그…… 그런데 도통 모르겠어."

잭은 말을 더듬었다. 말을 이을 수 없었다. 방금 자기도 모르는 언어로 말을 한 것이다.

빅토리아가 웃으며 설명했다.

"의사소통을 도와주는 부적이야. 그걸 걸고 있으면 우리 언어로 말하고 이해할 수 있어. 그건 네가 가져. 난 이제 이둔어를 꽤 하거든. 샤일이 내게 새 부적을 마련해줄 수도 있고."

잭은 어리둥절해하며 빅토리아가 준 은 부적을 쥐었다. 그러자 부적에서 불꽃이 일었다.

"으악! 전기가 오르잖아!"

빅토리아는 곧바로 조심스럽게 부적을 살펴보고는 중얼거렸다.

"거부반응을 보이네. 혹시 너 마법을 믿지 않는 거니?"

"마, 뭐라고?"

"빅토리아!"

두 사람은 문 쪽을 돌아보았다. 샤일이 경계하는 눈빛으로 두 사람을 보고 있었다.

"그애에게 무슨 이야기를 한 거야?"

"애한테 왜 아무 이야기도 해주지 않은 거예요, 샤일? 애와 이야기할 거라고 하지 않았나요?"

샤일이 난처한 표정을 지었다.

"그게…… 너도 알겠지만, 이애가 우리와 같다곤 할 수 없어서."

빅토리아가 놀란 얼굴로 잭을 보았다.

"그럼, 애를 왜 데려온 거예요?"

"키르타슈가 공격했으니까."

"하지만 키르타슈가 이애를 공격했다면, 그건 우리랑 같은 사람이란 소리잖아요."

잭이 끼어들려고 입을 열었지만, 그보다 먼저 위엄에 찬 목소리가 대화를 중간에 끊었다.

"무슨 일이야? 왜 큰소리가 나는 거야?"

알산이 막 운동을 하고 온 듯한 모습으로 문가에 서 있었다. 그는 팔짱을 끼고 잔뜩 인상을 쓴 채 세 사람을 보았다.

"그런데 무슨……?"

잭은 드디어 입을 열려다가 어이없는 표정으로 알산을 쳐다보았다.

"샤일은 당신이 영어를 못한다고 했는데!"

"잭, 알산은 지금 영어를 하는 게 아니야. 네가 우리말을 하고 있는 거야."

빅토리아는 격앙된 표정으로 한숨을 내쉬었다. 알산이 설명을 요구하듯 쳐다보자 샤일은 어깨를 으쓱했다.

빅토리아가 두 사람 사이에 끼어들었다.

"미안해요. 내 잘못이에요. 이애가 내 말을 알아듣도록 의사소통 부적을 빌려줬어요. 하지만 아무 설명도 해주지 않은 줄은 몰랐어요."

샤일이 변명했다.

"몇 가지는 설명해줬어. 하지만 너희가 이해해줘야 해. 이애는 이둔에 대해 들어본 적이 없대. 아마 내가 미쳤다고 생각했을 거야."

"하지만 얘도 이둔 사람이야. 그렇지 않아?"

알산이 인상을 잔뜩 찌푸리며 반문했다.

"모르겠어! 도망쳐 온 이둔인의 아들이라고 하기엔 나이가 너무 많아. 그리고 지구에서 태어났다잖아. 그렇다고 키르타슈가 착각했을 리는 없는데. 정말이지 전부 앞뒤가 맞지 않는 것이……"

"됐어요! 이제 그만해요!"

잭이 더이상 참지 못하고 둘 사이의 논쟁을 잘랐다.

"당신들 모두 제정신이 아니에요. 난 지금 당장 집으로 돌아갈 거예요."

잭은 나가기 위해 문 쪽으로 갔지만 알산은 길을 비켜주지 않았다. 여전히 팔짱을 낀 팔 근육 위로 땀이 방울방울 맺혀 반짝이고 있었다.

"나가게 해줘요."

화가 난 잭이 몸을 부들부들 떨며 말했다.

알산은 여전히 꿈쩍도 하지 않았다. 생각에 잠긴 얼굴로 잭을 바라볼 뿐이었다.

"나가게 해줘요. 여기서 나가고 싶어요."

잭이 계속 우기자, 알산은 생각을 바꾼 듯 비켜섰다. 복도를 걸어가는 잭의 등뒤에서 빅토리아의 책망하는 소리가 들렸다.

"그애에게 설명해줘야 해요, 안 그래요? 계속 숨길 수는 없다고요."

2 림바드

건물 안은 고요하고 어두컴컴했다. 남은 기운이라고는 없었지만, 잭은 무슨 수를 써서라도 이곳에서 빠져나가고 싶었다. 오직 이곳에서 벗어나자는 생각뿐이었다. 무엇이든 일에 몰두하고 집중하면 다른 생각은 나지 않을 테니까……

그날 밤의 생생했던 악몽이 떠오르자 다시 가슴이 아파왔다. 잭은 눈물을 참으려고 눈을 깜박였다. 다시는 울지 않을 거야. 지금은 안 돼. 정신 똑바로 차려야 해.

건물은 희한한 구조로 지어져 있었다. 중앙의 거대한 몸체는 공처럼 둥근 형태였고, 지붕 역시 돔 형태였다. 주위를 빙 둘러싼 작은 방들의 문은 열려 있었다. 작은 방은 이글루처럼, 커다란 거품을 둘러싼 작은 반원형의 거품처럼 보였다. 마침내 잭은 타원형의 정문을 찾아냈다. 자그마하고 고즈넉한 정원으로 통한 문은 닫혀 있었다.

잭은 화가 나 필사적으로 손잡이를 흔들어대다 문에 발길질을 하고 말았다. 그는 어떻게 하면 나갈 수 있을지 이리저리 살피며 계속 건물 안을 헤매고 다녔다.

어떤 방들의 문은 잠겨 있기도 했다. 잭은 창문이 유리와 비슷한 물질로 밀폐되어 있음을 금방 알아챘다. 하지만 그 물질은 탄력성이 있어서, 손가락으로 누르면 쑥 들어가는 고무 같으면서도 얇은 유리보다 더 가볍고 투명했다. 그런데 문제는 창문을 열 수도, 깨뜨릴 수도 없다는 것이었다.

위층으로 이어지는 넓은 나선형 계단에 이른 잭은 올라가보기로 결심했다. 계단은 이상한 상징으로 덮인 거대한 문 앞까지 이어져 있었다. 하지만 이 문 역시 잠겨 있었다. 왼쪽의 좀더 작은 문이 열려 있는데, 문은 건물 한 면을 둘러싼 널찍한 조가비 모양의 테라스로 연결되어 있었다.

잭은 밖으로 나가 부드러운 물결 모양의 난간에서 눈앞에 펼쳐진 풍경을 내려다보았다. 아래엔 정원이 있고 저 멀리로 중앙 저택과 같은 구조인 작은 건물이 보였다. 작은 건물 위에는 높은 첨탑이 세워져 있었다.

잭은 눈이 휘둥그레졌다. 이곳의 건물들은 지금까지 그가 본 건물들의 구조와 완전히 달랐고, 중력의 법칙과도 모순되는 듯했다. 하지만 지면 위에 너무나도 위풍당당하고 굳건하게 존재하고 있었다. 그는 지평선을 바라보았다. 작은 숲이 보였고, 나무 뒤로 보이는 산맥의 봉우리들 역시 색다른 모습을 하고 있었다. 자신이 어디 있는지 알아내기 위해 사방을 둘러보며 해가 떠오르는

방향을 찾으려고 했지만 소용이 없었다.

"희한하네. 왜 날이 밝지 않는 거지? 시간이 얼마나 지난 걸까?"

달을 찾았지만 달도 보이지 않았다. 잭은 다시 난간 아래를 내려다보며 뛰어내릴 수 있을지 가늠해보았다. 그러나 너무 높았다. 다치기만 할 것 같았다. 최선의 선택은 다시 복도로 돌아가 다른 방법을 찾아보는 것일 터였다. 그는 서둘러 다시 건물 안으로 들어왔다.

그런데 아까는 닫혀 있던 거대하고 우아한 문 앞을 지나가는 순간, 삐걱하는 소리와 함께 문이 열렸다. 겨우 몇 센티미터 정도였지만 잭은 깜짝 놀랐다. 근처에는 아무도 없었다. 그는 어깨를 으쓱하고는 바람 탓이려니 생각하고 더 의심하지 않고 들어갔다.

거대한 원형 홀로 들어서자, 고서들로 가득한 책장들이 벽면을 둘러싼 모습이 보였다. 방 한가운데에는 오래된 목재로 만든 커다란 원탁이 있고, 원탁 주변에 아름다운 조각이 새겨진 의자 여섯 개가 놓여 있었다. 잭은 원탁 쪽으로 다가갔다. 부적이 달린 줄에서 본 이상한 상징들이 표면에 새겨져 있었다. 한 번도 본 적이 없는, 신화에나 나올 법한 진기한 동물들과 생물들에 관한 그림이었다. 그런데 원탁 한가운데에 난 고리 모양의 홈이 희미하게 빛나고 있었다. 문득 고개를 들어 위를 쳐다보자, 천장에 둥근 채광창이 보였다. 창은 열려 있었고, 그곳을 통해 부드러운 별빛이 흘러들고 있었다. 채광창의 스테인드글라스에는 세 개의 태양과 세 개의 달 모양이 뚜렷하게 새겨져 있었다.

잭은 본능적으로 뒷걸음질을 치다가 걸음을 멈추고 가슴을 쓸

어내렸다. 무엇 때문에 이렇게 놀란 걸까?

앞으로 다가가 다시 위를 쳐다보았다. 별다를 게 없는 스테인드글라스였다. 세 개의 태양이 삼각형으로 배치되어 있었다. 세 개의 달은 역삼각형으로 놓여 있었다. 이 두 삼각형이 서로 겹쳐져, 천체를 잇는 그 사이의 유리 선은 육각형을 이루고 있었다.

잭은 빅토리아가 준 목걸이를 들여다보았다. 하지만 어둠 때문에 제대로 볼 수가 없었다.

"조금만 밝으면 좋을 텐데."

낙담한 그가 중얼거렸다.

그러자 곧바로 쉬잇 하는 소리가 들리더니 '딱' 소리와 함께 넘실거리는 따뜻한 불빛이 방 안에 가득 찼다. 잭은 깜짝 놀라 주위를 둘러보았다. 둥근 벽을 따라 걸려 있는 횃불 여섯 개가 차례로 켜졌다.

"거기 누구 있어요?"

잭이 두방망이질치는 가슴을 진정시키려 애쓰며 물었다.

"샤일?"

대답이 없었다. 움직이는 것은 아무것도 없었다. 유령처럼 흔들리는 불꽃만 방 안에 불안한 그림자를 드리울 뿐이었다.

잭은 미간을 모으며 목걸이에 집중했다. 천장에 있는 것과 똑같은 육각형이었다. 이게 무슨 의미지?

다시 채광창을 쳐다보았다. 여섯 개의 천체가 수수께끼처럼 빛을 발하며 마음속에 이상한 불안감을 자아냈다. 예전에도 이런 광경을 본 느낌이 들었다.

핏빛으로 덮인 낯설고 무시무시한 하늘……

잭은 소스라치게 놀랐다. 기억이 떠올랐다! 거대한 뱀이 나온 꿈…… 불길한 붉은 하늘에 모습을 드러낸 뱀. 하지만 이 모든 건 무얼 말하는 걸까? 이 표지(標識)가 자신과 꿈 그리고 부모님의 죽음과 무슨 상관이 있단 말인가?

채광창의 그림을 더 잘 보려고 몸을 움직이다 잭은 자신도 모르게 원탁에 손을 얹었다.

그때 별안간 강력한 광선이 원탁 중앙의 홈에서 뿜어져나왔다. 형형색색의 광선이 채광창을 향해 빛을 뿜으며 기둥처럼 솟아올랐다. 잭은 입을 다물지 못한 채 바닥에 주저앉아 눈앞에 펼쳐지는 놀라운 광경을 쳐다보았다.

원탁에서 솟아오른 빛이 소용돌이치기 시작하더니 서로 엉켜들며 신비롭고 놀라운 색을 창조하고 있었다. 빛은 회전을 거듭하더니 번쩍이는 청록색의 천체 모양 구슬이 되었다.

몇 초 후, 잭은 자신이 보고 있는 것이 한 행성임을 깨달았다. 처음에는 지구라고 생각했지만 빛이 더욱 선명해지고 홀로그램으로 보이던 모습이 완벽해지면서 처음 보는 지형이라는 게 분명해졌다. 세 개의 작은 구체가 큰 구슬 주위를 돌고 있었고, 더 큰 세 개의 구체는 좀 떨어진 곳에 가만히 떠 있었다.

'태양과 달들이야.'

잭은 침을 삼키며 생각했다. 그때 구체들이 갑자기 빨리 돌기 시작했다. 행성이 점점 더 커져서 모든 걸 덮칠 것 같았다. 마치 전속력으로 그에게 다가오는 듯했다. 잭은 어지러워 눈을 감았다.

잠시 후 다시 눈을 떴을 때 잭은 행성 위를 날고 있었다. 그는 경이롭다는 기분과 함께 충만한 행복에 휩싸였다. 하늘을 날고 싶다는 바람은 잭이 어렸을 때부터 품어온 꿈이었다. 영국에 살 때 조종사인 아버지 친구가 선물로 경비행기를 태워준 일은 그의 가장 소중한 기억 중 하나였다.

하지만 지금 이곳에 비행기라고는 없었고 그는 맨몸으로 창공을 가르며 날고 있었다. 잭은 비행을 즐기기로 했다. 지금 이 순간만큼은 아무 생각 없이 이 기분을 마음껏 즐기고 싶었다.

초록이 무성한 목장과 완만한 언덕, 차가운 스텝초원과 높디높은 산맥들, 그리고 저 멀리로는 사막이 보였다. 사막을 보자 이유를 알 수 없는 전율이 일었다. 그리고 끝없이 펼쳐진 바다, 기이하고 환상적인 건축물이 가득한 도시(몇몇 도시는 림바드의 저택을 연상시켰다), 격렬한 급류와 잔잔한 호수도 보였다. 특히 다른 무엇보다 독특한 것은 숲이었다. 구름을 스칠 듯 높이 자란 거대한 나무들이 가득한 끝없이 광활한 숲.

그리고 생물들이 보였다.

목장에서 풀을 뜯고 있는 양이나 말처럼 평범한 동물들도 있었지만, 한 번도 본 적이 없는 생명체들도 있었다. 형형색색의 깃털이 달린 이상한 새들이 그를 맞으러 나왔고, 존재할 거라고는 상상도 못한 맹수들이 평원과 숲속 공터에서 그를 보려고 고개를 쳐들었다.

잭은 점점 더 혼란스러웠다. 어떻게 해야 이 경이로운 꿈에서 깨어날 수 있을지 알 수 없었다.

한 생물이 잭의 옆으로 지나가며 황금빛 눈으로 이상한 존재를 다 본다는 듯 바라보았다. 놀란 잭이 물러서려 하자, 그 생물은 웃는 듯 히히힝 소리를 냈다.

그의 뒤로 똑같이 생긴 생물 세 마리가 더 나타났다. 구름 뒤쪽에서 내려왔기 때문에 잭이 미처 보지 못한 것이었다. 비늘이 빛을 받은 보석처럼 햇살에 반짝였다. 힘센 날개가 퍼덕이며 주변에 회오리바람을 일으켰고, 입 주위에서는 간간이 소용돌이치는 연기가 뿜어져나왔다.

용이었다.

거대하고, 장엄하고, 무시무시하면서도 아름다웠다. 전설이나 사람들의 상상 속에서만 존재하는 신화의 동물이었다.

잭은 용들에게 매료되었다. 따라가고 싶었지만 이미 그들은 너무 멀리 가 있었다. 잭은 밝아오는 새벽빛을 향해 멀어져가는 용들을 가만히 바라보았다.

그때 느닷없이 포효하는 소리가 들려왔다. 무언가를 경고하는 것 같은 소리였다. 용들이 저쪽에 멈춰 서 있었다. 뭔가 잘못되어가고 있다는 직감이 들었다.

네 마리의 이 기상천외한 생물들은 공중에 멈춘 채 놀라운 광경을 응시하고 있었다. 세 개의 달이 지평선에서 떠올라 기이할 정도로 빠른 속도로 창공 높은 곳으로 움직이더니 세 개의 태양과 맞닿을 높이까지 치솟은 것이다. 잭은 여섯 천체가 엄청난 힘으로 결합하는 장면을 넋을 잃고 바라보았다. 숨을 죽이며 쳐다보는데, 하늘에 어떤 모양이 만들어졌다. 이미 잭이 알고 있는,

완벽한 육각형이었다.

그리고 곧이어 끔찍한 일이 벌어졌다.

첫번째 표지로 하늘, 땅, 바다를 뒤흔드는 우레 같은 소리가 울렸다. 두번째 표지는 창공에 물들이기 시작한 핏빛 색조였다. 세번째 표지는 용들이 느끼는 공포였다. 용들은 몸을 돌려 필사적으로 달아나기 시작했다. 어디든 상관없다는 듯 무작정 도망치고 있었다.

그때, 첫번째 용이 홀연히 불길에 휩싸여 로켓처럼 땅으로 떨어졌다. 두번째, 세번째 용도 그리 오래지 않아 동료의 운명을 뒤따랐다. 네번째 용은 무슨 일이 벌어졌는지 뒤를 돌아보다가 죽음을 예감하고는 고통과 무력감으로 가득한 비명을 내질렀다.

용은 어디로든 도망가려고 안간힘을 썼다. 잭은 그곳이 여섯 천체의 파괴적인 힘이 이르지 못하는 곳일 거라고 생각했다.

하지만 결국 용은 자신의 뜻을 이루지 못했다. 다른 용들처럼 불길에 휩싸인 것이었다.

잭은 비명을 삼키고 용을 구하러 쫓아 내려갔다.

그러나 벌써 용의 몸 전체에 불길이 번져 있었기 때문에 포기해야 했다. 그때 돌풍이 일어 그의 몸은 멀리, 아주 멀리 날아갔다. 정신을 차려 무슨 일이 벌어지고 있는지 알아챘을 때는 이미 숲 위로 추락하고 있었다.

그때 화살 같은 무언가가 빠르게 휙 소리를 내며 옆을 스쳐 지나갔다. 온몸에 소름이 돋았다. 구름 사이로 드러난 비늘 덮인 몸을 보니 다른 용인 듯했다. 하지만 그 생물이 눈앞에 솟아오르자,

잭은 착각이었음을 깨달았다.

거대한 뱀이었다. 잭은 물결치는 듯한 뱀의 긴 몸통에 포위된 상태였다. 뱀은 박쥐의 날개처럼 거대한 막으로 뒤덮인 두 날개로 공중에 떠 있었는데, 하늘을 다 가릴 듯했다. 세모꼴 머리에 박힌 무지개 색 두 눈이 잭을 응시하고 있었다. 하지만 무엇보다 그 얼굴에서 두드러진 것은 치명적인 독니와 쉭쉭거리며 끔찍한 소리를 내는, 둘로 갈라진 혀였다.

꿈에 나온 그 뱀이었다.

잭은 비명을 지르며 뒤로 물러서서 다른 곳을 보려 했다. 그제야 잭은 알아차렸다. 날개 달린 뱀 수천 마리로 하늘이 온통 뒤덮여 있고, 그들이 한몸처럼 움직이는 군대인 양, 아름답지만 이제는 불길하기만 한 붉은빛으로 휩싸인 땅으로 모두 내려앉고 있다는 것을.

잭이 돌아서자 다시 뱀과 마주쳤다. 이번에는 그 눈에서 시선을 뗄 수 없었다. 잭이 비명을 질렀다.

"잭!"

잭은 눈을 뜨고 벌떡 몸을 일으켰다. 몹시 혼란스러웠다. 그의 앞에 뱀의 눈이…… 아니, 자신을 걱정스럽게 들여다보는 빅토리아의 눈이 있었다.

"무슨 일이야?"

잭은 자신이 여전히 횃불 켜진 방에 있음을 깨닫고는 넋이 나가 중얼거렸다.

빅토리아가 조금 물러서자, 잭은 주위를 둘러보았다. 원탁 위에는 아직도 이상하게 빛나는 구슬이 떠 있고, 그 안에 뱀의 눈도 계속 번쩍이고 있었다. 잭은 몸을 떨며, 일렁이는 불빛 속에서 그 시선이 천천히 사라지는 모습을 보았다.

그는 몸서리를 치며 중얼거렸다.

"저들이 미워. 난 뱀을 증오해."

"그들을 봤구나. 넌 이둔에서 일어난 일을 본 거야."

빅토리아가 속삭였다. 잭이 빅토리아를 돌아보았다.

"그러니까, 내가 본 곳이 이둔이란 말이니?"

빅토리아가 고개를 끄덕였다. 그러고는 뒤에 숨어 보채는 고양이를 안아올리려고 몸을 숙였다.

"나도 처음엔 믿지 않았어. 나도 너처럼 아무 기억이 나지 않았거든. 하지만 네가 본 걸 보고 나서는 어떤…… 친숙한 느낌이 들었고……"

잭이 말을 잘랐다.

"이둔이라는 곳이 다른…… 또다른 세상이란 말을 하는 건 아니겠지? 용이 있고, 다른 것들도 있는 곳 말이야."

빅토리아가 나지막이 말했다.

"바로 그거야. 방금 네가 본 것은 이둔에서 삼 년 전에 일어난 일이야. 알마가 네게 보여준 거지. 그들이 어떻게 자신들의 목적을 위해 세 개의 태양과 세 개의 달을 결합하는 마법을 사용했는지, 그리고 마침내 용과 유니콘을 죽이고 이둔으로 돌아와 권력

을 잡을 수 있었는지를……"

"그들이라고?"

"날개 달린 뱀, 셰크 말이야. 그들은 스스로 그렇게 불러."

빅토리아는 겁에 질려 목소리를 낮췄다.

"이제 우리 세계는 그들의 폭정 아래 있어. 넌 그걸 본 거고."

잭이 부들부들 몸을 떨며 중얼거렸다.

"이럴 수가…… 전에도 그 뱀들을 본 적이 있어. 꿈속에서…… 악몽에서 봤단 말이야. 어떻게 이럴 수가 있지?"

빅토리아는 시선을 피하며 목소리를 낮췄다.

"이둔의 몇몇 마법사들이 셰크들의 침공 직후 간신히 지구로 빠져나올 수 있었어. 셰크들은 키르타슈를 통해 그들을 찾아내 하나하나 제거하고 있는 거고."

혼란스러워진 그는 고개를 세차게 저었다.

"잠깐, 마법사……라고 했니? 네 말은……"

"샤일도 마법사야."

빅토리아가 그의 말을 잘랐다.

"샤일이 아무렇지도 않게 나타났다 사라졌다 하는 걸 봤잖아. 너를 키르타슈에게서 어떻게 구했을 거라고 생각해? 바로 녀석의 코앞에서 너와 함께 순간이동을 한 거야. 샤일은 삼 년 전에 알산과 함께 이둔에서 도망쳐왔어. 그리고 지구의 기술문명에 홀딱 빠져서 뭐든 배우려 하지. 발전기를 설치하지 않았는데도 이곳의 컴퓨터, 전깃불, 가전제품들이 작동하는 걸 어떻게 생각하니?"

잭은 대답하려다가 그만 입을 다물어버렸다. 전기 스위치를 찾으러 온 집 안을 뒤졌지만 발견하지 못했던 기억이 떠올랐기 때문이다.

"전부 샤일이 가져온 거야. 알산은 그다지 재미있어하지 않지만 말이야. 그들의 이론에 따르면 모든 마법은 전체가 서로 연결되어 흐르는 일종의 에너지야. 그리고 너도 보았다시피 충분히 증명된 사실이지."

"연결되어 흐르는 에너지……"

잭이 멍하니 따라 말했다. 빅토리아가 고개를 끄덕였다.

"지구의 인간들은 마법이 죽게 내버려뒀지만, 이둔에서 마법의 에너지는 많은 생물들의 핏줄을 통해 여전히 흐르고 있어. 그리고 이곳 림바드는 양쪽 세계에 있는 최고의 것만 갖춘 셈이고."

"그건 무슨 소리야?"

"네가 지금 지구에 있지 않다는 얘기야. 너는 림바드에 있어. 고대 이둔어로 '경계의 집'을 뜻해. 이둔과 지구 사이에 있는, 일종의 시간과 공간이 겹치는 곳이지. 이곳은 작은 세계야. 창문 너머 보이는 저 산들이 끝나는 곳까지가 전부지. 이곳에선 시간이 멈춰 있어. 그래서 언제나 밤인 거야. 오직 이둔의 마법사 몇 사람만이 이곳으로 오는 방법을 알고 있었대. 그래서 이곳은 완벽하게 안전해."

잭은 벌떡 일어났지만 여전히 떨고 있었다.

"있을 수 없는 일이야. 이건 전부 다 악몽이고, 환영이야. 사실이 아니야. 난…… 난 집에 돌아가야 해."

그러고는 빅토리아가 미처 잡기도 전에 다시 발코니 난간으로

달려가더니 결심한 듯 그 위에 올라섰다.

"기다려! 하지 마! 그러다 다쳐!"

빅토리아가 잭을 불렀지만 그는 아랑곳하지 않았다. 잭은 망설이지 않고 정원으로 뛰어내렸다.

꽤 고통스러운 추락이었다. 발목을 삔 것 같았고, 바닥에 구르면서 팔꿈치에 타는 듯한 아픔을 느꼈다. 가까스로 일어나 위를 쳐다보니 빅토리아가 난간으로 나와 걱정스럽게 내려다보고 있었다. 그는 단호한 표정으로 소녀에게 작별의 손짓을 했다.

이제 자유다.

잭은 계속 걸으면서도 지금 벌어지고 있는 일들을 받아들일 수 없었다. 사실일 리가 없어, 이럴 수는 없어. 이건 악몽일 뿐이야. 그는 수도 없이 되뇌었다.

작은 숲을 지나 바위투성이인 낮은 봉우리에 이르기까지는 꽤 오랜 시간이 걸렸다. 잭은 정상에 올랐다. 기진맥진하고 상처투성이였지만, 저 멀리 마을의 불빛이나 구불구불한 도로를 볼 수 있으리라 기대했다.

하지만 곧 두려운 사실과 마주쳤다.

아무것도 없었다.

절대적으로 아무것도 없었다.

어둠이나 그림자, 안개 때문에 아무것도 보이지 않는 것이 아니었다. 무한한 사막이나 끝없는 초원, 혹은 가없는 바다의 무

(無)도 아니었다.

그냥, 단순히, 아무것도 없었다.

더이상 무언가를 보는 것을 허용하지 않는 일종의 장벽 같은 것이었다. 더 멀리 봐도, 보이는 것은……

어떻게 설명해야 할지 알 수 없었다. 그것은 천천히 그리고 조용히 돌아가는 소용돌이 같았다. 림바드는 그 한가운데 고정된 겨우 몇 평방킬로미터의 작은 세상, 숲 하나, 개울 하나, 서로 이어진 작은 산봉우리 몇 개, 공터 하나, 별이 떠 있는 하늘 한 조각뿐인 세계였다.

빅토리아가 말한 그대로였다.

옆에서 부드러운 목소리가 들렸다.

"미안해. 받아들이기 쉽지 않다는 건 알아. 적어도 처음에는 말이야."

잭이 돌아보자 빅토리아가 보였다. 잭은 마치 유령을 보듯 그녀를 보았다.

"나를 따라온 거니?"

빅토리아는 고개를 끄덕였다. 잭은 체념한 듯 두 손 사이에 턱을 떨궜다.

"넌 다쳤어."

빅토리아가 나지막이 말했다. 잭은 어깨를 으쓱했다. 아무래도 상관없었다. 발코니에서 떨어질 때 긁힌 상처를 살피기 위해 빅토리아가 그의 손을 잡아도 그냥 두었다.

그렇지만 그다음에 일어나는 일에 대해서까지 마음의 준비를

한 건 아니었다. 갑자기 부드러운 광채가 일며 손이 간지러웠고, 그것은 팔을 따라 다친 팔꿈치까지 타고 올라갔다.

"아!"

잭은 급히 그녀와 닿은 손을 떼어내며 탄성을 내뱉었다. 빅토리아가 미소를 지었다.

"네 손을 봐."

손에는 생채기 하나 없었다. 그는 의아하여 빅토리아를 보았다.

"어떻게……? 네가 한 거야?"

빅토리아는 대답은 하지 않고 다시 미소를 지었다. 그리고 잭의 얼굴을 두 손으로 부드럽게 감싸며 눈을 바라보았다. 두 사람의 시선이, 잭의 초록색 눈과 빅토리아의 짙은 밤색 눈이 순간 부딪쳤고, 잭은 기이하고도 드문 친밀감을 느꼈다. 마치 이전부터 늘 알고 지내던 사이 같았다. 잭은 그녀에게 완전히 매료되기 시작했다. 빅토리아는 시선을 돌렸지만 손을 거둬들이지는 않았다. 그녀는 잭이 숲을 지날 때 나뭇가지에 긁혀 생긴 뺨의 생채기를 손끝으로 쓰다듬었다. 그녀의 손가락에서 따뜻한 무언가가 솟아나오자 잭은 다시 기분 좋은 간지러움을 느꼈다. 빅토리아가 손가락을 뗀 후, 잭이 얼굴을 더듬어보자 놀랍게도 상처는 사라져 있었다. 그는 경이로움에 다시 빅토리아를 바라보았다. 이제 그녀는 그의 발목을 살피고 있었다. 그러고는 운동화를 벗기지도 않고 같은 과정을 반복했고, 고통은 스르르 사라졌다.

그러는 동안 잭은 계속 빅토리아를 바라보기만 했다.

"내가 발목을 다친지 어떻게 알았어?"

그녀는 장난기 어린 얼굴로 웃었다.

"네가 오른발을 저는 걸 봤어. 무슨 신비한 능력은 아니야."

잭이 미소를 지었다.

"또 어떤 일을 할 수 있니?"

그는 호기심에 차 물어보았다. 그러자 빅토리아가 우울한 표정으로 자기 손을 내려다보며 고백하듯 말했다.

"사실 그리 많지 않아. 내 능력으로는 겉에 난 상처밖에 고칠 수 없어. 더 큰 기적은 힘들어. 하지만 계속 배우고 있는 중이야. 샤일이 가르쳐주고 있거든."

잭이 기억을 떠올렸다.

"샤일과 알산이 이둔에서 왔다고 했지. 그럼 너는?"

빅토리아는 조금 뜸을 들인 후 대답했다.

"난 우리 부모님이 누군지 몰라. 지구에선 고아원에서 자랐어. 지금은 우리 할머니, 그러니까 나를 입양한 분과 살고 있어. 우리 부모님이 이둔인인지 아닌지도 모르고."

그녀는 잭을 바라보며 말했다.

"그래서 내 경우는 특별해. 지구에는 마법사들이 없잖아. 너도 알지? 이둔에서 온 몇 안 되는 사람들마저 키르타슈가 한 명씩 차례로 제거하고 있다는 걸."

잭은 오싹한 한기가 등줄기를 타고 흐르는 것을 느끼며 나지막이 물었다.

"그래서 키르타슈가 우리 부모님을 공격했다는 거야? 그분들이…… 이둔에서 도망친…… 마법사라고 생각해서?"

빅토리아가 조용히 그를 바라보았다. 머리가 잔뜩 헝클어진 채 고개를 숙이고 바닥을 멍하니 내려다보는 잭의 모습에 마음이 흔들렸다. 빅토리아가 속삭였다.

"샤일한테서 들었어. 정말 안됐어."

잭은 그녀를 보지 않으려고 고개를 돌렸다. 빅토리아는 그의 어깨가 가볍게 들썩이는 걸 보고는 머뭇거리며 다가갔다. 그리고 잭의 팔을 잡았다.

"잭, 나는……"

말을 꺼냈지만 빅토리아는 입을 다물 수밖에 없었다. 잭이 갑자기 울음을 터뜨린 것이다. 빅토리아는 무슨 말을 해야 할지 몰라 서툴게 잭을 안아주려 했다. 잭에게 위로의 말을 해주고 싶었다. 하지만 어떤 말도 공허하고 의미 없이 들릴 것 같고, 이런 친밀감이 그를 불편하게 하는 건 아닌지 몰라 그냥 가만있었다. 시간이 어느 정도 흐르자 잭은 마침내 조금씩 마음을 진정시킬 수 있었다. 아마 이제 마음의 앙금을 다 풀어버린 것일 수도 있고, 어쩌면 더 눈물이 남아 있지 않기 때문인지도 몰랐다.

"너를 위해 뭔가 할 수 있다면 좋을 텐데……"

빅토리아는 이렇게 중얼거리고는 부끄러워 바로 입을 다물었다.

잭이 고개를 들어 빅토리아를 바라봤다. 더이상 눈물을 흘리지 않았지만 눈은 여전히 충혈되어 있었다.

잭이 멋쩍어하며 말했다.

"정말 미안해. 이런 모습을 보여서."

빅토리아가 어색하게 대답했다.

"미안해하지 마. 당연한 거야. 너무나 큰일을 겪었잖아."

잭이 미소를 지었다. 빅토리아도 미소로 답했다. 잠깐 침묵이 흘렀지만, 불편하고 공허한 침묵이 아니라 의미가 담뿍 담긴 눈길이 오가는 침묵이었다.

잭이 말했다.

"나 때문에 엄마아빠가 그런 일을 당한 것 같아 더 괴로워."

"그런 말 하지 마. 사실이 아니야."

빅토리아가 항변했다.

"아니야, 맞아. 우리 부모님은 평범한 분들이었어. 아빠는 컴퓨터 프로그래머였고, 엄마는 수의사였어. 우리는 여행도 많이 다니고 여러 곳에서 살기도 했어. 그러다 드디어 외가 식구들이 사는 덴마크 실케보르에 자리를 잡은 거야. 엄마아빠는 이상한 행동이라고는 한 번도 한 적도 없고, 이둔이나 뭐 그 비슷한 말을 언급한 적도 전혀 없어. 그런데 나는……"

이야기를 해야 할지 잠시 망설이던 잭이 갑자기 몸을 떨었다.

"내겐 가끔 이상한 일들이 일어나. 주로 불과 관련된 일들이야."

"어떤 일들인데?"

"주위에 화재를 일으켜. 그렇게 자주는 아니고, 그래봤자 지금까지 두 번이지만. 아니, 생각해보니 세 번이네. 기억은 못 하지만 어렸을 때도 그런 일이 있었대. 엄마가 말해줬어. 내가 놀라거나 화를 낼 때 그런 일이 일어나…… 하지만 그날 밤에는 내가 자고 있을 때였어. 아주 이상한 꿈을 꾸었는데…… 늘 반복되는 꿈이었어. 내가 조금 전에 도서관에서 본 것과 아주 비슷해. 틀림

없어. 그때에도 그 거대한 뱀을 봤어, 그것도 아주 가까이서. 나는 뱀을 무척 무서워해. 꿈속에서도 무시무시했지. 내 기억으로는 꿈속에서 비명을 질렀는데……

잠에서 깨어보니 내 방이 불길에 휩싸여 있는 거야. 제때 불을 꺼서 나는 손끝 하나 다치지 않았지만 부모님은 몹시 놀랐지. 더 힘들었던 건, 엄마아빠는 화재가 어떻게 일어났는지 몰랐지만, 나는 분명히 알고 있었다는 거야. 불길이 내 주위에 원을 그렸고, 나는 그 한가운데 있었어. 무슨 말인지 알겠니? 내가 원인이었던 거야."

빅토리아가 길게 심호흡을 하고는 뭔가 말을 할 듯하더니 생각을 바꾸어 침묵을 지켰다. 잭이 말을 이었다.

"내 생각에 그건 염화능력 같아. 생각만으로 불을 일으키는 거지. 조사를 좀 해봤거든."

빅토리아가 목소리를 낮췄다.

"아니면 마법일 수도 있지. 샤일과 얘기를 해봐. 이런 종류의 일에 대해 알고 있을 거야. 그리고 어쩌면 그 일에 대해 설명해줄 수 있을지도 몰라."

잭은 기억을 떠올리며 이야기를 계속했다.

"화재가 난 다음 날, 평상시와 마찬가지로 학교에 갔어. 그런데 뭔가 집에 안 좋은 일이 있다는 느낌이 드는 거야. 수업이 끝나자마자 서둘러 집으로 돌아와보니…… 엄마아빠가……"

그는 차마 말을 끝마칠 수 없었다. 목이 메어 잠시 말을 잇지 못했다.

"그때부터 시간이 얼마나 지난 건지 모르겠어. 하루, 이틀, 아니면 사흘? 해도 전혀 뜨지 않는 이런 곳에서 시간이 얼마나 지났는지 어떻게 알 수 있겠어? 마치 영원이 흐른 것 같아."

"정말 안된 일이야."

빅토리아가 나지막이 속삭였다.

"내 잘못이었어. 난 알아. 모두 잘 지내고 있었어. 내가…… 방에 불을 일으키기 전까지는. 도대체 내가 무슨 짓을 한 걸까?"

그는 슬픈 표정으로 손만 내려다보았다.

"그 일이 있은 뒤에도 나는 별일 아닐 거라고 자신을 설득했어…… 그런데 바로 일이 벌어진 거야. 몇 시간 후 누군가가…… 부모님을 공격한 거야. 우연일 수가 없어. 나 때문이야. 그들이 찾고 있던 사람은 나였단 말이야. 절대로 나 자신을 용서할 수 없을 거야."

잭이 슬픔을 참지 못하고 손으로 얼굴을 감쌌다. 빅토리아는 그를 위로하려고 다정하게 팔을 잡았다. 잭이 다시 고개를 들어 그녀를 바라보았다.

"너 정말 내가 이둔에서 왔다고 생각하니?

빅토리아가 머뭇거렸다.

"잘 모르겠어. 네 경우는 조금 다르거든. 너도 알듯이 이둔이 셰크들의 차지가 돼 마법사들이 지구로 탈출하기 시작한 건 겨우 삼 년 전이야. 그러니 네가 그곳에서 왔다면, 넌 그 사실을 기억할 거야. 그렇지 않니?"

"물론이야. 난 지구에서 태어났어. 증거도 있어. 사진들, 출생

증명서…… 그리고 많은 사람들이 십삼 년 전부터 내가 우리 별 지구에 존재하고 있었다는 사실도 말해줄 수 있어. 게다가……"

잭은 나지막이 덧붙였다.

"모두들 내 눈은 아빠 눈을 닮았다고 해. 하지만 나는 그 말을 도대체 믿을 수가 없어. 어쩐지 나는……"

"입양되었단 말이니?"

잭의 생각을 읽기라도 한 듯 빅토리아가 조심스레 말을 꺼냈다. 잭이 고개를 끄덕였다.

"왜 그런 생각을 하는 거야, 잭?"

잭은 망설였다.

"나는 부모님과 같지 않으니까. 내겐 이상한 일들이 일어나. 내 말 알겠니? 우연이라 하기엔 그동안 너무 많은 일이 있었어. 화재, 꿈, 도서관에서 본 환영…… 아무도 모를 거야, 난 아무에게도 악몽에 대해서 말한 적이 없어. 지금 생각해보니 이런 이상한 일들이 서로 관계가 있는 것 같아…… 이둔 그리고 너희와 말이야. 하지만 우리 부모님은 보통 사람이야. 그렇다면 난 어디서 온 걸까? 난 누구지?"

빅토리아가 말했다.

"잭, 너희 부모님이 이둔 사람이 아니라면, 키르타슈가 그분들을 공격했을 리 없어, 절대로. 그는 자기 목표가 아닌 사람은 절대로 해치지 않아."

잭은 '널 찾고 있었어'라는 말을 떠올렸다.

"아니, 목표는 나였어. 그분들이 아니었다고. 확실해. 내가 이상하게 생각하는 건, 이전에 이둔에 대해 한 번도 들은 적이 없는데도, 내가 틀림없이 그곳과 어떤 연관이 있다는 느낌이 든다는 거야. 그런데 도대체 그게 뭐냐고?"

빅토리아가 목소리를 낮췄다.

"너에게도 나와 같은 일이 생긴 거야. 난 열두 살이고 쭉 지구에서 살았어. 그런데 나도 그런 꿈을 꾸었지. 샤일은 내가 마법에 소질이 있다고 했어. 게다가 나도 키르타슈에게 죽을 뻔했고."

그녀는 깊이 숨을 들이마시더니 계속했다.

"샤일이 나를 구해줬어. 조금이라도 늦었다면 큰일 났을 거야. 키르타슈 얼굴은 제대로 보지도 못했어. 만일 그랬더라면……"

그러고는 미처 말을 끝맺지 못했다.

"그렇구나. 그런데 키르타슈는 우리를 어떻게 찾은 걸까? 우리 같은 사람들을 찾는 무슨 레이더 같은 거라도 갖고 있는 거야?"

잭이 중얼거렸다.

"비슷한 거야. 그에겐 마법을 감지하는 능력이 있어. 사방에서 마법이 넘쳐나는 이둔 같은 곳에서는 힘든 일이지만 지구 같은 데서는 마법으로 인한 변화가 훨씬 눈에 잘 띄니까. 키르타슈는 그런 변화를 감지할 수 있어. 어떻게 가능한 건지는 모르지만, 그는 마법을 사용한 곳에 몇 시간 안에 나타나곤 해. 그리고 우리는…… 그래, 샤일과 알산은 그냥 키르타슈를 감지할 수 있을 뿐이야. 더 많은 사람이 희생되지 않도록 그가 움직일 때마다 그를 따라잡으려 하지만 언제나 뒤만 쫓고 있는 셈이야. 무슨 말인지 알겠니? 우린 늘 제때에 도착하지는 못해."

잭이 나지막이 말했다.

“그러니까 내 말이 맞는 거잖아. 나한테 잘못이 있는 거야. 그 화재가 일어난 날…… 키르타슈가 그 일을 감지한 게 분명해.”

“아니야, 잭. 네 잘못이 아니야. 네가 일부러 그런 게 아니잖아. 그리고 키르타슈는 이미 네 흔적을 쫓고 있었을 거야.”

“아니, 아니야. 내 탓이야. 내가 알지도 못하고 통제할 수도 없는 어떤 잘못 때문에 내 삶이 통째로 뒤집혀버렸어. 예전으로 돌아갈 수 있다면…… 바꿀 수만 있다면……”

“하지만 불가능한 일이야, 잭. 그런 식으로 스스로를 괴롭히지 마. 넌 그냥 너야. 벌써 벌어진 일이고, 알겠니? 네가 정말로 마법의 힘을 지니고 있다면, 그건 저주로 여길 일이 아니라 오히려 그 마법의 힘으로 더 큰일을…… 좋은 일을 하라고 하늘이 준 선물로 여겨야 해.”

잭은 빅토리아의 말에 수긍하며 잠시 침묵을 지켰다. 그러나 그녀가 한 말이 떠올라 다시 초조해졌다.

“그런데 키르타슈가 마법을 감지하는 게 사실이라면…… 너도 방금 사용했잖아, 나를 치료하려고…… 이제 우리도 위험에 빠진 거니?”

빅토리아가 웃으며 말했다.

“우리는 림바드에 있잖아. 이곳에선 마법을 사용해도 위험하지 않아. 키르타슈는 이곳에 어떻게 오는지조차 모르니 당연히 마법도 감지할 수 없지.”

“그럼…… 이곳에는 어떻게 오는데? 마법으로?”

"그렇기도 하고 아니기도 하지. 내가 알마에 대해 이야기했던가?"

"이둔에서 벌어진 일을 나한테 보여준 그 물체를 말하는 거니?"

빅토리아가 미소를 지었다.

"알마는 림바드의 영혼이자 심장이고 정신이야. 초소형 세계인 림바드의 의식이지. 그래서 이 경계의 집을 만든 마법사들이 알마와 의사소통을 할 수 있는 채널을 확실하게 정해놓은 거야. 림바드는 서로 다른 두 세계의 경계에 위치해 있는 세상이라 알마는 이둔의 에너지와 지구의 에너지를 모두 빨아들일 수 있거든. 그래서 우리에게 많은 것을 보여줄 수 있어. 설사 우리가 바라지 않더라도 말이야."

"그럼 다른 곳으로 보낼 수도 있니?"

빅토리아가 고개를 끄덕였다.

"그런 식으로라도 알마와 접촉하기 위해서는 조금이라도 마법을 다룰 수 있어야 해. 내 말은, 누구든 알마와 소통을 할 수는 있지만, 이동하려면 반드시 자신의 능력과 알마의 마법이 결합해야 한다는 뜻이야. 알마가 거의 모든 일을 이뤄내지만 알마의 힘은 우리와 달라. 그 때문에 키르타슈가 감지하기가 더 어려운 거지.

샤일과 내가 림바드에서 지구로, 지구에서 림바드로의 이동을 맡고 있어."

"그렇다면 어떤 마법의 힘으로라도 이곳에 올 수 있는 거야?"

"아니야. 알마는 지능을 지닌 존재라서 파수꾼 역할을 해. 림바드에 사는 사람들을 인식하고 단지 우리에게만 길을 열어주지."

"그런데 넌 어떻게 이동할 수 있는 거야? 마법의 주문을 외우거나 하는 거니?"

"아니야. 정신을 집중하기만 하면 돼. 마음속에서 알마를 부르면 알마가 응답하고, 나를 찾아 이곳으로 데려와. 나는 할 수 있는 한 매일 밤 와. 때로는 오후에도 와서 샤일에게 마법을 배우기도 하고."

"그런데 왜 네 마법 능력을 늘리려는 거야? 림바드 밖에서 사용하면 키르타슈가 너를 찾아낼 텐데……"

"알아. 하지만 내가 진짜로 이둔 출신이라면 키르타슈가 나를 찾아내는 데 별로 오래 걸리지 않을 거야. 그렇게 되면 난 스스로를 지켜야 해."

그녀는 다시 한번 심호흡을 했다.

"샤일 말로는, 우리는 오직 마법으로만 키르타슈를 이길 수 있대."

잭은 잠시 생각에 잠겼다가 다시 물었다.

"나도 마법을 배울 수 있을까?"

"네가 능력을 가졌는지에 달렸어. 우선 샤일이 불에 관련된 네 능력이 마법과 연관된 건지 확인할 거야."

잭이 들떠서 말했다.

"빨리 알 수 있으면 좋겠어. 부모님에게 일어난 일이 내 탓인지 아닌지 알고 싶어."

"여기에 있었구나."

등 뒤에서 목소리가 들려왔다.

두 사람이 돌아보니, 알산이 그리스 조각상처럼 진지하고 당당한 모습으로 버티고 서 있었다. 그는 먼저 잭을, 그 다음에 빅토리아를 바라보았다.

빅토리아가 그의 말뜻을 바로 알아채고는 작은 목소리로 말했다.

"그럼 저는 이만 갈게요. 두 사람이 할 말이 많을 테니까요."

알산은 아무 말도 하지 않았고, 잭도 말이 없었다. 빅토리아가 자리를 뜨자 알산이 잭 옆에 앉았다.

"내 소개를 하지 않은 것 같군. 내 이름은 알산이야. 브룬 왕의 아들이자 바니사르 왕국의 왕자로 림바드 저항군을 이끌고 있어."

잭이 미소를 지었다.

"무슨 소리예요? 정말로 왕자라는 거예요?"

알산은 잭이 자신을 놀리는 건지 아닌지 모르겠다는 듯한 표정을 지었다. 알산은 웃는 것이 익숙지 않은 듯했지만 잭의 눈에서 반짝이는 호감을 발견하고는 미소를 지었다.

"그래, 난 왕자야. 아니, 적어도 그랬지. 삼 년 전 이둔 역사상 가장 끔찍한 침략 때문에 그곳을 떠나오기 전까지는. 지금은 아버지께서 살아 계신지 어떤지도 모르고 있어. 우리 왕국이 무너지고 백성들은 몰살당했을지도 모르는데 그것도 제대로 알지 못하고."

알산은 아무렇지도 않은 듯 말했지만 잭은 그 목소리에서 깊은 슬픔을 느낄 수 있었다.

"그럼 왜 떠난 거예요?"

"임무를 수행하려고. 무슨 수를 써서라도 키르타슈를 막아야 했는데, 그런데⋯⋯ 결국 모든 일이 꼬여버렸어. 제때 도착하지 못해 미안해."

알산은 잭의 눈을 똑바로 보았다.

잭은 심호흡을 했다. 고통은 여전했지만, 이제는 최소한 모든 일에 약간의 거리를 두고 지켜볼 마음의 여유가 생겨나 있었다. 잭은 고개를 가로저었다.

"당신이 내 목숨을 구해줬어요. 그 키르타슈란 놈이 나를 봤을 때, 난⋯⋯ 내가 죽을 수도 있다는 걸 알았어요. 그때 당신이 도착한 거예요. 이제 기억나요. 미안해하지 마세요. 정말 고마워요."

알산은 고개를 숙여 감사의 말을 받아들였다. 두 사람은 림바드의 초소형 세계를 감싸고 있는 조용한 소용돌이를 바라보며 잠시 침묵을 지켰다.

"모든 게 너무 낯설어요."

잭이 중얼거렸다.

"이해해."

알산이 고개를 끄덕였다.

"지구에 도착했을 땐 나도 마찬가지였어. 내가 살던 세상과는 너무 달랐거든. 아마 너도 전부 이해할 수는 없을 거야."

알산과 반대로 샤일은 지구의 삶에 편안함을 느낀다는 빅토리아의 말이 떠올랐다. 알산은 자존심이 강하고, 때문에 자신이 극복하기 힘든 상황에 처했다고 털어놓기가 쉽지 않을 것이다. 잭이 작은 소리로 말했다.

"이제 뭘 해야 하죠? 샤일은 내가 집으로 돌아갈 수 없다고 했어요. 키르타슈가 내 뒤를 쫓고 있다면, 친구나 친척집으로 가면 그들 역시 위험에 처할 거예요. 그렇지만……"

그는 낙심한 채 고개를 가로저었다.

"언제까지 이곳에 머물 수는 없어요."

"넌 뭘 하고 싶은데? 싸우고 싶은 거냐?"

알산이 물었다.

"네. 아뇨, 모르겠어요. 아직까지는 뭔가 해야만 한다는 생각뿐……"

키르타슈의 차가운 시선이 자신을 꿰뚫었을 때의 두려움이 되살아났다. 설명하기 힘들었지만 증오가 뒤섞인 감정이었다.

"하지만 난 놈의 적수가 될 수 없을 거예요."

"내가 도와줄 수 있어. 너 스스로를 지킬 수 있게 가르쳐줄 수 있다고. 그러면 밖으로 나가더라도 최소한 네 자신을 방어할 수는 있을 거야."

알산이 제안했다.

"나를 지킨다고요? 어떻게요? 당신이 하는 것처럼? 검으로요?"

알산이 고개를 끄덕였다.

"하지만 키르타슈를 이기는 유일한 방법은 마법이라던데요."

잭이 혼란스러워하며 반박하자 알산이 웃으며 말했다.

"나도 아무 검이나 사용하는 건 아니야. 림바드의 무기고에는 여러 경로를 통해 이곳으로 온 고대의 무기들, 전설적인 마법의 무기들이 가득해."

잭이 놀라움을 감추지 못하며 반문했다.

"마법의 무기? 정말로 그런 게 존재해요?"

알산은 고개를 끄덕였을 뿐 더 자세히는 말하지 않았다.

"총이나 뭐 그런 유의 무기가 더 효과적이지 않나요?"

"총이 뭔지는 알아. 마음에 들지는 않더군."

투덜대던 것도 잠시 알산이 진지하게 말했다.

"거리를 둔 상태에서 상대를 죽이는 건 품위도 용기도 없는 일이야. 게다가 키르타슈는 네가 총을 쏘기도 전에 널 끝장낼걸. 전설의 무기들은 그걸 지닌 사람에게 어떤 보호력을 부여하지. 키르타슈도 때때로 마법의 검을 사용해."

"네, 나도 봤어요."

어두운 표정으로 잭이 중얼거렸다.

"키르타슈 같은 암살자들도 그런 종류의 무기가 요구하는 법칙에 따라야 해. 그 첫번째 법칙은, 전설의 두 검이 만나면 둘 사이에 진정한 결투가 벌어진다는 거야. 인정하고 싶진 않지만, 키르타슈는 어린 나이에도 불구하고 대단한 전사야. 하지만 나 역시 제대로 훈련을 받았어. 언젠가는 꼭 그를 이길 거야."

잭은 알산의 이야기를 들으며 림바드의 경계를 잠시 바라보았다. 알산이 잭의 얼굴을 쳐다보았다. 이제 잭은 더이상 자신과 함께 림바드에 왔을 때, 어찌할 바 모르던 소년이 아니었다. 잭은 미간을 잔뜩 찌푸리고 있었지만, 눈은 거센 분노와 단단한 결의로 반짝이고 있었다.

마침내 잭이 천천히 입을 열었다.

"좋아요, 우선 내가 마법을 배울 수 있는지 알아보고 싶어요. 그리고 내가 이둔과 정확히 어떤 관계인지도 알고 싶어요. 내가 누구인지, 왜 이런 건지, 그리고 왜…… 왜 우리 부모님이 돌아가셨는지 알아야 하니까요."

그는 힐끗 알산을 곁눈질하며 덧붙였다.

"내게 검술을 가르쳐줬으면 좋겠어요."

알산이 만족한 표정으로 고개를 끄덕였다.

"그럼 우리 편에 들어오는 거야?"

잭이 고개를 갸웃거리며 그를 쳐다보았다.

"내가 해답을 찾도록 도와줄 건가요?"

"우리가 할 수 있는 일은 뭐든지 도와줄게, 잭."

잭은 굳게 결심한 듯 대답했다.

"그렇다면 저도 같은 편에 넣어주세요."

빅토리아

춥고 궂은 오후였다. 벌써 가을이 성큼 다가와 있었다. 마드리드 시에 가랑비가 내리자 뼛속까지 습기가 스며들었고, 바람은 우산을 뒤집어버릴 듯 맹렬한 기세로 불고 있었다. 사람들, 소음, 담배 연기. 모두 분주하기 짝이 없었다.

'이곳이 내가 사는 세상이야.'

그란 비아 대로를 바쁘게 오가는 군중을 지켜보며 빅토리아가 생각했다. 전율이 일었다. 가끔씩 빅토리아는 자신이 속한 세상이 싫고 무서웠다. 세상과 등지고 살 수는 없기 때문에 이런 생각이 바람직하지 않다는 건 알고 있었다. 하지만 이런 느낌이 드는 걸 막을 수는 없었다.

"빅토리아!"

누군가가 그녀를 불렀다.

"빅토리아, 무슨 생각 하고 있는 거야?"

빅토리아는 현실로 돌아왔다. 같은 반 친구 둘이 저만치 서 있었다. 세 사람은 과제물에 필요한 재료를 사러 시내로 나왔다. 새 학기가 시작된 지 일주일도 되지 않았는데 벌써부터 숙제가 산더미였다. 다른 두 친구는 쇼핑을 할지, 영화관에 갈지, 아니면 그냥 카페에서 뭘 마실지 등등 다음 할 일에 대해 얘기하고 있었다. 빅토리아는 친구들의 이야기를 건성으로 듣고 있었다. 이 아이들은 진정한 친구가 아니었다. 물론 이 아이들도 빅토리아가 자신들과 같이 다니든 말든 별로 개의치 않았다. 그저 예의상 말을 건넬 뿐이었다.

"영화관에 갈까 생각중인데 어때?"

"너희끼리 가. 난 공부할 게 많아서."

"내일은 수업도 없는데……"

"그래, 그런데…… 사실은, 별로 가고 싶지 않아."

두 여학생은 서로 의미심장한 눈빛을 주고받았다. 빅토리아는 이상한 아이였다. 모두들 그렇게 생각했다. 학교에 친구도 없고, 친구를 필요로 하는 것 같지도 않았다. 조용한 성격에 하루 종일 혼자만의 세계에 빠져 지냈다. 심지어 누구와 함께 다니는 것도 싫어하는 것 같았다.

세 사람이 다니는 학교는 마드리드 외곽에 위치한, 학비가 매우 비싼 사립 여학교였다. 음산하고 커다란 잿빛 건물은 두꺼운 담장에 둘러싸여 있었고 다른 시대의 건물처럼 보였다. 여학생들은 선생님들이 고리타분하고 엄격하다고 불평을 해댔고, 시내 공립학교에 다니거나 자유분방한 분위기의 학교에 다니는 학생들

을 부러워하기도 했다. 그렇지만 빅토리아는 단 한 번도 불평한 적이 없었다. 그녀는 교칙도, 교복도, 어른들의 간섭에도 신경쓰지 않았다. 이 모든 걸 기꺼이 받아들였다. 오히려 이런 점들 때문에 안전하다고 안심하기까지 했다.

키르타슈에게 쫓기는 상황이었기에, 세상을 등진 요새 같은 이 학교야말로 미친 세계의 한가운데 있는 피난처나 다름없었다.

사실은 둘째가는 피난처인 셈이었다. 첫째는 림바드, 경계의 집이었다.

머리가 좋고 뭐든 빨리 배웠기에 최선을 다하지 않아도 학교 공부는 그리 힘들지 않았다. 그냥 숙제를 하고 해야 할 일만 했다. 그 대신, 꿈꿀 수 있는 시간, 혼자 있을 수 있는 공간, 침묵이 필요할 뿐이었다.

마법을 꿈꾸고, 불가능한 일을 꿈꾸고, 이둔에 대한 꿈을 꾸는 것.

"그럼 집으로 갈 거니?"

아이들이 물었다.

"응. 금방 들어가겠다고 할머니께 말씀드렸거든."

또다시 눈빛이 오고갔다.

여학생들은 모두 빅토리아의 '할머니'인 알레그라 다스콜리에 대해 들은 적이 있었다. 그녀의 할머니는 스페인에 농장을 갖고 있는 괴짜 이탈리아 부호로, 지긋한 나이가 다 되어서 일곱 살이나 먹은 여자아이를 입양했다. 마드리드 교외에 있는 그녀의 으리으리한 저택은 거의 비어 있는 거나 다름없었다. 대저택에 할머니와 입양한 손녀—처음부터 그녀는 아이에게 '엄마'가 아니라 '할머니'라고 부르게 했다—그리고 요리사 한 명, 하녀 한 명, 때때로 정원사 일을 하기도 하는 집사 한 명만이 살고 있었다. 이 선량한 노인은 옛것을 고수하는 사람이었다. 빅토리아를 위해 비싼 사립학교를 선택한 것도 아마 그 때문일 것이었다. 그녀에 따르면, 이 학교는 '숙녀가 되는 법을 배울 수 있는' 곳이었다. 물론 빅토리아의 반 친구들은 이런 자세한 사정을 몰랐다. 그리고 어찌 되었든 빅토리아에 대해 별 관심을 가지지 않았고, 그녀의 집에 놀러 가거나 하지도 않았다. 그들은 날마다 스쿨버스를 타고 오가면서 완벽하게 다듬어진 정원과 웅장한 석조 계단의 저택을 보아도 빅토리아를 부러워하지 않았다. 마을에서 멀리 떨어져 그렇게 큰 집에서 엄격하고 시대에 뒤떨어진 할머니와 사는 건 틀림없이 지루할 것이라 생각했기 때문이다.

하지만 그렇다고 그들이 그녀를 동정하는 것도 아니었다. 빅토리아는 또래와 다니는 것을 좋아하지도 않았고, 반 아이들과 어울리려는 노력도 전혀 하지 않았기 때문이다. 빅토리아는 할머니가 혼자 외출하는 걸 거의 허락하지 않는데도 별로 신경쓰는 것 같지 않았다. 빅토리아처럼 이상한 애는 없을 거야, 반 친구들은 오래전부터 뒤에서 수군대곤 했다.

"그래, 그럼 잘 가. 월요일에 보자."

두 사람이 인사를 했다.

"월요일에 보자."

빅토리아도 작별인사를 하고 곧장 근처 지하철역으로 향했다.

다른 소녀들이 모르는 게 있었다. 빅토리아가 할머니를 핑계로 삼았다는 사실이다. 빅토리아의 할머니가 손녀에게 친구가 없다는 사실을 크게 걱정하지 않을 정도로 연로하고 엄하다고는 해도, 주말에 또래들과 놀러 나가거나 집으로 친구들을 초대하지 못 하게 할 정도는 아니었다.

빅토리아는 학교 밖이나 집에서의 생활에 관심이 없었다. 그녀에게는 림바드에서의 생활이 전부였다. 알산, 샤일 그리고 최근에 온 잭과 함께하는 생활. 그들은 그녀의 진정한 친구지만, 그들에 대해서는 비밀을 유지해야 했다. 그 때문에 아무에게도, 심지어 할머니에게도 이들에 대한 얘기를 할 수 없었다. 그리고 빅토리아는 이런 사실에 별로 개의치 않았다.

발걸음을 서둘렀다. 잭이 림바드에 온 지도 벌써 넉 달이 되었고, 이 기간에 그는 경계의 집에서 나간 적이 없었다. 샤일은 굉장히 난처한 처지에 처해 있었다. 잭의 염화능력이 어디서 왔는지 설명할 수 없었기 때문이다. 또 잭은 샤일이 주문하는 다른 마법은 어느 것 하나 제대로 해내지 못하고 있었다. 알산은 잭을 진정한 전사로 만들어주겠다고 약속했고, 그래서 두 사람은 하루의 대부분을 검술 훈련으로 보내고 있었다.

그러나 나머지 시간 동안 잭은 림바드라는 좁은 세계에서 지루해했다. 샤일이 잭의 집으로 돌아가 옷, 기타, 스케치북, 시디 몇 장, 책 몇 권 등을 가져왔지만, 잭은 하루 종일 빅토리아가 학교에서 돌아올 때만을 기다렸다. 그는 빅토리아의 숙제를 도와준 후 이런저런 이야기를 나누거나 컴퓨터게임을 했고, 빅토리아의 고양이 다마*와 함께 놀기도 했다. 빅토리아는 할머니가 집에 동물을 못 들이게 해서 다마를 림바드에서 키우고 있었다. 빅토리아와 잭은 아주 사이좋게 지냈고, 그래서 빅토리아는 아무리 학교 친구들이 재미있는 계획이 있다며 함께 놀자고 해도, 매일 오후 림바드로 돌아와 샤일에게 마법을 배우거나 잭과 함께 있는 것을 훨씬 더 좋아했다.

이날 오후에는 꼭 사야 할 게 있어 림바드에 가지 못하고 있었지만, 학교 친구들과 있으면서 시간을 낭비하고 싶지 않았다.

빅토리아는 무슨 생각엔가 골똘히 몰두하다가 신호등이 빨간불로 바뀐 줄도 모르고 건널목을 건너려고 했다. 급브레이크 밟는 소리, 호루라기 소리가 들려왔다. 빅토리아는 현실로 돌아왔다. 그제야 자신이 그란 비아 대로 한가운데 있으며, 막 차 한 대가 자신을 칠 뻔했다는 사실을 깨달은 그녀는 당황하여 인도로 물러서려 했다. 하지만 그 뒤에서 달려오던 차가 미처 멈추지 못했고, 빅토리아를 본 운전자가 브레이크를 밟으려 했을 때는 이미 너무 늦었다. 빅토리아는 비명을 지르며 자신도 모르게 손으로 얼굴을 감쌌다.

섬광 같은 것이 번쩍 하더니 이어 찢어질 듯한 충돌음이 들렸다. 빅토리아는 숨이 멎는 듯했다. 그러나 다시 눈을 떠보니, 정작 자신은 멀쩡했다. 차는 빅토리아의 몸에서 불과 몇 밀리미터 떨어진 곳에서 멈춰 서 있었다. 하지만 마치 실제로 무언가와 충

* '숙녀' 라는 뜻.

돌한 듯 엔진에서는 연기가 났고, 앞 범퍼는 찌그러져 있었다. 그렇지만 빅토리아는 손끝 하나 다치지 않았다.

빅토리아는 숨을 몰아쉬며 자신의 손을 내려다보았다. 이런 일이 가능하다면 오직 마법뿐이었다. 어서 빨리 샤일에게 이 이야기를 해야 했다.

당황해하는 운전자와 너무 놀란 나머지 입을 다물지 못하는 사람들을 무시하고, 빅토리아는 어깨에 가방을 걸머진 후 쏜살같이 지하철 입구로 달려갔다. 마법을 사용할 때마다 피를 끓게 만드는 간지러움이 아직도 혈관 속에 남아 있는 것 같았다. 하지만 그 느낌도 점차 조금씩 사라지고, 마침내 지독한 피로가 몰려왔다. 빅토리아는 가로등에 의지해 간신히 서 있는 지경이 되었다. 샤일은 마법으로 경이로운 일을 할 수 있었고, 대개는 아주 많은 에너지를 사용한 후에나 이런 상태가 되었다. 반면에 빅토리아는 아주 간단한 마법만 사용해도 완전히 지쳐버렸다.

그녀는 겨우겨우 발을 끌며 지하철 계단을 천천히 내려갔다. 승강장 의자에 주저앉았지만 오래 쉴 수는 없었다. 지하철이 막 도착했기 때문이었다. 빅토리아는 한숨을 내쉬며 자리에서 일어나 객차에 올랐다.

바로 그때였다.

돌연 소름이 돋고 목덜미의 솜털이 곤두서는 것이, 마치 목 뒤로 얼음같이 찬 공기가 훽 하고 지나가는 것 같았다. 익숙한 느낌이었다. 이 년 전에 딱 한 번 경험했을 뿐이지만 결코 잊을 수 없는 섬뜩함.

열차 문이 닫히려는 순간 민첩하고 우아한 검은 그림자가 미끄러지듯 객차에 오르고 있었다. 빅토리아는 직감했다. 그가 나를 발견했어.

빅토리아는 황급히 일어나 못마땅해하는 사람들을 헤치며 앞 객차로 내달리기 시작했다. 검은 옷이 사람들 사이를 요리조리 헤치며 뒤쫓아오고 있었다. 빅토리아는 곧 그에게 잡힐 거라는 걸 예감했다.

지하철이 다음 역에서 멈췄다. 빅토리아는 계속 앞으로 나아가다 한 젊은 남자와 부딪쳤다. 남자가 바닥에 나동그라졌다.

"이봐! 조심해야지!"

그러나 빅토리아는 사과할 겨를이 없었다. 불과 이 초 정도였지만 어쨌든 추격자는 넘어진 남자를 뛰어넘기 위해 잠깐 멈춰 서야 했다. 빅토리아에겐 절대 허투루 쓸 수 없는 소중한 이 초였다.

마지막 객차에 이른 그녀는 문이 닫히기 직전 전철 밖으로 튀어나왔다.

하지만 추격자도 그녀를 놓치지 않고 객차에서 내렸다. 두 사람은 서로 마주 보았다.

빅토리아는 숨도 쉬지 못하고 그대로 있었다.

키르타슈를 이렇게 보는 것은 처음이었다. 친구들이 그렇게 두려워하고 미워하는 암살자, 이 년 전에 자신을 거의 죽일 뻔했던 자. 당시에는 이 죽음의 사자의 얼굴을 보지는 못했다. 지금, 지하철 역 승강장에서 두 사람의 시선이 교차하는 바로 그 순간, 빅토리아의 내부에서 전율이 일며 영혼에 지울 수 없는 흔적을 남

졌다.

그는 상상하던 모습이 아니었다. 첫눈에는 평범한 소년 같아 보였지만, 귀족 같은 우아함, 어른의 안정감, 표범의 날렵함 그리고 얼음덩어리 같은 냉정함을 지니고 있었다.

그리고 그녀를 잡아끄는 동시에 밀쳐내는 무언가가 느껴졌다.

하지만 단지 그 한순간뿐이었다. 빅토리아의 본능이 고삐를 다잡았다. 그녀는 돌아서서 필사적으로 달리기 시작했다. 암살자로부터 멀리, 목숨을 구하기 위해서라면 그 어디라도 좋았다. 머릿속에 열다섯 살 정도밖에 안 돼 보이는 소년의 인상이 깊이 각인되었다. 사람을 끄는 매력적인 후광이 감돌고 있지만, 빅토리아는 알고 있었다. 인간미가 느껴지지 않는 차갑고 냉정한 그 눈빛을 결코 잊지 못하리라는 걸.

그녀는 지하철을 타러 내려오는 사람들을 피해가며 계단을 달려 올라갔다. 들리지는 않지만 키르타슈가 그녀를 쫓아오고 있었다. 소년은 그림자처럼, 유령처럼 움직였다. 그를 보거나 그의 소리를 듣지 않아도 죽음의 시선이 목덜미에 느껴졌다.

빅토리아는 필사적으로 계단을 뛰어 올라갔다. 그곳은 푸에르타 델 솔 역으로, 세 개 노선이 만나는 곳이었다. 빅토리아는 교차로에 들어서자 방향을 따져보지도 않고 내달렸다. 역 구내로 들어오는 열차 소리가 들리자, 그녀는 생각할 겨를도 없이 구원의 소리가 들려오는 통로를 택했다. 너무 서둘러 계단을 내려오느라 넘어질 뻔하기도 했지만 아슬아슬하게 객차에 오를 수 있었다. 수많은 사람들 틈에 끼여 전철에 올라탄 그녀는 밖에서 자신을 보지 못하게 몸을 웅크리고는 다음 칸을 향해 고양이 걸음으로 재빨리 옮겨갔다. 사람들은 그녀를 내려다보기만 할 뿐 아무도 말을 걸지는 않았다.

옆 칸까지 가서 뒤를 돌아보자, 몇 미터 뒤에서 객차에 오르는 키르타슈가 보였다. 키르타슈는 문 앞에 있는 빅토리아를 발견하고는, 그녀의 의도를 눈치챘다. 그러나 빅토리아는 이미 한 발을 객차 밖으로 내디딘 후였다. 지하철에 오르는 사람들을 필사적으로 밀치며 겨우 밖으로 나왔지만, 사람들에 밀려 그만 승강장 바닥에 엎어지고 말았다. 키르타슈 역시 객차에서 내리려고 했지만, 사람들이 꾸역꾸역 올라타는 바람에 옴짝달싹하지 못하고 있었다. 키르타슈가 쏘아보자 이유 없는 두려움을 느낀 사람들이 그에게 길을 비켜주었지만 이미 때는 늦었다. 객차의 문이 어린 암살자의 눈앞에서 닫히고 만 것이었다. 그는 문을 열려고 애를 썼지만 이내 지하철은 출발했고, 빅토리아를 승강장에 남겨두고 역을 벗어났다.

유리문 너머로 다시 한번 그들의 시선이 마주쳤다. 키르타슈는 지하철 안에서, 그리고 빅토리아는 여전히 바닥에 앉은 채 서로를 바라보았다. 암살자의 얼굴에서 낭패감이나 분노의 표정은 찾아볼 수 없었다. 그는 여전히 냉정하게 빅토리아를 내려다보고 있었고, 터널 안으로 지하철이 빨려 들어가는 순간까지도 얼굴에 감정의 변화를 조금도 드러내지 않았다.

빅토리아는 꼼짝 않고 가만히 앉아 숨을 골랐다. 키르타슈가 다음 역에서 내려 다시 자신을 찾아내는 일쯤은 이제 시간문제였

다. 그녀는 몸서리를 치며 단숨에 일어났다. 가능한 한 빨리 도망쳐야 했다.

빅토리아는 택시를 찾아 거리로 겨우겨우 힘겹게 걸어나왔다.

빅토리아는 집에 들어오자마자 몸을 떨며 할머니 품으로 쓰러졌다.

할머니가 놀라며 소리쳤다.

"애야! 무슨 일이니?"

"지하철에서…… 나를…… 쫓아와……"

"누가?"

빅토리아는 말을 할 수 없었다. 알레그라는 손녀를 떼어놓으며 똑바로 보았다.

"빅토리아, 누가?"

할머니 시선에 담긴 무언가가 빅토리아를 진정시켰다. 할머니는 엄하고 바위처럼 강했다. 빅토리아는 키르타슈를 만난 이후 처음으로 자신이 안전하다고 느꼈다.

"어떤…… 남자가……"

그녀는 거짓말을 했다.

"왜 그랬는지 모르겠어요. 아마 뭘 훔치려고 그랬나봐요…… 너무 무서웠어요."

"여기서 먼 곳이었니?"

"네?"

"이곳에서 멀리 떨어진 곳이었냐고 묻는 거다, 빅토리아. 네가 어디 사는지 알아낼 만한 거린지. 혹시 여기까지 너를 쫓아온 게냐?"

"아니요. 모르겠어요, 할머니. 하지만 솔 역에서는 그랬어요."

할머니가 갑자기 그녀를 품에 꼭 안는 바람에 말을 끝까지 할 수 없었다. 빅토리아는 마음이 훨씬 안정됐다.

"그곳에는 이상한 사람들이 많단다. 걱정 마라, 얘야. 이제 다 지나간 일이야, 알았지? 넌 이제 집에 있잖니. 이곳에서는 나쁜 일이 일어날 수 없단다."

빅토리아가 다시 안심하며 고개를 끄덕였다. 할머니가 이렇게 안아주는 일은 흔하지 않았다. 할머니가 자신을 사랑하는 건 잘 알고 있었지만, 할머니의 애정 표현은 드문 편이었다. 지금 이렇게 할머니가 안아주니 평소 때보다 훨씬 더 큰 위로가 되었다.

빅토리아는 자기 방으로 와 블라인드를 내리고, 신발을 벗고, 옷도 갈아입지 않은 채 침대 위로 몸을 던졌다.

지금 자신을 방해할 사람은 아무도 없었다. 할머니도 손녀가 방 안에서 무얼 하든지 존중해주었다. 손녀 방에 올 때면 언제나 노크를 했다. '소등 시간' 이후에 빅토리아를 보러 오는 일은 없었다. 자신의 규칙을 지키는 것이기도 했지만 무엇보다도 손녀를 믿고 있기 때문이었다.

빅토리아는 한숨을 쉬고 문을 등지고 누우며 생각의 고삐를 풀어놓았다.

'알마……'

빅토리아는 마음속으로 그 이름을 불러보았다.

익숙한 간지러움이 다시 몸을 훑고 지나갔다. 생각의 한모퉁이에서 무언가가, 무언의 동의 비슷한 무언가가 느껴졌다. 알마가 자기를 부르는 소리를 들은 것이다.

'나를 림바드로 데려가줘.'

빅토리아는 입 밖으로 소리 내지 않고 속으로 속삭였다.

그런데 알마가 빅토리아를 품고 비밀 안식처로 이동하려고 엄마처럼 감싸안는 것을 느낀 바로 그때, 노크 소리가 났다.

빅토리아는 망설였다. 할머니는 보통 노크한 후 안에서 아무 대답도 들리지 않으면, 손녀가 자고 있다고 여기고 더 방해하지 않았다. 하지만 이번에는 헤어진 지 채 오 분도 되지 않은데다, 무척 걱정하고 있는 상황이었다. 빅토리아는 알마에게 조금 기다려달라고 하고는 천천히 자신의 형체를 나타나게 했다.

"네?"

그녀는 내키지 않은 대답을 했다. 할머니가 문을 열었다.

"자고 있었니?"

"네, 막 자려던 중이었어요. 괜찮아요."

빅토리아가 미소를 지으며 말했다.

"내가 생각해봤는데…… 경찰에 신고를 했으면 해서 말이다. 그 사람이 어떻게 생겼는지 기억나니?"

빅토리아의 머릿속에 키르타슈의 모습이 선명하게 떠올랐다. 고양이처럼 가볍고 재빠르게 움직이던 소년. 검은 옷, 섬세하지만 속을 알 수 없는 표정, 얼음처럼 차가운 눈. 절대로 그를 잊을 수 없을 것이다. 악몽이 되어 오랫동안 자신을 괴롭힐 것이다.

마침내 빅토리아가 대답했다.

"아뇨, 기억나지 않아요. 모든 일이 너무 순식간에 벌어졌거든요."

잭은 일격을 가했으나 목표에서 빗나가자 역습을 막기 위해 몸을 돌리고 팔을 내리며 서둘러 자신의 실수를 바로잡았다. 챙 하고 두 검이 부딪쳤다. 그가 다시 몸을 돌려 반원을 그리며 푹 찔렀지만 이번에도 실패였다. 잭은 균형을 잃었고, 그 순간 강철 칼날이 목에 닿는 것이 느껴졌다.

"넌 죽은 거야."

바로 옆에서 들리는 목소리였다.

잭은 잠깐 동안 움직이지 않았다. 간간이 숨을 끊어 내쉬는 그의 이마는 땀투성이였다. 그는 천천히 무기를 바닥에 던지고 두 손을 쳐들었다.

"좋아요, 또 이겼군요."

잭이 마지못해 인정하자 그제야 알산이 칼날을 거둬들이고 미소를 지었다.

"조바심 내지 마. 겨우 넉 달 연습하고 누르곤의 기사를 이길 순 없지."

잭의 얼굴에 못마땅한 표정이 떠올랐다. 알산이 누르곤 기사단에 대해 자랑스럽게 이야기해준 적이 있었다. 이둔 전체에서 가

장 막강하고 영향력 있는 기사들의 공동체로, 가장 고귀한 전사들만 입단할 수 있으며, 알산은 어린 나이에도 불구하고 그 기사단 내에서 높은 위치를 차지하고 있었다. 명예, 용기, 정직이 기사단을 떠받치는 세 기둥이며, 기사들은 늘 철저하게 수련하며 대비하고 있기에 실제 전투에서 그들을 이길 전사가 거의 없었다.

"그렇겠지요."

잭이 투덜거렸다.

"그래도 많이 좋아졌죠? 안 그래요? 그것만큼은 인정해달라고요. 처음에는 검도 제대로 들지 못했잖아요."

"잘난 척은!"

알산이 비웃었다. 잭은 돌아서서 알산을 보았다.

"당신이 대단하다고 생각하죠? 미리 경고하지만 당신을 이기는 데 그리 오래 걸리지 않을걸요."

알산이 미소를 지었다.

샤일과 함께한 마법 수업에서 실패를 맛본 후, 잭은 최근 몇 달 동안 검 다루는 법을 배우는 데 온 힘을 쏟고 있었다. 사실 잭은 샤일보다 알산이 가르쳐주는 것들이 훨씬 더 유용하고 현실적이라고 생각했다. 알산은 키르타슈의 공격에 검으로 맞섰지만, 샤일은 마법의 힘을 빌려 도망치는 데 급급했다는 생각을 떨쳐버릴 수가 없었던 것이다.

그동안 잭은 자신의 근원에 대해, 혹은 있을지도 모르는 '능력'에 대해 아무것도 알아낸 것이 없었다. 이둔의 역사에 대해 많은 것을 들었지만 모두 낯설기만 했고, 부모님이 당한 끔찍한 일을 정당화하거나 최소한의 설명이라도 될 만한 것을 찾을 수가 없었다. 그러나 다행스럽게도 시간이 흐르면서 고통과 자책감은 조금씩 잦아들었다. 분노와 복수에 대한 갈증이라는 다른 형태의 감정으로 모습을 바꾸고 있는 것인지도 모르지만. 그는 자신을 불의의 희생자로 여겼고, 아무 이유도 없이 인생을 도둑맞았다고 느끼며 모든 증오와 좌절감을 알산과의 검술 수업을 통해 분출하고 있었다. 그는 스스로에게 다짐했다. 부모님의 암살자들과 대면할 준비가 되었을 때 그들에게 꼭 되갚아줄 거라고.

하지만 그전에 그들을 똑바로 보며 물어보리라. 왜 그랬느냐고.

왜 자신의 세계를 산산조각 냈는지, 왜 부모님의 목숨을 앗아갔는지, 그리고 무엇보다 자신이 왜 다른 존재인지. 적들은 분명 답을 알고 있을 것이다. 그리고 마지막 질문에 대한 답 때문에 그를 죽이려 했을 것이다.

알산은 경험 많고, 침착하며, 신중한 전사였다. 충동적이고 다루기 힘든 잭의 성격 때문에 종종 충돌하기도 했지만 마음속으로는 애정을 가지고 잭을 대했다. 잭에게도 알산은 따르고 싶은 모범이었다. 알산은 강하고 용감하고 자신감이 넘쳤고, 무엇보다 저항군의 뛰어난 리더였기 때문이다. 잭은 알산을 존경했고, 그에게서 배울 수 있는 건 뭐든 배우려고 노력했다. 스승인 왕자는 제자의 끈기와 집념에 만족해했다. 하지만 확실한 건 두 사람의 속마음이 서로 달랐다는 것이었다. 알산의 동기가 정의감이라면, 잭은 증오와 복수에 대한 갈망으로 불타고 있었다.

잭이 알산을 영웅으로 존경하고 스승으로 그의 말을 따르며

친형처럼 좋아하긴 했지만, 검술 수업만으로는 충분하지 않았다. 조바심이 그를 갉아먹고 있었다. 무언가가 더 필요했다.

잭은 검을 쥔 채 생각에 잠겼다.

"왜 안 되는……"

그가 말을 채 끝맺기도 전에 알산이 끼어들었다.

"고집 부리지 마, 잭. 넌 아직 전설의 검을 잡을 준비가 되지 않았어."

잭이 기다리던 대답이었다. 이번에는 잭도 반박할 대답을 미리 준비하고 있었다.

"바로 그거예요. 그런 검이 실제로 존재한다고 해도 난 아직 본 적도 없는걸요."

알산이 잭을 향해 돌아섰다.

"나를 떠볼 생각은 하지 마. 그게 존재한다는 건 잘 알고 있잖아. 그중 하나를 들고 내가 키르타슈와 싸우는 것도 봤고."

"그땐 검에 별 주의를 기울이지 못했어요. 최소한 내게 무기라도 보여주면 안 돼요?"

알산이 잠시 고민하는 것 같더니 결국 입을 열었다.

"좋아, 그런다고 해가 될 거야 없겠지."

잭은 알산의 마음이 바뀔세라 잽싸게 홀 안쪽으로 향해, 용 문양으로 장식된 작은 철문 앞에서 기다렸다. 알산이 열쇠를 꺼내 전설의 무기들이 기다리고 있는 방문을 열었다. 잭은 약간 두려운 마음을 안고 그의 뒤를 따라 들어갔다. 이 문을 넘어서기는 이번이 처음이었다. 잭이 이곳에 온 첫날부터 문은 신비로운 매력을 발산하고 있었다.

방에 들어선 순간 잭은 흠칫 놀랐다.

벽은 온통 진열장과 장식을 놓기 위한 벽감(壁龕)으로 처리되어 있었고, 그 안에는 온갖 종류의 은빛 무기가 가득 들어차 있었다. 단검, 검, 창, 도끼…… 어느 것 하나 평범하지 않았다. 손잡이에는 보석이 잔뜩 박혀 있고, 날은 신비한 광채로 번쩍였다.

"이곳에 보관하고 있는 무기들은 모두 위대한 영웅들이 사용한 것들이야. 그들의 위업은 이둔 연대기에 기록되어 있지. 이것들이 어떻게 이곳에 있는지는 우리도 몰라. 대부분 유실된 줄 알았거든."

잭은 단도 하나를 뚫어지게 들여다보았다. 손잡이에 얼굴이 하나 새겨져 있는데, 초인적인 용모를 한 그 얼굴은 눈을 가늘게 뜨고 신비한 미소를 짓고 있었다.

"잭!"

잭은 퍼뜩 현실로 돌아왔다. 옆에 있는 알산이 인상을 찡그리고 있었다.

"이봐, 똑바로 보지 마. 사람들이 자길 다시 쥐어주기를 바라는 거야. 피를 빨아먹는 놈인데, 수세기 동안 금식중이거든. 이걸 다루려면 강철 같은 의지가 필요해, 알아들어?"

"농담이죠?"

아연실색한 잭이 얼른 검에서 떨어졌다. 알산은 아주 진지한 표정으로 말했다.

"절대 농담이 아니야. 전설의 무기들은 대부분 정신을, 영혼을

지니고 있어. 사실 나도 스스로 생각하는 무기한테는 웬만하면 내 목숨을 맡기지 않아. 하지만 우리는 지금 아주 특수한 상황에 있지. 다른 선택의 여지는 없는 셈이니까."

"당신은 주로 어떤 무기를 사용하나요?"

알산이 날개를 펼친 독수리 모양의 손잡이가 달린 멋진 검 앞에서 발걸음을 멈추었다.

"숨라리스, 무적의 검이지."

그의 목소리에는 경외심이 담겨 있었다.

"누르곤 기사단의 기사들이 만들고 사용했어. 그래서인지 우리는 서로 잘 통해. 알려진 바에 따르면 키르타슈의 검인 하이아스의 공격을 막아낼 수 있는 유일한 검이야."

알산은 혐오스럽다는 듯 적의 무기 이름을 입에 올렸다.

"유일하다고요?"

잭이 흥미를 보이자 순간 알산이 머뭇거렸다.

"뭐…… 꼭 그런 건 아냐."

젊은 왕자는 인정했다. 잭이 미소를 지었다. 그는 알산을 조금씩 알아가고 있었다. 그의 결점까지도. 알산은 분명 사실을 자세히 밝히고 싶지 않은데 명예에 대한 스스로의 불문율 때문에 거짓말을 못 하는 것이었다.

"다른 검도 있어요?"

알산은 심각한 표정을 지으면서 잭을 어느 조각상 앞까지 데려갔다. 손에 검을 든 덥수룩한 수염의 남자를 조각한 위풍당당한 조각상이었다.

"불의 신, 알둔이야. 전설에 따르면 용들의 아버지지."

알산이 나지막이 설명했다.

"그리고 그가 치켜들고 있는 이 검은 도미바트야. 수세기 전부터 이 검을 잡은 자는 아무도 없어. 전해지는 말로는 용의 불로 벼린 검이라더군."

잭이 검을 보았다. 멋진 무기였다. 금으로 세공한 손잡이에는 번쩍이는 루비 눈을 한 용의 모습이 새겨져 있었다. 칼날에 희미한 붉은빛이 감돌았다. 마법의 금속에서 너울거리는 불빛 같았다. 잭은 자신도 모르게 손을 뻗었다.

"손대지 마!"

잭이 깜짝 놀라 손을 거둬들였다. 알산이 설명했다.

"불에 타버릴 거야. 불에 타지 않고 검을 휘두르려면 손잡이를 얼려야 할걸. 샤일이라면 그렇게 할 수 있겠지만 좋은 생각은 아닌 것 같군."

잭이 꿀꺽 침을 삼키며 고개를 끄덕였다. 무언가 더 물어보고 싶었으나 알산은 등을 돌리고 방에서 나가버렸다. 잭은 피에 굶주린 단검들이 있는 장소에 혼자 남아 있고 싶지 않아 얼른 그를 따라나왔다.

훈련실로 돌아온 잭은 다시 검을 잡았다. 알산이 돌아서며 잭을 보았다.

"뭘 하는 거야? 오늘은 이만하면 충분해, 친구."

"더 연습하고 싶어요."

"그럼, 한방 먹지 않게 단단히 준비해."

잭이 무기를 치켜들었다.

"그건 두고 보면 알겠죠."

그러나 그때 누군가의 헛기침 소리에 두 사람은 대결을 중단해야 했다. 돌아보니 샤일이 문가에 서서 꽤 심각한 표정으로 두 사람을 바라보고 있었다.

"알산, 우리 얘기 좀 하지."

젊은 왕자는 훈련하던 검을 한쪽에 놓고, 한마디 말도 없이 샤일을 따라 방에서 나갔다. 잭은 여전히 손에 검을 들고 무슨 일일까 생각하며 그 자리에 서 있었다. 알산과 샤일 그리고 빅토리아는 자신이 알아듣지 못하는 일에 대해 자주 이야기를 나누었다. 잭은 그들이 자신을 완전히 믿고 있지는 않다는 것을 알고 있었다. 지금까지는 그런 사실에 별로 신경이 쓰이지 않았다. 지금 그에게 필요한 것을 저항군이 제공해주는 한은 그랬다. 부모님을 죽인 키르타슈와 엘리온을 이길 방법을 가르쳐주고, 놈들과 맞설 준비가 될 때까지 안전한 피난처를 베풀어주는 한, 나머지 일에는 신경쓰고 싶지 않았다. 이 모든 호의에도 불구하고, 자신이 이 둘의 편이라든가 저항군의 이념에 공감한다든가 하는 마음이 들지 않았던 것이다.

잭은 어깨를 으쓱하고는 찬물로 샤워를 하러 갔다. 머리칼이 젖은 채 욕실에서 나와 닫힌 문 앞을 지날 때, 샤일이 빅토리아의 이름을 거론하는 걸 듣고 잭은 살금살금 다가가 문에 귀를 바싹 댔다.

"그렇다면 놈이 그애를 찾아냈단 말이군."

방 안에서 알산이 중얼거리는 소리가 들렸다.

“이런 일이 있을 줄 예상하고 있었잖아. 그리고 그애에게 무슨 말을 해야 할지도 말이야. 집에서 나와 이곳으로 오라고 해. 그애가 안전할 수 있는 유일한 방법이야.”

“하지만 그럴 순 없어.”

샤일이 반박했다.

“그애는 어려. 무슨 말인지 알겠어? 집과 가족이 있고, 자기만의 생활이 있다고. 그 모든 걸 버리라고 할 순 없어.”

“키르타슈가 그애를 죽일 거야, 샤일. 놈이 뒤를 쫓고 있는 게 분명해. 그가 잡힐 뻔한 게 이번이 처음도 아니고.”

“그땐 스위스에서였지. 키르타슈는 빅토리아가 마드리드에 산다는 걸 알아낼 방법이 없었을 텐데.”

“그렇다면 이제 그를 과소평가해서는 안 된다는 교훈을 얻었겠군?”

짧은 침묵이 이어졌다.

“지하철에서 그애를 추격했어. 집까지 따라가지는 못했지만.”

샤일이 설명했다.

“하지만 그자가 빅토리아의 얼굴을 보았잖아.”

알산이 지적했다.

“그래, 빌어먹을.”

샤일이 한숨을 내쉬었다.

“키르타슈는 한 번 본 얼굴은 절대 잊지 않아. 이제 어떻게 해야 하지?”

"경계를 강화해야지."

잠깐의 침묵 후 알산이 대답했다.

"놈은 빅토리아를 금세 찾아낼 거야. 어쨌든 빅토리아는 그저 어린 소녀일 뿐이고, 네가 말했듯이 그애의 마법은 그리 대단한 게 아니니까. 다시 둘이 마주친다면 빅토리아는 분명 살아남지 못할 거야."

"그래……"

잠시 침묵이 흐르더니 안도하는 듯한 샤일의 목소리가 들렸다.

"그래, 하지만 다행히도 키르타슈는 빅토리아가 루나리스와 마주친 적이 있다는 사실을 몰라. 만일 그 사실을 알았다면……"

잭은 처음 듣는 루나리스라는 이름에 귀를 쫑긋 세웠다.

"……그랬다면, 그애를 죽이려 하진 않았겠지. 정보를 캐내기 위해 납치해갔을 거야. 그리고 그애가 기억을 못 하더라도 놈은 분명히 뜻을 이루었을 거야. 지금으로서 빅토리아는 루나리스를 찾을 유일한 단서니까. 그렇지만 다른 한편으로는……"

알산이 잠시 입을 다물었다 계속했다.

"다른 한편으로는, 날마다 이곳에 갇혀 지내는 잭을 보고 있으면, 햇빛도 못 보고, 갈 곳도 없고, 하루 종일 검술 연습하는 것 말고는 아무 할 일도 없는 잭을 보고 있으면…… 빅토리아에게도 이런 생활을 강요하는 데 죄책감이 들어. 아무리 그애가 이곳에 있는 걸 좋아하는 것처럼 보여도……"

"지금은 너무 놀란 상태야. 아마 당분간은 집에 돌아가고 싶어하지 않을걸."

"좋은 생각이 아니야. 누가 빅토리아를 찾기라도 하면 어쩌지? 여기서 더 머물게 되면 그애 할머니가 걱정하면서 그애를 찾겠지. 그러면 키르타슈에게 빌미를 줄 수도 있고, 빅토리아가 사는 곳을 가르쳐주는 꼴이 될 거야."

"그러면 어쩌자는 건데?"

"빅토리아가 결정하도록 내버려둬."

알산은 잠시 생각한 후 다시 말을 이었다.

"난 그게 최선의 선택이라고 생각해. 가서 그애랑 이야기 좀 해봐, 그리고……"

"안 돼, 지금은 아니야."

샤일이 단호하게 말을 잘랐다.

"분명 잭이랑 같이 있을 거야. 마음 놓고 이야기할 상대가 필요할 거야."

잭은 죄책감이 들었다. 빅토리아가 키르타슈의 공격을 받았다는 사실을 알게 됐는데, 그애가 잘 있는지 필요한 것은 없는지 곧장 달려가 알아보지 않고 이렇게 문 뒤에서 염탐이나 하고 있다니. 그는 당황해하며 물러나 빅토리아를 찾아갔다.

빅토리아는 거실에 있었다. 탁자 위에 온통 수학 숙제를 펼쳐놓고는 문제에 집중하려 애쓰면서, 무릎 위에 앉아 있는 다마를 건성으로 쓰다듬고 있었다. 그 모습을 본 잭에게 남겨두고 온 것들에 대한 향수가 와락 밀려왔다. 바로 몇 시간 전까지만 해도 빅토리아는 안전한 곳에 살았고, 학교도 가고 수학 공부도 할 수 있었다. 잭은 눈을 감았다. 자기도 방으로 돌아가 수학 공부를 할

수 있다면, 그리고 가야 할 학교와 방과 후 돌아갈 집과 자신을 기다리는 가족이 있다면…… 그날 오후에 있었던 일 때문에 빅토리아가 림바드 바깥에서 누려온 안전하고 평화로운 삶은 끝장나버리는 걸까. 어쨌든 빅토리아는 가능한 한 빨리 키르타슈와 만난 일을 잊으려고 다른 생각할 거리를 찾아 숙제를 시작한 게 분명했다.

잭은 빅토리아를 바라보다가 오늘 오후 그녀를 영영 잃어버릴 수도 있었다는 생각에 몸을 떨었다.

잭의 시선을 느꼈는지 빅토리아가 고개를 들었다.

"수학이 문제라니까."

빅토리아는 미소를 지었다. 잭도 미소를 지었다.

"도와줄까?"

그가 제안했다. 그러고는 빅토리아 옆에 앉아 노트에 눈길을 던졌다. 빅토리아는 떨고 있었다.

"괜찮아? 춥니?"

잭은 재킷을 벗어 빅토리아의 어깨를 덮어주었다. 빅토리아는 이런 행동들이 좋았다. 샤일이나 알산처럼 '오빠' 같이 굴지도 않고, 좋은 친구로서 애정과 믿음을 보여주는 게 마음에 들었다. 잠시 잭을 바라보면서 그녀는 왠지 모르게 그와 매우 가까워진 기분이 들었다. 알산과 샤일은 빅토리아보다 나이도 많고, 이둔에서 태어나 자랐으며, 자신들이 빅토리아의 삶에 개입한 것이 어떤 의미를 갖는지 몰랐다. 하지만 잭은 잘 알고 있었다. 같은 또래인데다 근래에 자신과 비슷한 경험을 했기 때문이었다. 두 사람은 아주 잘 통했지만, 빅토리아는 가끔 이 우정이 더 단단해지지는 못할 것 같다는 생각이 들었다. 잭이 너무 훈련에만 집착하고 있었던 것이다.

"고마워."

빅토리아는 이렇게 말하고는 다시 수학 문제를 풀려고 했다. 하지만 잭은 노트를 한쪽에 밀쳐두며 빅토리아의 눈을 똑바로 바라보았다.

"무슨 일이 있었는지 나도 알아. 괜찮은 거야? 많이 다치진 않았어?"

잭이 이상할 정도로 진지하다는 것을 깨닫는 순간, 빅토리아는 몸 안에서 이상한 열기를 느꼈다.

"괜찮아. 간신히 따돌렸어."

빅토리아가 말했다. 키르타슈를 떠올리자 다시 오싹해졌다. 잭도 키르타슈를 가까이서 보았기 때문에 그 기분을, 그 오싹함을 잘 알고 있었다. 그저 옷을 더 껴입거나 난방 온도를 올린다고 가시는 추위가 아니었다. 잭은 따뜻한 기운을 북돋워주려고 빅토리아를 꼭 안아주었다. 빅토리아는 눈을 감고 가만히 있었다. 그의 온기가 그녀의 심장을 둘러싼 얼음을 조금씩 녹여주는 듯했다.

"놈이 어떻게 너를 찾아낸 거야?"

잭이 망설이다 물었다.

빅토리아가 머뭇거렸다.

"내가…… 뭔가를 했어. 마법을 쓴 거 같아. 차에 치일 뻔했는데, 나를 지키려고 보이지 않는 방패막 같은 걸 만들어낸 게 분명

해. 어떤 주문을 사용했는지 기억도 안 나. 샤일에게 이야기했더니 이런 걸 '본능적 마법'이라고 한대. 기억도 나지 않고, 그리고 제대로 사용한 것 같지도 않은데 얼마 안 돼서 키르타슈가……"

갑작스레 빅토리아가 입을 다물었다. 망설이는 듯했다.

"나한테는 말해도 돼."

빅토리아는 심호흡을 하고 그날 오후에 있었던 일을 빠짐없이 들려주었다. 잭은 어두운 얼굴로 그녀의 이야기에 귀를 기울였다.

"왜 곧바로 림바드로 오지 않은 거야? 그게 더 간단하지 않았겠어?"

"알마와 접촉하려면 정신 집중이 필요해. 샤일이라면 순간적으로 할 수 있지만 난 아직 잘 안 돼."

빅토리아가 두 뺨을 붉게 물들이며 고개를 떨어뜨렸다. 소녀는 마법 수련에서 샤일이 기대하는 만큼 따라가지 못한다는 사실이 너무 부끄러웠다. 젊은 마법사가 빅토리아에게 무리한 요구를 하는 게 아니었기 때문에 그를 실망시키기는 정말 싫었다. 그래서 빅토리아는 하루도 빠짐없이 꾸준히 연습하고 있었다. 그녀는 마법을 사용할 순 있었지만 아직 기대에 못 미치고 있었다. 샤일은 간단한 주문들부터 가르쳤고, 빅토리아는 이것을 배우는 데 온 힘을 기울였지만 소용이 없었다. 물론 빅토리아의 치유 마법은 꽤 효과를 발휘했고 알마와의 소통 능력에도 문제 없었다. 하지만 그것이 전부였다.

"못 하겠어요."

빅토리아는 종종 낙담해서 샤일에게 투정을 부리곤 했다.

“마치 손가락 사이로 빠져나가는 것 같아요.”

그러면 샤일의 대답은 한결같았다.

“괜찮아. 이곳에서는 마법이 이둔에서와 똑같은 효과를 발휘하지 않기 때문에 그런 거야.”

하지만 빅토리아는 괜찮을 수가 없었다. 그녀는 샤일에게 자랑스러운 존재가 되기를 간절히 원했다.

이런 생각을 잊으려고 애썼지만 이번에는 키르타슈의 기억이 머릿속을 가득 채웠다.

“키르타슈에게 거의 잡힐 뻔했어.”

빅토리아는 겁에 질려 중얼거렸다. 잭은 그녀가 이전에 키르타슈를 만난 일이 있다고 말한 걸 기억해냈다. 그녀는 그 일을 떠올리기 싫어했다. 하지만 빅토리아가 그 기억을 극복해야 한다는 생각에 잭은 힘들게 말을 꺼냈다.

“지난번에는 어땠는데? 너를 어떻게 찾아낸 거야?”

빅토리아는 잠시 망설였다. 잭에게 의지하고 싶고, 자기 이야기를 전부 털어놓고 싶은 마음이 간절했다. 고개를 들어 잭을 바라보자 그녀를 응시하는 그의 초록색 눈과 마주쳤다. 그녀는 곧 이야기를 시작했다.

모든 일은 오 년 전, 빅토리아가 마드리드 근처의 수녀들이 운영하는 고아원에 살고 있을 때 시작되었다. 그때 빅토리아는 겨우 일곱 살이었는데, 한 남자아이가 놀이터 미끄럼틀에서 떨어지는 사고가 났다. 아이는 팔이 꺾이고 이마가 찢어져 고래고래 소리를 지르며 울고 있었다.

하지만 소식을 들은 수녀들이 도착했을 때, 다친 아이는 이미 상처가 말끔히 나아 있었다. 수녀들은 믿을 수 없다는 듯 빅토리아를 바라보았다. 빅토리아와 남자아이를 둥글게 둘러싼 고아원 아이들 역시 아무 말 없이 그 둘을 바라보고 있었다.

그날 이후 아이들은 빅토리아를 무서워했다. 그리고 빅토리아를 예전과 다르게 대하기 시작했다. 그러나 어른들은 마치 아무 일도 없었다는 듯이 행동했다. 아이들이 하는 이야기를 믿지 않았기 때문이었다. 하지만 이 모든 게 빅토리아에겐 조금도 중요하지 않았다. 그녀가 정말로 걱정한 것은 어떤 느낌, 마치 잠자는 맹수를 깨운 듯한, 판도라의 상자를 연 듯한, 무시무시하고 강력한 무언가의 시선이 자신을 향하게 만든 듯한 느낌이었다. 그때부터 빅토리아는 잔뜩 겁에 질린 편집증적인 아이가 되었다. 빅토리아는 사람들이 자신을 감시하고 있고, 스스로 드러낸 본성 때문에 누군가가 곧 찾아올 거라는 생각에 사로잡혔다. 뜬눈으로 밤을 지새우는가 하면 아주 작은 속삭임에도 신경이 곤두서 이불 속에서 바들바들 떨며 공포에 휩싸였다.

그러나 아무 일도 일어나지 않았다. 얼마 후 누군가가 자신을 고아원에서 꺼내준 일을 제외하곤. 수도회 자선사업의 재정을 도와주는 알레그라 다스콜리라는 노부인이 빅토리아를 입양하기로 결정한 것이다.

그녀는 빅토리아를 보는 순간 바로 그 자리에서 애정을 느꼈다. 빅토리아는 말수가 적었지만 온순하고 명랑한 아이로 모범생이었다. 선생님들은 빅토리아에 대해 나쁜 말이라곤 한마디도 하지 않았다. 성적도 늘 좋았다.

하지만 빅토리아는 여전히 설명할 수 없는 두려움을 느끼고 있었다. 처음에는 고아원, 나중에는 학교의 상담 교사들이 아무리 애써도 빅토리아의 두려움을 몰아낼 순 없었다. 나쁜 일 따위는 일어나지 않을 거야. 너는 특별한 능력을 지닌 것도 아니잖아. 널 죽이러 오는 사람도 없을 거야. 넌 마녀도 아니고, 우리는 중세가 아니라 21세기에 살고 있잖니.

빅토리아도 결국엔 이런 말들을 믿게 되었다. 그렇지만 의구심은 계속 그녀를 따라다니며 괴롭혔고, 끝내는 피할 수 없는 일이 벌어지고 말았다.

이 년 전 화창한 그 여름날 아침을 빅토리아는 절대 잊지 못할 것이다. 할머니와 빅토리아는 스위스의 한 온천에서 휴가를 즐기고 있었다. 빅토리아는 호텔에서 준비한 단체 등산에 참가하고 있었다. 그런데 등산로에서 조금 벗어났을 때 비명 소리가 들렸다. 빅토리아가 제일 먼저 소리가 난 곳으로 달려갔다. 한 영국인 부인이 굴러떨어져 있었다. 커다란 바위 아래 의식을 잃고 이마엔 끔찍한 상처가 나 있었다. 빅토리아는 망설이지 않고 자신의 능력을 사용해 부인을 치료했다.

이후 모든 일은 순식간에 일어났다.

빅토리아는 갑자기 자신이 위험에 처했음을 직감했다. 그녀의 육감은 자신의 행동이 아주 위험한 누군가의 주의를 끌었다고 경고하고 있었다. 그녀는 급히 일어나 전력으로 달리기 시작했다.

빅토리아는 숲속으로 들어갔다. 누군가가 따라오는 게 느껴졌

다. 점점 더 다가오는 차가운 숨결…… 금방이라도 그녀를 따라잡을 것 같았다. 그런데……

바로 그때 샤일이 나타났고 빅토리아를 이곳으로 데려왔다.

림바드로.

그 순간부터 그녀의 삶은 180도로 바뀌었다. 죽음의 사자의 얼굴을 보지는 못했지만, 그녀는 스칠 듯이 가까운 곳에서 그 존재를 느꼈다.

알산과 샤일에게 무슨 일이 벌어진 건지 그리고 왜 다시는 자신의 능력을 사용해서는 안 되는지를 들은 후, 빅토리아는 스위스의 호텔로 돌아갔다. 다행히도 할머니는 짐을 챙기고 있었다. 무슨 이유에선가 호텔 지배인과 말다툼을 한 할머니는 모욕을 당했다며 바로 당장 휴가 여행을 끝내기로 결심한 것이다. 빅토리아는 그렇게 급작스럽게 할머니의 기분이 변하게 된 것에 감사했다. 두 사람은 바로 그날 스페인으로 돌아왔고, 빅토리아는 마침내 그 악몽에서 멀어질 수 있었다.

하지만 그후 모든 것이 달라졌다. 이제 그녀는 세상에서 혼자가 아니었다. 샤일과 알산이 있었고, 림바드와 이둔이 있었다. 처음부터 빅토리아는 이 새로운 친구들의 고향 이둔에 대해 더 많은 것을 알려고 애썼고, 젊은 마법사 샤일은 그녀가 이제껏 한 번도 가져본 적이 없던 오빠가 되어주었다.

"그렇게 된 거야."

빅토리아가 이야기를 마쳤다.

"그런데 이번에는 키르타슈가 집과 아주 가까운 곳에서 나를 찾아냈어. 돌아가야 할지 이곳에 머물러야 할지 모르겠어……"

"내가 도와줄 수 없는 결정이구나. 나는 돌아갈 수 없는 입장이잖아."

빅토리아가 잠시 잭을 바라보고는 말했다.

"이해해."

"그건 내가 대신 결정해줄 수 있는 문제가 아니야. 하지만 네가 명심해야 할 건 일단 네가 이곳에 머물기 위해 집을 떠난다고 결정을 해버리면, 앞으로는 결코 돌아갈 수 없다는 거야. 절대로 가볍게 정할 문제가 아니야."

빅토리아는 고개를 숙이고 생각에 잠겨 아랫입술을 깨물었다.

"있잖아……"

잭의 목소리에 빅토리아는 시선을 들었다. 잭의 초록색 눈이 그 나이의 소년답지 않은 진지함을 띠고 빅토리아의 눈을 응시하고 있었다.

"네가 무슨 결정을 하든, 우리는 항상 이곳에 있을 거라는 건 알지? 내게도 수색 임무를 맡기고 검을 허락해주기만 한다면 나 역시 곁에서 널 지킬 거야. 넌 혼자가 아니야. 알지?"

빅토리아는 미소를 지었다.

"고마워, 잭. 네 말이 맞아. 우리집이 더는 안전하지 않다고 생각할 이유는 없어. 할머니께 돌아갈래. 그냥 전보다 좀더 조심하면 괜찮을 거야."

두 사람 사이에 침묵이 흘렀다. 그때 잭은 숨어서 들었던 이상한 대화를 떠올렸다.

"저…… 빅토리아, 뭐 좀 물어봐도 돼?"

"물론이지."

"루나리스가 누구야?"

빅토리아는 즉시 굳은 표정으로 그에게서 떨어졌다.

"몰라."

조금은 급작스러운 대답이었다.

"미안, 기분 나쁘게 할 생각은 없었어."

당황한 잭이 중얼거렸다.

빅토리아는 그렇게 매몰차게 군 것을 곧바로 후회했다. 잭은 모르고 있다……

'그 눈을 봤어.'

루나리스에 대해 처음 이야기하면서 샤일이 말했었다.

'딱 한 번 봤지만 절대로 잊을 수가 없어. 이곳 어딘가에 있다는 걸 알아. 지금은 기억을 못 하겠지만 네 생의 어느 순간에 너도 루나리스와 마주쳤을 거야.'

아니, 빅토리아는 기억하지 못했다. 하지만 만일 본 적이 있다면 절대로 잊어버리지 않았을 거라고 확신했다. 저항군에게 루나리스가 얼마나 중요한지는 몰라도, 샤일에게 루나리스를 찾는 일이 뭔가 대단히 개인적인 의미가 있다는 건 잘 알고 있었다. 그래서 어쩔 수 없이 질투 비슷한 감정을 느꼈다. 심지어 기분이 울적할 때면, 사실이 아닌 줄 알면서도 샤일이 자신을 보호해주는 것이 단지 자신이 그를 사랑하는 루나리스에게로 다시 인도해줄 매개이기 때문이 아닐까 싶어 섭섭한 마음이 들기도 했다.

하지만 잭은 이런 이야기를 모르고 있기에 그녀는 사과했다.

"미안해, 네 탓이 아니야. 실은 내가 오늘 너무 신경이 곤두서 있어서 그래. 그리고 이제 저녁식사 시간이라 곧 집으로 돌아가야 하고, 나는…… 너무 놀라서, 이해해줘."

"무서워하지 마. 키르타슈가 널 해치게 내버려두지 않을 거야."

빅토리아는 뭐라고 말하려고 입을 열었으나, 아무 말도 할 수 없었다.

잭이 덧붙였다.

"그리고 언젠가는 나도 그와 맞서 싸울 수 있을 거야, 꼭. 그날이 오면 그놈을 끝장낼 거야. 맹세해. 나도 너도, 그리고 다른 누구도 더는 녀석을 무서워하지 않게 할 거야."

빅토리아는 다시 오한을 느꼈다. 하지만 이번에는 키르타슈의 기억 때문이 아니라 친구가 하는 말에서 느껴지는 분노와 증오 때문이었다.

넌 아직 준비가 안 됐어

잭은 도무지 잠을 이룰 수가 없었다. 시계는 빅토리아가 사는 도시에 맞춰놓은 상태였다. 이렇게 하면 빅토리아가 이곳으로 오는 오후에 깨어 있을 수도 있고, 또 한없이 계속되는 림바드의 밤 시간을 나름대로 분별 있게 관리할 수도 있었다. 이런 면에서 알산과 샤일은 불규칙적이었다. 두 사람은 졸리면 자고, 배고프면 먹었다. 잭이 림바드에서 한 발짝도 못 나가고 있는 반면, 두 사람은 차원의 문을 수시로 넘나들었다. 그들의 설명에 따르면, 이둔으로 가는 문은 차단되어 있지만 지구로 여행하는 데는 아무 문제가 없었다. 그렇기에 키르타슈가 출동하는 죽음의 원정을 미리 차단하거나, 샤일이 인터넷에서 찾아낸 여러 흔적으로 그를 추적하는 것이 가능했다. 잭은 두 사람이 추방당한 이둔의 마법사들 말고 또다른 무언가를 찾고 있음을 눈치챘지만, 이에 대해서는 한 번도 물어본 적이 없었다. 그래봤자 대답해주지도 않을 것이 분명했다.

알산과 샤일은 확인 임무 때문에 밤낮을 가리지 않고 지구 어디든 가야 했고, 이 때문에 어떤 일정표든 그걸 지키려는 시도는 일찌감치 포기한 터였다. 그래서 그날 밤 빅토리아가 마드리드 시간으로 새벽 한시에 림바드로 돌아왔을 때, 잭은 자려던 참이었지만 알산은 도서관에 있었고 샤일은 서재에서 인터넷 검색을 하고 있었다.

잭은 샤일과 이야기하는 빅토리아의 목소리를 듣자 안심이 되었다. 자신이 한 충고가 적절하지 않았을지도 모른다는 걱정을 하던 참이었다. 빅토리아가 집으로 돌아갔는데, 그곳에서 키르타슈가 그녀를 기다리고 있는 건 아닐까 두려웠던 것이다. 자신이 사 개월 전 어느 봄날 저녁 집에 돌아갔을 때 마주한 것과 비슷한 상황에 처한 빅토리아를 상상했기 때문이다.

잭은 몸을 뒤척이다 베개에 머리를 묻었다. 생각만 해도 머리털이 곤두서는 것 같았다. 모든 것을 잃어버린 지금, 그에게 남은 것이라곤 경계의 집에 있는 것이 전부였다. 그리고 그의 행동반경도 세 사람과 고양이 한 마리로 급격하게 줄어든 상태니, 이중 누구 하나라도 잃는다면 견딜 수 없을 것이다. 알산과 샤일은 알아서 서로 잘 돌보고 있지만, 빅토리아는……

또다시 잭은 빅토리아가 지하철 통로를 달려 죽음으로부터 도망치는 장면을 떠올렸다. 분노와 무력감이 새삼 몰려왔고, 두 주먹이 부들부들 떨렸다. 키르타슈를 향한 증오가 그 어느 때보다 맹렬히 불타올랐다. 키르타슈와 같이 있던 마법사 엘리온의 모습

은 거의 생각나지 않았다. 그러나 키르타슈의 푸른 눈에서 뿜어져나오던 차가운 눈빛은 여전히 꿈속에서 그를 쫓고 있었다.

집 안이 다시 조용해진 걸 보니 빅토리아는 방으로 돌아간 것 같았다. 심호흡을 한 후, 잭은 침대에서 일어나 빅토리아의 방으로 향했다. 하지만 반쯤 열린 방문 사이로 빅토리아가 누워 있는 모습을 보고는 잠시 망설였다. 벌써 잠이 든 걸까. 그녀는 등을 보인 채 침대에 누워 있었다. 하지만 잭은 창문으로 스며드는 부드러운 불빛 아래, 친구가 어깨를 들썩이며 조용히 흐느끼는 모습을 보았다.

심장이 오그라드는 것만 같았다. 빅토리아가 이둔 사람이든 아니든, 위협이 될 만한 여지라고는 눈곱만치도 없는 이런 소녀를 두려움에 떨게 하는 키르타슈가 증오스러웠다. 잭은 자신의 적이 죽는 걸 보기 전까지는 절대 복수를 포기하지 않겠다고 스스로 맹세했다.

저항군이 다음 날부터 경계를 강화했지만, 키르타슈는 마드리드에 다시 모습을 나타내지 않았다. 마치 빅토리아를 까맣게 잊은 듯했다. 실제로 이후에 들리는 키르타슈와 관련된 소식들은 훨씬 더 멀리 떨어진 곳에서 왔다.

어느 날 밤, 도서관에서 터져나온 소리에 경계의 집에 있는 모든 사람들이 놀랐다.

"알산!"

잭과 빅토리아는 각자의 방에서 자고 있다가 소리를 듣고 즉시 잠에서 깼다. 복도로 나온 잭은 전속력으로 계단을 내려와 서재로 달려가는 샤일과 마주쳤다. 알산도 놀라 서둘러 샤일을 만나러 오고 있었다.

"어디야?"

알산이 친구에게 물었다.

"중국의 싱산이란 도시야."

샤일이 대답하자 알산이 고개를 끄덕였다.

"난 연습실에서 무기를 가져올게. 넌 도서관으로 돌아가 알마를 통해 그 지역에 대해 더 분석할 게 있는지 알아봐."

샤일은 고개를 끄덕였다. 알산은 무기고를 향해 쏜살같이 달려 나갔다.

잭은 무슨 일이 벌어지고 있는지 정확히 알고 있었다. 그가 림바드에 온 후 이런 일이 두 번 있었다. 알마가 키르타슈의 위치를 포착한 것이었다. 이 어린 암살자가 움직일 때는 대부분 지구로 도망온 이둔인들을 뒤쫓는 경우였다. 이번에도 녀석은 중국의 어느 외딴 마을에서 이둔인을 찾아낸 것이 분명했다.

샤일은 복도로 나와 잭과 함께 자신들을 지켜보고 있던 빅토리아에게 향했다.

"빅토리아, 네게 좋은 소식이야. 키르타슈가 마드리드에서 멀리 있어. 이젠 너를 찾고 있지 않다는 뜻이지."

빅토리아가 심호흡을 하며 고개를 끄덕였다. 샤일이 도서관으로 달려갈 채비를 하자, 빅토리아가 팔을 붙잡고 그의 눈을 쳐다

보며 말했다.

"샤일, 아무리 급해도 조심해야 돼요."

샤일이 진지하게 고개를 끄덕였다.

잭도 더는 가만있을 수가 없었다. 그는 무기고로 가다 연습실에서 알산과 마주쳤다. 알산은 이미 숨라리스와 단검 하나, 단도 두 개를 챙겨 나오고 있었다.

"그중 하나는 내가 쓸 수 있게 해주세요."

잭이 진지하게 말했다.

알산은 잭에게 짧은 눈길을 보냈다.

"꿈도 꾸지 마! 넌 아직 준비가 안 됐어."

잭은 화가 치밀었다.

"도대체 언제 준비가 되는데요? 햇빛도 못 보고 이곳에서 넉 달이나 틀어박혀 있었다고요! 다른 사람들은 놈들과 맞서고 있는 동안 나만 이곳에 남는 일은 더이상 못 참겠어요. 나도…… 무엇이든 해야겠다고요."

"너도 무언가 하고 있어, 잭. 열심히 훈련하고 있잖아."

"그것만으로는 충분하지 않아요! 내가 정말 저항군이라면, 같이 가게 해줘요!"

잭이 드디어 폭발했다.

"빅토리아도 우리와 함께 임무에 나서진 않아. 너보다 더 많은 시간을 저항군에서 보냈는데도 말이야."

"하지만 빅토리아는 여자잖아요!"

"너보다 겨우 한 살밖에 어리지 않아."

"마찬가지예요. 그애는 검을 다룰 줄 모르지만, 난 알아요."

"넌 준비가 안 됐어. 내가 할 말은 이게 전부야."

그러고 나서 알산은 그대로 문을 향해 걸어갔다.

"당신의 진짜 생각을 말하는 게 어때요? 내가 애송이라 당신들에게 아무 도움도 되지 않는다고 말이에요!"

알산은 화가 나 한숨을 내쉬며 잭을 향해 돌아섰다.

"그게 아니란 건 너도 알잖아."

"아니, 사실이에요. 내가 스스로 방어할 수 있다고 말은 하지만, 이곳에 가둬놓고 내가 할 수 있다는 걸 증명할 기회를 주지 않잖아요. 거짓말을 한 거예요!"

"일을 처리하고 돌아와서 이 문제에 대해 다시 이야기하자. 지금은 상황이 급박해. 누군가 위험에 처해 있고, 일 분 일 초가 중요한 때야. 네 경우를 생각해봐. 우리가 조금만 늦었어도 넌 죽었을 거야."

잭은 화가 나 소리쳤다.

"그래서 뭐가 달라졌는데요? 내 목숨을 구해놓고는 이 무덤 같은 곳에 처박아놓았잖아요. 차라리 죽는 게 나았을 거예요!"

순식간에 벌어진 일이었다. 알산의 손이 잭의 뺨을 향해 번쩍 들렸고, 철썩 하는 소리와 함께 잭의 몸이 비틀거렸다. 귀가 윙윙 울렸다. 잭은 한동안 멍하니 꼼짝 않고 그대로 있었다. 눈물을 참으려고 눈꺼풀을 깜박거리며 아픈 뺨으로 손을 가져갔다.

알산은 아주 심각한 표정으로 잭을 뚫어지게 보았다. 그는 화를 내지도 않았고, 침착하고 냉정하게 말했다.

"저항군에 필요한 사람이 되고 싶다면, 이곳에 머물러 있어, 잭. 네가 죽는다고 달라질 것도 없으니까."

알산이 방에서 나가고 잭은 혼자 남았다. 잭은 창피해서, 그리고 무엇보다 배신당한 기분이 들어 몸을 떨며 가만히 서 있었다. 얼마 지나지 않아 누군가 림바드를 떠날 때면 늘 일어나는 파동이 느껴졌다. 알산과 샤일, 둘이 방금 떠난 것이다.

자기 방으로 돌아온 잭은 거칠게 문을 닫고는 침대에 드러누웠다. 자신을 아이처럼 대하는 알산에게 화가 났고, 자신을 편들어주지 않는 샤일에게도 화가 났고, 심지어 그렇게 순순히 수동적인 역할을 받아들이는 빅토리아에게도 화가 났다. 그가 존재한다는 것만으로도 키르타슈에게 화가 났다. 그러나 무엇보다 자신에게 화가 났다.

침대에 누워 한참을 그렇게 있자니 다시 파동이 느껴졌다. 그들이 돌아온 것이다. 하지만 그는 꼼짝도 하지 않았다. 심지어 빅토리아가 맨발로 도서관을 향해 복도를 달려가는 소리를 듣고도 움직이지 않았다. 다른 상황이었다면 자신도 역시 그들이 무사한지, 임무는 어떻게 되었는지 알아보러 서둘러 달려갔을 것이다. 하지만 지금은 그러고 싶지 않았다. 알산과 다시 마주칠 준비가 되지 않았다.

채 몇 분이 되지 않아 세 사람이 내려오는 소리가 들렸다. 그들이 방문 앞을 지날 때 대화 한 토막이 들렸다.

"……배에 정확히 맞았어. 꽤 심각한 화상이야."

알산이 말했다.

"발화(發火) 주문인가요?"

빅토리아의 목소리였다.

"아마도. 잘 모르겠어. 이해가 안 돼. 네가 고칠 수 있겠지?"

그 순간 샤일의 고통스런 비명 소리가 들렸다. 샤일이 부상을 당했다는 생각에 잭은 벌떡 일어나 달려나갈 뻔했다. 하지만 그는 그러고 싶은 마음을 억눌렀다. 빅토리아가 고쳐줄 것이다. 그녀는 최소한 치유 마법을 사용할 줄 알기에 필요한 순간 샤일이 없을 때면 도움을 줄 수 있었다. 반면에 잭은 아무것도 할 수 없었다. 아무것도.

자신에게서 유일하게 눈에 띄는 거라곤 그 이상한 염화능력뿐이었다. 하지만 이유도 모르고, 그 능력을 제대로 다룰 줄도 모르는 상황에서는 아무 소용 없었다. 그 일로 그가 얻은 것이라곤 키르타슈의 주의를 끈 것밖에 없었다. 그 결과 부모님은 참변을 당했고.

잭은 침대로 돌아가 문을 등지고 누웠다. 싸우는 법을 배우고 있기는 하지만, 아무리 노력한다고 해도 결코 알산을 능가할 순 없을 것이고, 더구나 키르타슈에게는 훨씬 못 미칠 것이다. 두 사람은 잭보다 나이도 많았다. 그리고 이 사실은 앞으로도 늘 변함이 없을 것이다.

샤일의 방 안은 팽팽한 긴장으로 가득 차 있었다. 빅토리아는 샤일의 상처를 치료하려고 최선을 다했지만, 그녀의 마법은 겨우

화상의 가장자리만 회복시켰을 뿐이었다. 빅토리아는 금방이라도 울음을 터뜨릴 것 같았고, 두 손을 떨고 있었다. 샤일의 얼굴을 제대로 쳐다볼 수 없었지만, 굳이 얼굴을 보지 않아도 그가 괴로워하고 있고 생명이 조금씩 사그라들고 있음을 알 수 있었다.

그녀의 어깨에 와닿는 알산의 손이 느껴졌다.

알산이 말했다.

"침착해. 넌 할 수 있어."

"아니, 알산. 난 할 수 없어요. 내 실력으로는 불가능해요. 샤일은 죽을 거야……"

"빅토리아!"

알산이 억지로 눈을 마주보게 했다.

"샤일은 죽지 않아. 알지? 정신을 집중해. 샤일은 널 믿고 있고, 나 역시 그래."

빅토리아가 침을 삼키며 고개를 끄덕였다. 그러고는 깊이 숨을 내쉬며 진정하려 애썼다. 그녀는 다시 샤일을 돌아보았고, 그제야 자신이 해야 할 일을 깨달았다는 듯 말했다.

"숲으로 데려가야 해요. 그곳이라면 내 마법이 더 잘 발휘될 거예요."

왜 이런 확신이 드는지 정확하게 알 수는 없었지만, 그녀는 본능에 따르기로 결정했다. 알산도 더 대꾸하지 않았다. 두 사람은 다시 샤일을 부축해 방에서 나왔다. 집 밖으로 간신히 나온 그들은 숲에 이르렀다. 빅토리아는 개울가의 커다란 버드나무 둥치에 샤일을 내려놓고 깊이 숨을 내쉬었다. 공기중에 진동하고 있는 생명의 마법이 느껴졌다. 모든 감각이 반응하는 것 같았다. 한층 침착해진 그녀는 샤일의 상처에 손을 얹고 이 모든 에너지를 전달하려고 노력했다.

그러자 서서히 샤일의 화상이 낫기 시작했다. 젊은 마법사의 몸은 빅토리아의 손에서 방사되는 마법을 빨아들여 자기 것으로 만들어 상처입은 조직을 재생했다. 조금씩 상처가 아물기 시작했다.

마침내 샤일이 깊은 숨을 내쉬며 눈을 떴다. 빅토리아는 완전히 탈진해 그 옆에 털썩 주저앉았다. 겨우 정신을 차린 샤일이 빅토리아를 쳐다보고는 미소를 지으며 중얼거렸다.

"이런…… 네가 해낸 거야?"

빅토리아가 크게 안도하며 고개를 끄덕였다.

"샤일, 지금 죽을 순 없어요. 아직 내게 가르쳐줄 게 많잖아요."

그러고는 방긋 미소를 지었다.

"물론, 그렇고말고."

샤일은 속삭이고는 다시 눈을 감더니 깊은 잠에 빠졌다.

"이제 됐어요. 샤일은 한 이틀 잘 거예요. 깨어나면 새사람이 되어 있을 거고요."

두 사람은 샤일을 집으로 다시 데려오기 위해 일으켜세웠다. 빅토리아는 그제야 알산이 다리를 절고 있음을 깨달았다. 샤일을 방에 눕히는 대로 알산도 치료를 해줘야겠다고 생각하며 그녀는 말을 꺼냈다.

"알산, 말해줘요…… 도대체 무슨 일이 있었던 거죠?"

알산의 표정에 그늘이 드리워졌다.

"우리가…… 또 한 발 늦었어, 빅토리아."

잭이 계속 우울해하고 있는데, 누군가가 방문을 노크하더니 대답도 기다리지 않고 살짝 문을 열었다. 순간 잭은 알산이 자신의 빰을 때린 것을 사과하러 온 것이라고, 아니면 적어도 자신이 괜찮은지 보러 온 것이라고 생각했다.

"잭? 자니?"

빅토리아의 목소리였다.

"아니, 안 자."

"아직도 화가 나 있는 거야?"

"너한테는 아니야."

빅토리아는 친구가 이 문제에 대해 말하고 싶어하지 않는다는 걸 감지하고는 고집 부리지 않고 간단하게 소식만 전했다.

"샤일과 알산이 중국에서 돌아왔어. 별다른 말을 하지는 않지만, 엘리온과 키르타슈에 맞서 싸우다 샤일이 부상을 당했어. 꽤 심각해. 돌아오지 못할 뻔했대……"

잭이 그녀의 말을 듣고 있지 않는 것 같아 빅토리아는 말을 중단했다. 잭이 한숨을 푹 내쉬며 그녀를 돌아보았다.

"그래서 지금은 어때?"

"내가 겨우 치료를 해줬지만 많이 약해져 있어. 회복하는 데 시간이 좀 걸릴 거야."

잭이 미소를 지었다.

"넌 잘했을 거야. 네가 생각하는 것보다 넌 훨씬 뛰어난 마법사거든."

빅토리아가 어색하게 웃으며 덧붙였다.

"어쨌든, 알산의 기분이 좋지 않아. 임무가 엉망이었거든. 두 사람이 도착했을 땐 이미 늦은 후였대."

잭의 가슴은 덜컥 내려앉았다. 아까 알산이 던진 말이 생각난 것이다.

'누군가 위험에 처해 있고, 일 분 일 초가 중요한 때야.'

"무슨? ……누구였는데?"

"천상족 마법사들. 모두 다섯 명인데 아마 가족이었나봐. 확실히는 알 수 없어."

잭의 기분은 더 엉망이 되었다. 천상족은 인간과 닮은 종족이지만 키가 더 크고 독특했다. 길쭉한 두개골에는 머리카락이 없었고, 커다란 검은 눈과 하늘색의 고운 피부를 지녔다. 지구로 추방당한 다른 모든 이둔인들과 마찬가지로, 이들도 지구인들의 눈에는 인간으로 보이는 환영(幻影) 마법을 써서 정체를 숨겼을 게 분명했다. 하지만 죽는 순간 주문의 효력은 사라지고, 마법사들은 본래의 모습으로 돌아갔다. 잭은 천상족에 대해 아는 것이 거의 없었지만 이들의 대표적인 특성은 잘 알고 있었다. 이들은 절대로 싸움에 개입하지 않는 평화로운 종족이었다. 암살, 폭력, 전쟁 혹은 배신과 같은 개념들은 이들이 쓰는 이둔어의 갈래에는 존재하지도 않았다. 천상족을 냉혹하게 암살하는 것은 어린아이를 죽이는 일보다 더 나쁜 일이었다.

어찌 되었건 그들은 마법사고 이둔에서 도망쳐나왔다. 적들에게는 변절자들이며 결국 위협이 될 것이니, 분명 이런 이유로 키르타슈의 목표가 되었을 것이다.

"두 사람이 도착했을 때 이미 키르타슈는 천상족의 시체를 없애고 있었어."

빅토리아가 잭의 생각을 짐작하며 덧붙였다.

"어쩌면 알마가 키르타슈를 감지했을 때 이미 천상족은 죽은 상태였을지도 몰라."

잭은 분노가 치밀어 두 주먹을 꽉 쥐었다. 키르타슈가 한 짓은 너무나 무자비하고 교활했다. 겨우 열다섯 살짜리가 도대체 어디까지 갈 수 있을지 놀라울 뿐이었다. 모두의 안전을 위해, 그 놀라운 아이가 어른이 되지 못하게 하는 일이 최선일 것이다.

잭이 아무 말도 하지 않자, 빅토리아가 문에서 몸을 떼며 이야기를 마무리지었다.

"난 샤일이 어떤지 좀 보러 갈게. 자고 있는 걸 보고 왔는데, 혹시 만나보고 싶으면 의식을 회복할 때까지 기다려야 할 거야."

"알았어. 잘 자."

"잘 자."

빅토리아가 가고, 잭은 다시 혼자 남았다. 기분이 나아지지 않았다. 빅토리아와 더 같이 있으면 좋겠다는 생각이 들었다. 누군가와 이야기를 하고 싶었다. 마음 한구석에서는 알산이 와주었으면 하는 기대감도 들었다. 하지만 알산은 오지 않았다. 잭은 자기도 모르는 사이에 잠에 빠져들었다.

몇 시간 후에 잠에서 깨어보니, 탁자 위의 시계는 마드리드 시간으로 아침 열시 반을 가리키고 있었다. 빅토리아는 이 시간쯤이면 학교에 있을 것이다. 수학 수업이나 영어 수업 혹은 뭐가 되었던, 다른 일에 몰두하려고 애를 쓰고 있겠지. 실제로 마음은 먼 이곳 림바드에 있으면서, 심각한 부상으로 회복되기를 기다리는 샤일을 생각하면서……

잭이 일어나 기지개를 켰다. 언제나 그렇듯 경계의 집에서는 밤이 계속되고 있었지만 잭에게는 새로운 하루가 시작되는 시간이었다. 그러나 전날 밤과 마찬가지로 여전히 기분은 좋지 않았다. 아직 알산과 화해를 하지 않았고, 사과도 하지 않은 채 그대로였다.

잭은 잠옷 바람으로 복도에 나와 샤일의 방을 잠깐 들여다보았다. 샤일은 평온하게 잠들어 있었다. 잭이 미소를 지었다. 샤일은 곧 좋아질 거야.

잭은 아침을 준비하러 부엌으로 갔다 이미 옷을 갖춰 입고 식사를 마친 알산과 마주쳤다. 말을 하려고 입을 열었지만 알산이 선수를 쳤다.

"아직 이러고 있는 거야? 훈련에 늦겠어."

"어?"

당황한 잭이 겨우 대답했다. 알산이 문으로 향하며 말했다.

"연습실에서 기다릴게."

"하지만……"

"늦지 마."

알산은 그 말만 던지고는 그대로 가버렸다. 잭은 화가 나 두 주먹을 불끈 쥐었다. 잘난 척하는 왕자님께 본때를 보여주겠어. 잭은 급히 식사를 하고 옷을 입은 다음 십오 분 후에 연습실로 갔다.

문을 막 열고 들어섰을 때였다. 알산이 그에게 훈련할 때 쓰는 검을 던졌다. 잭은 날아가듯 달려가 검을 잡았다.

알산이 진지하게 말했다.

"수비 자세!"

잭은 눈을 가늘게 뜨고 이를 악물며 고개를 끄덕였다.

지난 넉 달간 한 연습 중 최악이었다. 가장 자신있는 최선의 공격으로 끈질기게 달라붙었지만 알산은 계속해서 잭을 제압했다. 잭은 기운이 빠져 이것이 실제 싸움이었다면 적어도 열두 번은 더 죽었을 거라고 생각했다. 하지만 알산은 한마디도 하지 않았다. 단지 잭을 억지로 일으켜 다시 검을 들고 싸우게 할 뿐이었다. 잭은 힘이 떨어지면서 점점 더 서툴고 우스꽝스런 모습이 되었고, 결국엔 녹초가 되어 바닥에 주저앉아버렸다.

알산의 뭉툭한 검 끝이 가슴에 닿는 게 느껴졌다. 잭은 고개를 들었다. 알산은 전혀 동요하지 않은 채 엄한 표정으로 그를 주시하더니 한마디를 던졌다.

"너는 준비가 되지 않았어."

그러더니 검을 거두고는 그대로 방을 나가버렸다.

잭은 노여움과 부끄러움으로 속을 부글부글 끓이며 그대로 바닥에 앉아 있었다. 당연히 알산이 나이도 많고 검도 훨씬 더 잘 다루지만, 그래도 이런 식으로 망신을 줄 필요까진 없는 것 아닌

가. 잭은 눈을 껌벅여 눈물이 나오려는 것을 간신히 참고는 자리에서 일어나 샤워를 하러 갔다. 그리고 다음번 연습 때는 준비가 되었다는 것을, 훨씬 더 잘할 수 있다는 사실을 보여주겠다고 다짐했다.

점심을 먹은 후, 잭은 혼자 연습실로 가 자신이 알고 있는 동작들을 오후 내내 연습했다. 너무 무리한 연습에 팔과 어깨가 아파 검을 제대로 들 수 없게 되어서야 훈련을 멈추었다.

다음 날 온몸이 쑤시고 아팠지만 잭은 불평하지 않았다. 대련을 하면서 잭은 맹렬히 알산을 공격했지만 알산은 치욕적일 정도로 쉽게 되받아쳤다. 지금까지 쌓아온 두 사람 사이의 동지애는 물거품처럼 스러져버렸다. 알산은 차갑고 엄하게 거리를 두었고, 잭은 지나치게 자존심이 세서 자기가 이 일에 집착하고 있다는 걸 인정하려 들지 않았다. 그리고 아직 배울 게 많다는 것도 받아들이지 않았다. 잭은 검을 고쳐 잡으며 다시 방어 자세를 취했지만 이미 힘은 바닥난 터였다. 알산은 격려나 응원의 말 한마디 없이 연습을 끝냈다. 잭은 검을 쥔 채 숨을 헐떡이며 그대로 서 있었다. 스승이 방에서 나가고 혼자 남게 되어서야 그는 바닥에 주저앉았다.

잠시 후 잭은 억지로 몸을 일으켰다. 그리고 점심을 먹은 후 전날과 마찬가지로 다시 연습실로 가 지쳐 쓰러질 때까지 혼자 연습을 했다.

그렇게 여러 날이 계속되었다.

잭은 지칠 때까지 훈련했다. 가끔 낙담한 나머지 벽에 발길질

을 하기도 하고 절망하여 눈물을 흘리기도 했지만, 알산 앞에서는 절대로 약한 모습을 보이지 않았다. 그는 혼자 있을 때만, 아무도 옆에서 지켜보는 사람이 없을 때만 울었다. 한숨 돌리자마자 다시 검을 잡고 공격, 방어, 견제를 반복했다.

이제 그는 거의 아무와도, 심지어 빅토리아와도 말을 하지 않았다. 수련에만 고집스럽게 매달리느라 빅토리아도 안중에 없을 정도였다. 피로와 근육통 때문에 잠들기 어려운 밤이 되어서야 빅토리아 생각이 났다. 마음속 이야기를 털어놓고 싶은 마음이 굴뚝같았지만, 또다른 문제로 친구를 괴롭히고 싶지 않아 매번 그만두었다. 다른 한편으로는 알산의 기대에 부응하지 못하고 있는 자신이, 그리고 이렇게 열심히 훈련하는데도 저항군에 가담할 자격이 되지 못하는 처지를 인정하기가 부끄러웠다.

다음 날도 잭은 아무리 지쳐도 시계처럼 정확히 다시 연습실에 모습을 드러냈고, 단 한 번이라도 그를 이기기 위해, 그의 일격을 막아내려 고군분투했다.

그러다 하루는 늦잠을 자 허겁지겁 연습실로 달려갔다. 그런데 알산이 없었다. 집 안 구석구석을 뒤졌지만 알산도 샤일도 찾을 수 없었다. 샤일은 이틀 전 치유의 잠에서 깨어난 터였다. 잭은 두 사람이 또 자신만 빼놓고 '사실 확인 임무'를 수행하러 떠났다고 짐작했다. 화가 나 주먹을 불끈 쥐었다. 두 사람이 무슨 일을 하고 있든, 이번에는 키르타슈가 개입된 문제는 아니었다. 저항군이 지구 어딘가에 나타난 키르타슈를 감지할 때면, 매번 림바드에는 난리가 났던 것이다. 잭이 괴로웠던 것은 이번 같은 의문투성이의 원정이 그다지 위험해 보이지 않는데도 자신을 따돌렸다는 사실 때문이었다.

빅토리아도 집에 없어 잭은 큰 집에 홀로 남아 있었다. 오늘은 훈련하고 싶은 마음조차 없었다. 알산은 이미 잭이 저항군에 쓸모없는 존재라는 점을 충분히 증명시켰다. 그리고 림바드를 나가면 즉시 죽임을 당할지도 모른다. 거기까지 생각이 미치자, 잭은 자신이 검술에 뛰어나지 않다는 걸 받아들일 수 있었고, 심지어 필요하다면 더 오랫동안 림바드에 머물러야 한다는 것도 받아들일 수 있을 것 같았다. 단지 무엇이 됐든 그 무언가를 하면서. 빅토리아는 최소한 치유능력이라도 있다지만, 내겐 뭐가 있지?

좀더 정보를 얻는다면 자신이 도울 수 있는 일이 생길지도 모른다. 잭은 벌떡 몸을 일으켰다. 그래, 그거야. 두 사람은 항상 키르타슈에게 희생당하는 사람들을 구하는 데 한 발 늦게 도착한다고 했는데, 이건 두 사람이 알마를 통해 적의 동정을 살피는 일을 스물네 시간 내내 할 수 없기 때문이야. 혹시 내가 그 일을 맡는다면…… 그 일을 어떻게 하는지만 안다면……

잭은 망설였다. 실제로 그 일을 해본 적이 한 번도 없는데다, 그가 알고 싶어하는 것을 알마가 보여줄 준비가 되어 있을지도 의문이었다. 어쨌든 해본다고 해서 손해볼 일은 없었다.

위험한 대면

거대한 나선 계단을 조용히 올라간 잭은 도서관 앞까지 갔다. 살짝 밀기만 했는데도 문이 스르르 열렸다. 그는 안으로 들어갔다.

이둔의 환영을 본 이후 도서관에 혼자 있는 건 처음이었다. 그때 본 기이한 환영들이 떠오르자 오싹해졌다. 등 뒤로 문을 닫고 주위를 둘러보았다. 실내는 어둠에 묻혀 있었고, 정적만이 감돌았다. 커다란 원탁이 여전히 방 한가운데 놓여 있었고, 높디높은 책장에는 고대 이둔어로 쓴 가죽 장정의 고서 수백 권이 빽빽하게 꽂힌 채 잭을 내려다보고 있었다.

"빛!"

잭이 목소리를 낮춰 말했다.

'탁' 하는 소리와 함께 횃불에 불이 켜졌다. 잭은 미소를 짓지 않을 수 없었다. 알산의 설명에 따르면, 정원에 있는 작은 신전을 제외하고는 이 방이 림바드에서 가장 중요한 곳이었다. 그래서 샤일한테 지구에서 사용하는 그 어떤 기구도 이 방에는 들여놓지 못하게 했다고 했다. 이곳에서는 소리내어 명령하기만 하면 조명이 켜졌고, 집 안의 창문들도 목소리로 열고 닫았다. 잭은 처음 도서관에 들어왔을 때 이 창문들을 열려고 얼마나 애썼는지를, 그럼에도 열 수 없었던 것을 떠올리고는 피식 웃었다. 당시에는 마법을 믿지 않았다. 아니, 최소한 지금만큼 믿지는 않았다.

하지만 그날 밤 이후 많은 일들이 있었다.

잭은 조심스럽게 원탁에 가까이 다가가 장식된 이상한 상징들을 가만히 들여다보았다. 그는 빅토리아가 선물해준 부적 덕분에 이제는 이둔어를 말하고 알아듣고 읽을 줄 알았다. 하지만 그 부적도 이둔의 고대 비밀언어를 해석하지는 못했다. 그 신비하고 비밀스런 언어는 오직 마법사들만이 알고 사용했다. 샤일이 림바드와 이 도서관의 역사에 대해 이야기해준 적이 있었다.

아주 먼 옛날, 마법사들과 사제들이 큰 전쟁을 벌였다고 한다. 그 전쟁에서 어둠의 신 셉티모의 숭배자를 자처하는 마법사들이 사제 계급에게 패배했다. 곤경에 처한 그들에겐 도망치는 것 외에 다른 방법이 없었다.

"그 마법사들이 지구로 가는 차원 간의 입구를 연 거야. 하지만 지구도 이들에게 별로 좋은 곳은 아니었지. 당시 지구는 중세 시대여서 종교재판과 마녀사냥 같은 것들 천지였어. 몇몇 마법사들은 여전히 마법을 존중하는 지구인들이 사는 곳으로 피해 숨어들었고, 또다른 마법사들은 비밀리에 림바드를 만들었지. 그들은 림바드에서 이둔으로 다시 돌아갈 수 있을 때까지 숨어 지내기로

한 거야. 그런데 어찌 된 일인지 수세기가 지나자 림바드에 대한 정보가 모두 사라져버렸어. 내가 조사를 시작했을 때까지만 해도 이곳은 단지 전설에 지나지 않았지."

그리고 이제 역사가 다시 반복되고 있었다. 새로운 세대의 마법사들이 이둔에서 도망쳐나온 것이다.

알산과 샤일이 림바드를 발견한 것은 순전히 우연이었다. 차원 사이에 있는 터널로 떨어질 때 예정된 경로에서 살짝 비켜나 경계의 집에 머무르게 되었고, 이것이 오히려 그들의 계획에 상당히 유리하게 작용하게 된 것이다. 하지만 불행히도 지금 두 사람은 지구로 도망온 이둔의 마법사들하고는 전혀 연락이 닿지 않았다. 이 마법사들은 인간, 요정, 거인, 천상족, 바루, 얀 등 이둔의 대표적인 지적 생명체로, 지금은 지구인들 사이에서 인간의 모습으로 위장하고 있었다. 물론 그들은 마법을 사용하지 않는다. 만에 하나라도 마법을 사용하면 키르타슈에게 위치를 알려주는 셈이 될 터였다. 이 모든 일은 알마가 설명해준 것이었다. 여섯 천체가 하늘에서 결합하여 하나가 된 그날, 이둔에서 일어난 일들을 보여준 것과 같은 방식으로 잭에게 알려준 것이다.

"세 개의 태양과 세 개의 달이라고 했죠?"

잭은 알산에게 물었다.

"하늘에서 여섯 천체가 결합하면 용들이 죽는데, 내가 그 모습을 본 거고요."

"그렇기도 하고 아니기도 해. 여섯 천체가 하늘에서 서로 겹쳐 있는 모습을 나타내는 육각형은 이둔의 상징이야. 이런 결합은 수세기에 한 번씩 일어나지. 그런다고 그게 늘 재앙을 불러오지는 않아. 오히려 대단한 기적을 일으킬 때도 있어. 여섯 천체는 어마어마한 에너지를 움직이거든…… 모든 건 누가 이 에너지를 사용하고 어떤 목적으로 사용하는가에 달려 있어."

"그날까지만 해도 어떤 생명체도 억지로 결합을 일으킬 수는 없었어. 그런데 네크로맨서인 아슈란이 그 일을 저질렀고, 셰크들에게 문을 열어주기 위해 이 거대한 육각형의 힘을 빌린 거야. 그리고 이둔으로 돌아온 놈들에게 우리의 세상을 쟁반에 받쳐 바친 셈이지."

샤일이 덧붙였다.

"날개 달린 뱀!"

잭이 혐오스럽다는 표정을 지으며 외쳤다.

"나도 봤어요. 수백 마리, 아니 수천 마리는 됐을 거예요."

"셰크는……"

알산이 천천히 말했다.

"이둔에서 가장 치명적인 생물이야. 용과 맞서 이길 유일한 존재고."

잭은 더 묻지 않았다. 알산과 샤일이 이둔에 대해 들려준 이야기는 꽤 흥미로웠다. 그러나 잭은 그곳에 가본 적도 없었고, 가봤다 해도 기억이 나지 않았다. 날개 달린 뱀이나 용 같은 생물들이 정말로 존재한다고 해도 아직까지 그에게는 공상이나 다름없었다. 하지만 키르타슈는 부정할 수 없는 실재였다.

잭은 원탁 주위에 있는 높은 의자에 앉아 숨을 고르며 정신을

집중하려고 애썼다. 그리고 천천히 원탁에 손을 얹고 림바드의 영혼을 조용히 불렀다.

알마는 순식간에 나타났다. 정신을 잃지 않으려고 억지로 눈을 감고 있었지만, 테이블 한가운데서 지난번에 본 이상한 현상이 다시 일어나고 있음을 느낄 수 있었다. 환히 빛나는 구슬이 저절로 돌기 시작한 것이다.

'물어보고 싶은 것이 있어.'

바보짓이라고 생각하면서도 이미 잭은 마음속으로 말하고 있었다.

명쾌하거나 직접적인 방법으로 대답이 돌아오진 않았지만, 잭은 알마가 그의 말을 알아들었음을 감지했다.

'지구에 있는 어떤 사람의 모습을 내게 보여주면 좋겠어.'

이번에도 대답은 없었지만, 알마가 신중을 기하고 있다는 느낌이 들었다. 아무리 림바드의 영혼이라 해도, 자신의 위치를 들키고 싶어하지 않거나 알마의 시선에서 몸을 숨기려고 마법을 사용하는 누군가를 찾아낼 수는 없다는 뜻이었다. 도망쳐온 모든 이둔 마법사들이 그런 식으로 몸을 숨기고 있었다. 위장 마법에는 최소한의 마법만이 필요했기 때문에 알마에게 쉽게 감지되지 않았다.

하지만 잭이 찾고 있는 사람은 몸을 숨길 이유가 없었다. 승자의 무리에 가담하고 있기에 다른 사람들이 그에게서 도망치는 일에는 익숙하지만 그 반대의 경우는 분명 아닐 것이다.

'키르타슈를 보여줘. 그가 어디에 있는지, 뭘 하고 있는지 알고 싶어.'

알마는 거부하지 않았다. 잭은 눈을 떴다.

구체는 빛을 내뿜으며 훨씬 더 빠른 속도로 돌더니 푸른빛을 띠기 시작했다. 이제 알마는 지구가 되었다.

돌연 잭은 삼차원의 지구로 쑥 빨려들어가 구름 위로 떨어지고 있었다. 공포가 몰려왔지만, 이것이 실제가 아니라 환영에 지나지 않는다고 마음을 가다듬었다. 그러자 갑자기 잭의 몸이 공중에 멈췄다. 그는 아래를 내려다보았다.

이제 잭은 둥둥 떠다니고 있었다. 발아래 세상이 빠르게 돌고 있었다. 저 멀리 대도시의 그림자가 보이고, 초고층 건물들이 어두운 하늘을 뒤덮은 구름 위로 삐죽삐죽 솟아 있었다. 처음에는 아무 생각도 떠오르지 않았다. 많이 본 듯했지만 어디인지는 알 수 없었다. 그 방향으로 잭의 몸이 거세게 끌려갔다. 그는 즉시 본능에 몸을 맡기고 그대로 따라갔다.

건물 위를 날면서 기분이 황홀해졌다. 눈이 부셔 대도시의 휘황찬란한 불빛을 제대로 볼 수가 없었다. 그의 몸은 빠르게, 점점 더 빠르게 움직이기 시작했다. 이제 목표물에 가까워지고 있었다. 발아래로 건물들이 계속 이어졌고, 뭔지 알 수 없는 시끄러운 소리가 들려왔다……

돌연 잭은 날기를 멈추고 주위를 둘러보았다. 고색창연한 건물들이 눈에 띄었다. 지나간 시간의 운치를 일깨우는, 우아하고 위엄에 찬 공기를 품은 곳. 조금 떨어진 곳에 붉은 벽돌에 회색 기와를 올린, 시선을 끄는 초현대식 건물이 있었다. 길게 경사져 지붕 측면이 사다리꼴인 건물의 근사한 정원에 한 남자의 좌상이

눈에 띄었다. 그런데 그보다 더 시선을 끄는 것이 있었다. 옥상 위에 우뚝 서서 눈앞에 펼쳐진 도시를 굽어보고 있는 그림자. 검은 옷을 입은데다 어두운 하늘에 가려 얼굴이 거의 보이지 않았지만, 잭은 그를 알아볼 수 있었다. 자신이 환상이라는 것도 잊고 그는 자신도 모르는 사이에 그쪽으로 다가갔다. 큰 키, 날렵하고 우아한 실루엣. 의심의 여지가 없었다. 그는 편안한 자세를 취하고 있었다. 그러나 신중한 관찰자라면 겉으로 보이는 그 평온함 아래, 마치 먹이를 노리는 포식자처럼 녀석의 근육이 잔뜩 긴장해 있음을 감지할 수 있었다.

키르타슈였다.

잭은 숨을 멈춘 채 한동안 미동도 하지 않았다. 잭의 실체가 그곳에 있는 것이 아니기에 키르타슈는 그를 볼 수 없었다. 잭이 머뭇거리는 사이에 또다른 인물이 옥상으로 올라왔다. 짙은 갈색 곱슬머리에 섬세하고 귀족적인 용모의 남자였다. 처음에 잭은 그를 알아보지 못했다. 거리에서 흔히 볼 수 있는 평범한 차림이었다. 하지만 더 가까워지자 즉시 그를 알아볼 수 있었다.

엘리온, 부모님을 살해한 바로 그 마법사였다.

분노가 치밀어올랐다. 그러나 저항군에 유용한 전사가 되기 위해 지금은 정보를 수집하는 것이 먼저였다. 침착해야 했다. 잭은 그 둘이 이곳에서 뭘 하고 있는지 궁금했다. 마법사가 키르타슈에게 뭔가를 건네주고 있었다. 잭은 좀더 가까이 다가갔다.

아주 오래된 책 한 권이었다. 닳아 해진 가죽 표지에는 아무것도 적혀 있지 않았지만, 잭은 육각형 상징을 알아보았다. 키르타슈는 만족한 웃음을 지었고, 마법사는 책장을 열고 한 페이지를 보여주었다. 잭은 무엇이 적혀 있는지 읽으려고 좀더 가까이 다가갔다. 이둔어로 쓰인 기호라는 건 알았지만 무슨 뜻인지 도무지 알아낼 수 없었다. 호기심이 잔뜩 일었다. 놈들이 이 책을 어디서 찾아낸 걸까? 도대체 어디에서?

키르타슈가 갑자기 책을 탁 덮었다. 잭은 그곳을 벗어나려 했지만, 어찌 된 일인지 그는 키르타슈의 바로 뒤에 있었다. 자신의 모습이 그들에게 보이지 않는다는 걸 알면서도 불안을 억누를 수 없었다.

바로 그때, 키르타슈가 획 뒤를 돌아보았다.

너무 순식간이라 잭은 피할 생각조차 하지 못했다. 정신을 차리고 보니 어느새 그의 눈을 들여다보고 있었다.

키르타슈의 눈. 얼어붙을 듯 차갑고 치명적이었다.

잭은 키르타슈에게서 눈을 떼지 못한 채 뒷걸음질쳤다. 다시금 공포가 밀려왔다.

차가움.

무시무시한 전율이 머리끝에서 발끝까지 훑고 지나가며 지난번 실케보르에서처럼 무언가가 가슴속에서 폭발하기 시작했다. 이 시선이 나를 죽일 수도 있어. 왜 그런 생각이 드는지는 알 수 없지만, 사실이었다. 키르타슈의 눈을 계속 보면, 죽고 말 것이다.

뒤로 물러서려 했지만 이미 잭은 키르타슈의 눈빛에 최면이 걸린 상태였다. 소리를 지르려 해도 말이 입술 끝에 얼어붙어 있었다.

갑자기 무언가가 그를 확 잡아당겼다. 온 세상이 빙글빙글 돌

기 시작했다. 그리고 온통 암흑뿐이었다.

잭은 림바드의 도서관에서 깨어났다. 바닥에 앉아 숨을 헐떡이며 온몸을 바들바들 떨었다. 알산이 잔뜩 성이 난 채 그를 마구 흔들며 무슨 뜻인지 알아들을 수 없는 소리를 질러댔다. 어지러웠다. 애써 몸을 일으키려는데 비로소 알산의 말이 머릿속에 들어왔다.

"……완전히 넋이 나갔군! 내가 가르쳐준 건 다 어떻게 된 거야! 절대로, 절대로 너 혼자 키르타슈와 맞서면 안 돼! 넌 죽기 일보 직전이었다고!"

"네? ……뭐라고요?"

아직도 멍한 표정으로 잭이 말을 더듬었다.

"난 거기 없었어요! 내 몸은……"

"키르타슈는 눈빛만으로도 사람을 죽인다고, 잭."

샤일의 목소리였다. 알산 뒤에 있는 샤일이 눈에 들어왔다.

"그가 네 머릿속에 들어오면 넌 끝장이야. 우리가 널 그곳에서 제때 데려온 걸 다행으로 알아."

알산이 그제야 잭을 놓아주었다.

"이 생각 없는 녀석! 아직도 네가 누구를 상대하고 있는지 모르겠어? 우리의 적은 단 하루 만에 세계를 자기 수중에 넣고 이둔의 가장 강한 두 종족을 전멸시킨 자들이라고! 넌 그자들이 중책을 맡길 만큼 신뢰받고 있는 자와 홀로 맞설 수 있다고 생각하는 거야?"

"미안해요."

알산이 여전히 나지막하고 성난 소리로 말했다.

"됐다. 더 나쁜 일이 일어날 수도 있었어."

"네가 죽을 수도 있었지만 그보다 더 안 좋은 일은……"

알마가 보여주는 세계를 비추는, 시시각각 다른 빛으로 빛나는 구슬의 주위를 살피며 샤일이 덧붙였다.

"키르타슈가 네 정신을 통해 이곳에 올 수도 있다는 거야. 그랬다면 림바드는 더이상 우리 저항군에게 안전한 장소가 아니겠지."

뜻밖의 말에 잭은 뭔가로 얻어맞은 듯 멍해졌다.

"짐작도 못 했어요. 미안해요, 내가 어리석었어요."

알산은 몸을 일으키며 말했다.

"그래, 우리도 이제야 그걸 알았다. 그만 네 방으로 돌아가라."

여전히 못마땅하다는 말투였다. 샤일이 분위기를 누그러뜨리기 위해 덧붙였다.

"그래, 좀 쉬어. 두통이 꽤 지독할 거야."

잭은 잔뜩 위축되어 두 사람의 말에 따랐다.

방으로 돌아온 그는 침대 위에 몸을 던지고 눈을 감았다. 눈을 뜨면 모든 게 악몽일 뿐이고, 자신은 덴마크의 농장에서 가족과 함께 있었으면 좋겠다는 생각이 점점 더 간절해졌다.

하지만 그런 일은 절대로 일어나지 않는다.

이번에도 다르지 않았다. 다시 눈을 뜨자 림바드에 있는 자기 방의 둥근 천장이 보였다. 이곳은 그를 두 팔 벌려 받아주었고,

그도 이곳에 익숙해지려 열심히 노력했지만, 그래도 여전히 그의 집은 아니었다.

그 어느 때보다도 의기소침한 기분이 들었다. 알마를 통해 키르타슈를 엿보다니, 정말 멍청한 짓이었다. 성급하고 무분별한 행동 때문에 림바드를 곤경에 빠뜨릴 뻔한 걸 알산이 용서해줄지도 의문이었다. 요 며칠 동안 알산이 매몰차게 대하기는 했지만, 그래도 알산의 우정보다 중요한 것은 없다. 이제 잭에게는 목숨과 자존심 말고는 지켜야 할 것이 없었다.

누군가가 방문을 노크했다. 샤일이나 빅토리아일 것이다. 잭은 몸을 일으키며 중얼거렸다.

"들어와."

문이 열렸다. 방으로 들어온 사람은 알산이었다. 잭은 놀라 뜻밖의 방문객을 바라보았다.

"더 야단칠 필요는 없잖아요."

알산이 뭐라고 말하기 전에 잭이 선수를 쳤다.

"난 벌써 잘못했다고 말했다구요."

하지만 알산은 고개를 가로저으며 옆에 있는 의자에 앉았다.

"그 문제가 아니야, 꼬마야. 우리 얘기 좀 하자."

잭은 계속 침대에 앉아 다리를 꼬고 벽에 등을 기대고 있었다.

"무슨 말을 하려는지 이미 다 알아요. 내가 저항군에 들어가기에는 아직 준비가 안 됐다는 거잖아요, 그렇죠? 네, 절대로 그럴 수 없을 거예요."

뜻밖에도 알산이 큰 소리로 웃었다.

"사실과는 전혀 거리가 먼 이야긴데, 잭. 넌 내가 이제껏 만나본 학생들 중 가장 훌륭하다."

잭은 놀라 벌어진 입을 다물지 못했다.

"지금 놀리는 거죠?"

"천만에. 분명히 말하지만 난 우리 왕국에서도 네 또래 소년들을 무수히 훈련시켰어. 언젠가 우리 아버지의 군대를 이끌고 싶어하는 귀족 자제들이었지. 난 미래의 내 기사들의 장단점을 파악하기 위해 종종 그들을 시험해보곤 했어. 그러나 누구도 요즈음 네가 보여주는 기질과 의지를 지닌 사람은 없었다. 너만큼 빠른 시간 내에 검을 능숙하게 다룬 이도 없었고."

잭은 눈물이 났지만 참으려고 눈을 깜박였다.

"전에는 그런 말 하지 않았잖아요."

"마음에 들지 않는 점이 있었기 때문이야. 맹목적인 분노와 증오, 그리고 목숨을 대가로 치를 만큼 위험한데도 경솔한 짓을 저지르게 하는 자존심이 바로 그것이지. 난 너에게 겸손을 가르쳐야 했고, 네 인생에서 한번쯤 멈춰서 생각하고 인내할 수 있도록 육체적 정신적으로 단련시킬 필요가 있었다. 하지만 네가 그런 식으로 알마를 통해 키르타슈를 엿볼 거라는 생각도 못 했다. 그 점은 인정하마."

"어떤 식으로든 쓸모 있는 사람이 되고 싶었어요."

"잭, 넌 이미 쓸모 있는 사람이야. 내가 너에게 모든 일에 계속 거리를 두게 한 건 두 가지 이유에서였어. 우선 첫째로, 넌 키르타슈에게 집착하고 있어서 그에 대해서는 객관적으로 생각할 수가

없어. 네가 계속 그렇게 무턱대고 앞뒤 안 가린다면 그는 뭐든 제 뜻대로 하게 될 거고, 다음번에 너희 두 사람이 대면할 때 별 어려움 없이 널 죽일 거야. 네가 아무리 훈련을 많이 한다고 해도, 네 상대는 여전히 너보다 더 냉정하고 침착하기 때문이지. 그리고 둘째로…… 난 앞으로, 아니 이미 내 친구가 된 위대한 전사를 아직 때가 되지도 않았는데 잃고 싶지 않아. 그래서 네가 부모님의 죽음을 조금이라도 받아들이고 마음을 가라앉혀서 냉정하게 맞설 능력을 갖출 때까지 키르타슈에게서 널 떼어놓으려는 거였어."

잭은 무슨 말을 해야 할지 몰랐다. 하지만 알산도 더는 말 하지 않았기에 결국 마른침을 삼키며 풀 죽은 소리로 물었다.

"무슨 말인지 알았어요. 내가 공연히 끼어든 거군요, 그렇죠?"

알산이 고개를 가로저었다.

"누구나 실수는 해. 이건 큰일도 아니야. 정말로 중요한 건 네가 이번 경험을 통해 분명히 뭔가를 얻었다는 거야, 그렇지?"

잭이 고개를 끄덕이며 고마운 표정으로 알산을 바라보았다. 모든 분노와 원망이 거품처럼 사라지는 듯했다.

"알았어요. 다시는 기대를 저버리지 않을게요, 알산. 약속해요."

알산이 미소를 짓고는 다정한 손길로 잭의 머리를 헝클어뜨리며 대답했다.

"그래, 녀석. 널 믿어. 그리고 실망시키지 않을 거라는 것도 알고."

잭이 미소로 대답했다. 알산은 더는 아무 말 않고 방을 나갔다. 잭은 기분이 좋아졌다. 마치 자신을 짓누르고 있던 무시무시한 중압감을 걷어낸 것 같았다. 요 며칠 있었던 일들이 떠오르자 빅토리아가 생각났다. 잭은 벌떡 일어났다. 빅토리아와 아직 풀지 못한 문제가 있었다.

빅토리아는 방에서 책을 읽고 있었다.

"안녕! 잠깐 얘기 좀 해도 될까?"

"당연하지. 들어와."

그녀가 책을 덮으며 대답했다.

잭은 빅토리아 옆에 있는 의자에 앉았다.

"여러 날 동안 너랑 말도 하지 않고, 아니 사실은 널 모른 척하고 훈련에만 매달렸던 건…… 너한테 화가 나서가 아니라 나 때문에 그런 거야. 내가 정말로 소중한 게 뭔지를 가끔 잊어버려서 그랬어. 바보같이 군 거, 용서해줘."

빅토리아는 말없이 가만히 있었다.

"용서해줄래?"

"물론이지. 난…… 하루 종일 훈련하는 널 지켜보면서 걱정 많이 했어. 하지만 참견하고 싶지는 않았어. 왜냐하면……"

"네가 원하면 언제든 참견해도 돼."

잭이 말을 자르며 진지하게 대꾸했다.

"알산이 그랬어. 난 너무 자존심이 세고 충동적이고 앞뒤를 가리지 않아서, 자제력을 잃고 행동하다가는 쉽게 죽을 수도 있다고. 내가 생각해도 그 말이 맞아. 그래서 말인데, 넌 나보다 훨씬 현명하니까, 네가 날 좀 붙잡아주면 분명히 난 잘해나갈 수 있을 거야."

빅토리아는 잭이 진심인가 싶어 잠시 그를 쳐다보았다. 그는 진심으로 말하고 있었다. 빅토리아는 웃음을 터뜨리지 않을 수 없었다.

"좋아, 네가 그렇게 원한다면 참견해주지. 그런데, 나중에 불평은 하지 마, 응?"

이번에는 잭이 미소를 지었다.

"나한테 화내지 않아 고맙다."

"무슨 소리야, 잭! 우리는 친구잖아, 안 그래?"

"그렇고말고!"

잭은 빅토리아의 손을 꼭 쥐고 미소를 지으며 말했다.

"같이 보낸 시간이 많아서 그런지는 모르겠지만, 우리는 공통점이 참 많아. 그리고 넌 내가 처음으로 가져보는 좋은 친구야."

빅토리아는 잭의 칭찬에 얼굴을 붉혔다.

잠시 침묵이 흐르고, 빅토리아가 머뭇거렸다. 잭은 빅토리아가 뭔가 말하고 싶어한다는 것을 눈치챘다.

"뭔데?"

"너, 그를 봤지, 그렇지?"

낮은 목소리로 빅토리아가 물었다.

"어디 있었어? 뭘 하고 있었어?"

잭은 빅토리아가 키르타슈에 대해 말하고 있음을 알아차렸다. 그런데 빅토리아의 말투가 어딘가 이상했다. 그 이름조차 제대로 말하려 하지 않았다. 잭이 인상을 찡그렸다. 알산과 샤일과의 대화 후, 그는 키르타슈를 잠시 잊고 있었다.

"확실하지 않아. 어쩌면 전혀 중요한 게 아닐지도 모르고. 하지만 키르타슈가 뭔가 꾸미고 있었던 것 같아."

잭은 알마를 통해 본 것을 전부 말해주었다. 잭의 이야기를 다 들은 빅토리아가 이상하다는 표정을 지었다.

"이둔어로 쓰인 마법의 책이라고? 이상한데…… 도대체 지구 어디에서 그걸 손에 넣었을까?"

"그 두 녀석은 뭔가 음모를 꾸미고 있었어. 무슨 꿍꿍이인지는 모르겠지만 틀림없어. 내기를 걸어도 좋아."

잭은 생각에 잠겨 중얼거렸다.

"어쩌면 혹시…… 잠깐만!"

그는 자리에서 벌떡 일어나 책상 위에 있는 스케치북을 펼치고 연필을 쥐더니 아랫입술을 깨물며 다시 앉았다.

"평범하지 않은 건물이었어. 그릴 수 있을 거 같아."

빅토리아는 조용히 잭을 지켜보았다. 그는 집중하느라 미간을 모으며 연필로 종이 위에 부드러우면서도 단호하게, 뚜렷한 선을 그려나갔다. 참을성 있게 기다리자 잭이 드디어 시선을 들고 빅토리아에게 스케치북을 건네주었다.

"이야, 그림을 아주 잘 그리는구나!"

빅토리아가 감탄했다.

잭은 그저 어깨를 으쓱할 뿐이었다.

"아주 어렸을 때부터 그림을 그렸거든. 봐, 이게 어디 같아?"

빅토리아는 주의 깊게 살펴보았다. 붉은 벽돌과 회색 기와로 된, 측면의 높이가 다른 사다리꼴 건물이었다. 안마당에는 백색

과 적색의 널찍한 포석이 깔려 있고, 한 남자의 좌상이 있었다. 그녀는 한참을 들여다보다 말했다.

"글쎄, 나는 모르는 건물이야. 하지만 아주 특이하네. 중요한 건물 같은데. 내가 가져가도 돼? 스캔해서 인터넷 게시판에 올려 볼게. 누군가 아는 사람이 있을 거야."

"좋은 생각이야. 더 많은 단서를 찾아내면 그때 알산과 샤일에게 이야기하자."

그곳에서 멀리 떨어진 붉은 벽돌 건물의 옥상. 차가운 바람을 맞으며 키르타슈는 눈앞에 펼쳐진 도시를 응시하고 있었다. 그의 눈에는 아무런 감정도 담겨 있지 않았지만, 가슴속에서는 분노가 끓고 있었다.

감히 나를 염탐하다니! 키르타슈는 순식간에 그의 침입을 간파했고, 중요한 정보를 캐내기에 충분한 시간 동안 접촉할 수 있었다.

소년의 이름은 잭이고, 저항군과 함께 있다. 여기까지는 그도 알고 있는 사실이었다. 비록 매번 제삼자의 개입이 있었다 해도 바로 코앞에서 잭을 놓친 게 벌써 두번째였다.

하지만 앞으로 그럴 일은 없을 것이다.

실케보르 작전은 대실패였다. 잭이야말로 그날 밤 죽어야 했던 존재였건만 여전히 살아 있다. 엘리온이 너무 서둘렀던 탓이다. 키르타슈는 왜 자신이 엘리온에게 자비심을 베풀었는지, 왜 아직도 그의 목숨을 살려두고 있는지 스스로 의아했다. 아마도 지금으로서는 그만 한 마법사를 다시 찾을 수도 없고, 또 그를 제거할 정도로 사치를 부릴 형편이 못 되기 때문일 것이다.

하지만 키르타슈가 무엇보다 신경쓰였던 것은 내면의 분노였다. 좀처럼 어떤 일에도 동요하지 않도록 길들여졌건만, 잭이라는 소년만 보면 미칠 듯한 감정이 끓어올랐다. 키르타슈는 이유도 모른 채 자기 감정을 통제할 수 없다는 게 견딜 수 없었다.

"키르타슈?"

엘리온이 주저하며 그를 불렀다.

키르타슈가 조용히 말했다.

"우리 말고 또 누군가가 있었어."

"뭐라고? 난 아무것도 못 느꼈는데."

마법사가 사방을 둘러보았다.

"이젠 별로 놀랄 일도 아니지."

키르타슈는 낮은 목소리로 중얼거렸다.

"육체가 있거나 영혼이 있는 존재는 아니었어. 그냥 누군가의 의식이 있었을 뿐. 그래서 나만 느끼고 당신은 못 느낀 거야. 저항군의 일원이 우리를 염탐하고 있었어."

"저항군이라고!"

마법사가 비웃었다.

"그냥 애들 몇 명이 모인 패거리야, 절대로……"

"그들을 과소평가하지 마."

키르타슈가 말을 잘랐다.

"어린 건 나도 마찬가지야."

"그 말은 맞지."

짧은 침묵 뒤에 엘리온이 인정했다.

"그자가 뭐 중요한 거라도 알아낸 것 같아?"

키르타슈가 미소를 지으며 말했다.

"그랬길 바라는 바야."

"왜? 무슨 소리야?"

키르타슈는 대답하지 않았다. 엘리온은 아슈란이 찾아낼 수 있었던 최고의 마법사였고 그도 이 사실을 알지만, 이자에게 익숙해지는 건 쉽지 않았다. 어린 암살자를 대할 때도 엘리온은 지나치게 소란스럽고 언제나 필요 이상으로 주의를 끌었다. 게다가 한 번도 키르타슈만큼 실력을 발휘한 적도 없었다. 하지만 마법사가 필요하다는 사실 역시 부정할 수는 없었다.

엘리온은 키르타슈의 침묵을 잘못 해석했다.

"왜 날 못 믿는 거야? 아직도 실케보르에서의 일을 신경쓰는 거야?"

키르타슈는 아무 말도 하지 않았다. 엘리온이 한숨을 푹 내쉬었다. 사실이었다. 그 부부의 일은 자신이 너무 성급하게 처리했다. 키르타슈에게 물어볼 사이도 없이 그들을 없애버린 것이다. 자신들의 코앞에서 소년이 빠져나간 건 굳이 다시 언급할 필요도 없었다. 마법사가 덧붙였다.

"나도 지금 배우고 있는 중이라는 건 알아달라고. 네가 지시한 대로 이렇게 우스꽝스러운 지구 옷으로 바꿔입기까지 했잖아."

키르타슈가 자신을 향해 돌아서자 엘리온은 본능적으로 한 걸음 뒤로 물러섰다. 도대체 이 코흘리개가 왜 이리 꺼림칙한 거지? 물론 키르타슈가 이둔에서 셰크들의 막강한 동맹자인 아슈란과 무척 가까운 사이라는 건 알고 있다. 하지만 그래봤자 애송이일 뿐이잖은가? 그렇지 않다면…… 혹시?

어쨌든 신경이 쓰였다. 그것도 아주 몹시. 엘리온은 강력한 마법사가 되기 위해 평생을 바쳐왔고, 많은 것을 포기하고 수많은 세월을 희생했다. 그러니 비록 이상한 힘의 아우라를 가졌다 해도, 마법사도 아닌 열다섯 살짜리 코흘리개가 이렇게 단호하고 명백하게 자신을 짓누른다는 걸 쉽게 받아들일 수가 없었다.

하지만 불행히도 이 문제에 관해 그가 할 수 있는 일은 아무것도 없었다. 그의 군주 아슈란은 키르타슈에게 지휘권을 주었고, 아무리 화가 나더라도 엘리온은 키르타슈의 명령에 복종해야 했다.

키르타슈가 천천히 말했다.

"당신과는 상관없는 나만의 계획이 있어. 이번에는 끼어들지 않았으면 좋겠어."

엘리온은 뜸을 들인 후 대답했다.

"좋아. 비록 아슈란 님의 명령에 위배되는 것이긴 하지만."

키르타슈는 대꾸조차 하지 않았다. 그저 발아래서 분주히 움직이는 도시를 향해 다시 돌아서며, 새롭고 낯선 세상, 무한한 탐험의 가능성으로 가득한 이 세상에 이제 막 도착한 정복자인 양 도시를 바라보는 것이었다.

제3시대의 서

잭은 알산의 일격을 피하며 번개처럼 재빨리 맞받아쳤다. 하지만 알산은 미리 잭을 기다리고 있었고, 역공을 막아냈다. 잭은 알산의 움직임을 주시하며 공격을 가했지만, 알산은 몸을 숙이고 무방비한 잭의 옆구리를 찌르며 대응했다. 그런데 놀랍게도 잭의 검은 벌써 그를 기다리고 있었다. 두 강철 검이 부딪치자 불꽃이 튀었다. 두 검객은 약간씩 뒤로 물러나 잠시 숨을 고르며 서로를 바라보았다. 알산이 먼저 입을 열었다.

"빨리 배우는데."

잭은 예의상 해준 말이라는 것을 알고 고개를 끄덕였지만 웃지는 않았다. 자신이 알산을 실망시켰다는 것을 깨달은 뒤, 그와 화해하기는 했지만 예전으로 돌아갈 순 없다는 걸 몸으로 느낄 수 있었다. 지금 그는 알산에게 점수를 따려고 엄청나게 노력중이었다.

알산은 이둔에서 리더였고 의무, 규율, 노력 같은 덕목을 철저히 교육받은 계승자였다. 저항군과 이둔의 운명을 책임지는 중압감을 알산만큼 견뎌낼 수 있는 이는 없을 것이다. 알산은 지극히 당연하다는 듯 중책을 떠맡았고, 그것에 대해 부채 의식을 가지기까지 했다. 그는 자신에게 주어진 임무가 얼마나 중요한지 뼈저리게 인식하고 있었다. 그에게 저항군이나 림바드의 안전과 관련된 모든 일은 목숨만큼 중요했다.

잭은 하마터면 이 모든 것을 망치기 일보 직전까지 갔었다. 자신이 그런 짓을 저지르게 된 데 알산의 책임은 조금도 없다는 걸 잭은 잘 알고 있었다. 알산은 엄하고 냉정했으며, 통제력을 가지라고 잭에게 가르쳤다. 알산의 충고를 전부 무시하고 자만에 빠져 일을 그르친 사람은 바로 잭 자신이었다. 우쭐해할 줄만 알았지 아무 생각도 없는 멍청이처럼.

잭은 검을 치켜올렸다. 그리고 알산이 다가오는 것을 보면서 단호하고 침착한 자세를 유지했다. 적당한 때를 계산한 그는 오른쪽으로 움직였다가 다시 슬쩍 왼쪽으로 이동하며 상대를 혼란스럽게 했다. 알산이 살짝 균형을 잃고 무슨 일인가 싶었을 때, 이미 잭의 칼끝이 그의 심장을 겨누고 있었다.

"당신은 죽었어요."

잭이 침착하게 말했다.

알산이 진지한 표정으로 잭을 바라보았다. 잭의 시선에는 흔들림이 없었다. 그제야 알산이 천천히 미소를 지으며 한마디 했다.

"이런, 녀석. 그런 눈속임 기술은 아직 가르쳐주지 않았잖아."

"아뇨, 가르쳐줬어요. 지난번에 하는 걸 봤죠. 그냥 그걸 기억하고 있었을 뿐이에요."

알산이 고개를 끄덕였다.

"중요한 걸 배웠구나."

잭은 이 말이 칭찬이라는 걸 알았지만 그래도 불편한 기분을 완전히 떨쳐내지는 못했다. 그랬다, 자신은 아무 생각 없는 멍청이였다. 하지만 앞으로는 자신도 알산처럼 분노에 쉽게 휘둘리지 않는 훌륭한 전사가 될 것이다.

"오늘은 이만 하자."

알산이 말하자, 잭은 더 대꾸하지 않고 고개를 끄덕였다.

훨씬 전, 그가 알마를 통해 키르타슈를 보기 전이었다면 대련에서 알산을 이겼다는 게 무척이나 자랑스러웠을 것이다. 하지만 지금은 만족스럽기는 해도 그것이 별로 중요하지는 않았다. 아직 배워야 할 게 많았다. 그는 자신을 다잡았다.

잭은 샤워를 하러 곧장 욕실로 갔다. 욕실에서 나오자 빅토리아가 그를 기다리고 있었다. 뭔가 알려주고 싶어 조바심이 나 있었다. 잭은 무슨 일일까 궁금해하며 친구를 따라 서재로 갔다. 빅토리아가 컴퓨터 앞에 앉아 모니터에 나타난 이미지를 가리켰다.

"봐. 네가 본 게 이거니?"

잭은 심장이 덜컥 내려앉는 것 같았다. 모니터에 키르타슈를 만났던 건물 사진이 떠 있었다.

"찾아냈구나."

잭이 중얼거렸다.

"뭐 별로 어렵지는 않았어. 뭔지 알겠니? 대영도서관이야!"

"대영도서관이라고?"

잭이 소리쳤다.

"들은 적은 있어. 런던에서 이 년 동안이나 살았는데 알아보지 못했다니!"

"여긴 안 가봤니?"

"가본 적 없어. 런던은 엄청 큰 도시야. 그쪽으로는 아예 지나간 적도 없어. 이렇게 생겼을 줄 짐작도 못 했지. 그런데 키르타슈는 여기에서 뭘 하고 있었을까?"

두 사람은 동시에 같은 생각을 하며 눈길을 주고받았다.

"책을 찾고 있었을까?"

빅토리아가 속삭이자, 잭은 고개를 가로저었다.

"대영도서관에서 이둔의 마법책을? 말도 안 돼!"

"그렇지 않을 수도 있어! 생각해봐, 잭. 정체불명의 언어로 쓴 책이잖아. 아주 희귀한 서적일 거야. 그러니 박물관이나 중요한 도서관에 있는 게 말이 되지, 안 그래? 어쩌면 누군가가 이 책을 해독하려고 애쓰고 있었을 거야!"

두 사람은 자신들의 발견에 흥분하여 서로 마주 보았다. 어딘가 익숙하면서도 낯선 느낌이 오갔다. 잭은 살짝 얼굴을 붉히고는 빅토리아에게 들릴 듯 말 듯 한숨을 내쉬었다.

잭이 어색한 듯 눈길을 돌리며 목청을 가다듬고는 말했다.

"도서관에 한번 가봐야 할 것 같은데, 어떻게 생각해?"

"거기서 찾으려는 게 정확히 뭔데?"

"확실히 모르겠어. 하지만 알아봐야지."

"뭘 알아본다고?"

두 사람 뒤에서 목소리가 들렸다.

잭이 돌아보자, 막 들어선 샤일이 궁금하다는 듯 두 사람을 바라보고 있었다.

잭은 조금 불편한 말투로 대답했다.

"그러니까, 지난번에…… 내가 키르타슈를 봤을 때, 그는 이둔의 고대 비밀언어로 쓴 어떤 책을 막 손에 넣었던 참이었어요. 그때 그를 본 건물이, 우리가 방금 알아낸 바에 따르면, 런던에 있는 대영도서관이고요."

"뭐라고? 왜 진작 말하지 않았어?"

샤일이 소리쳤다.

"아무도 묻지 않았잖아요."

잭이 발끈하자 샤일이 말했다.

"알았어. 알산을 부를게. 네가 더 자세히 이야기해줘야겠다."

알산은 심각한 표정으로 이야기를 들었다.

"좋아. 이건 우리가 꼭 조사해야겠다. 샤일, 가자."

"대영도서관으로요?"

잭이 물었다.

알산이 고개를 끄덕이자 잭은 한숨을 푹 내쉬었다. 자신도 데려가달라고 부탁하고 싶었지만, 지난번 일 때문에 말을 꺼낼 엄두도 내지 못했다. 잭의 마음을 짐작한 샤일이 무슨 말인가 하려는 순간, 빅토리아가 외쳤다.

"이걸 봐."

모두 빅토리아에게로 갔다. 빅토리아는 인터넷에서 대영도서관과 관련된 기사와 글을 찾느라 컴퓨터에 한참을 매달려 있던 중이었다. 샤일이 물었다.

"뭐야, 빅토리아? 뭘 찾은 거야?"

세 사람이 모니터 주위로 모였다. 모니터에는 몇 주 전 기사가 떠 있었다. 잭이 영어로 된 내용을 알산이 이해할 수 있게 큰 소리로 번역해주었다.

"정체불명의 언어로 씌어진 책 한 권이 대영도서관에 들어왔다. 수백 년 전에 씌어진 것으로 추정되는 이 도서는 스코틀랜드 딩월 근교에서 유물 발굴 작업을 하던 중 토기 내부에서 발견되었다."

"왜 박물관으로 가져가지 않았을까요?"

빅토리아가 물었다.

"여기, 피터 패럴이라는 연구원이 그 내용을 해독할 수 있을 거라고 자신했대. 더이상의 자세한 내용은 없어."

"그 사람은 이제 자세한 내용을 말할 수 없을걸. 그가 이 책을 가지고 있었다면, 지금쯤 틀림없이 죽었을 테니까."

알산의 말에 빅토리아가 고개를 끄덕였다.

"여기 다른 기사가 있어요. 사흘 전 기산데, 책과 함께…… 패럴도 행방불명이 되었대요."

"행방불명이라고? 그 사람의 생사를 모른다는 뜻이야?"

잭이 물었다.

"키르타슈는 절대로 자신의 흔적을 남기지 않아. 그러니 사람들이 시체를 못 찾았다 해도 전혀 이상한 일이 아니지. 계속 행방불명 상태라면 패럴이 죽었다는 걸 증명할 수 없을 거야."

잭은 부모님 생각을 하며 몸서리를 쳤다. 샤일은 경찰이 잭의 집에서 아무것도 찾지 못했다고 말해주었다. 그냥 모두 사라져버린 것이다. 키우던 개 조커마저. 키르타슈가 죽였지만 그는 시신을 남겨두지 않았다. 시신들을 어떻게 했을까? 잭은 침을 삼키고 키르타슈가 부모님을 어떻게 했을지 다시 한번 생각했다. 엄마아빠가 죽었다는 게 아직도 낯설게 느껴졌다. 부모님을 추모하며 마음놓고 울 장소조차 없다는 사실에 괴로웠다.

"잠깐만."

모니터를 쳐다보며 샤일이 중얼거렸다.

"이 이미지를 더 크게 할 수 있어?"

빅토리아가 미처 대답하기도 전에, 샤일은 직접 마우스를 움직여 사진을 클릭했다. 신비로운 책의 표지가 확대됐다. 그는 모니터에 바싹 다가가 표지에 나타난 상징을 해독하려 애썼다.

"무슨 말인지 알겠어요?"

빅토리아가 물었다. 짧은 침묵이 흐르고, 샤일의 얼굴이 어두워졌다. 그러다가 갑자기 그가 외쳤다.

"성스러운 여신 이리알이시여! 여기 쓴 말이 정확하다면, 이건 『제3시대의 서(書)』로 수세기 전에 지구로 추방되어 온 이둔의 마법사들이 쓴 거야. 그들에겐 새로운 세상인 지구에서의 경험을 기록한 일기 같은 책이지."

"그 책이 왜 중요한 거죠?"

잭이 물었다.

"잭, 그 마법사들은 대단히 귀한 물건들을 가지고 왔어. 어떤 마법사들은 되돌아갔지만, 그러지 않은 마법사들도 있지. 만일 이 책이 그들의 연대기를 말하는 거라면 분명 그들이 잃어버린 물건들에 대한 단서를 알려주고 있을 거야. 이제야 키르타슈가 왜 그 책을 손에 넣으려고 하는지 알 것 같아. 역시 놈은 세상에서 일어나는 일들을 속속들이 알고 있어. 이 기사를 못 보다니 내가 실수한 거야."

"그렇다면 가능한 한 빨리 움직여 이 일을 조사해야 한다는 거군."

알산이 인상을 쓰며 말했다.

잭은 눈길을 피했다. 여전히 이 임무에 자신을 끼워달라고 부탁할 엄두가 나지 않았다.

"잭!"

그때 알산이 그를 불렀다.

"네 방에 가서 외투 가져와. 빅토리아와 너도 같이 가자."

잭은 놀라 고개를 들었다. 빅토리아 역시 아무 말도 못 했다. 두 사람이 알산을, 그다음에는 믿을 수 없다는 듯 샤일을 바라보았다. 마법사는 웃기만 했다. 알산이 설명했다.

"지금은 싸우러 가는 게 아니고 일단 조사만 하러 가는 거야.

너희 지식이 도움이 될 거야. 어쨌든 너희 세상이니까. 그리고 너희 두 사람도 저항군의 일원이잖아."

"게다가 키르타슈도 지금은 그곳에 없을 것이 분명하고. 아마 그 책을 해독하려고 애쓰고 있을 테니까."

샤일이 덧붙였다.

잭과 빅토리아 사이에 기쁨에 겨운 눈빛이 오고갔다. 잭은 환호성이 터져나오려는 걸 겨우 참았다.

다행히 런던 하늘은 두꺼운 회색 구름의 망토로 가려져 있었다. 잭은 해가 쨍쨍하게 비쳤다면 틀림없이 눈이 멀었을 거라고 생각했다. 그는 계속 시선을 아래로 하고 눈을 깜박이면서 한낮의 햇살에 다시 적응하고 있었다.

샤일이 걸음을 멈추고 잭을 보았다.

"괜찮아요."

마법사가 묻기도 전에 잭이 먼저 대답했다. 샤일이 고개를 저으며 친구에게 말을 걸었다.

"이봐, 알산. 잭이 림바드에 너무 오래 틀어박혀 있었나봐. 조금만 더 있었다면 흡혈귀로 변하고 말았을 거야."

"난 흡혈귀가 뭔지도 몰라."

알산은 뒤를 돌아보지도 않고 앞장서 가며 대꾸했다.

샤일이 무한한 인내심이 담긴 한숨을 내쉬자, 잭은 미소를 지었다. 샤일은 지구에 사는 수많은 민족들의 역사, 신화, 기술, 풍습을 열심히 공부했다. 반면 알산은 여전히 자기 세상에 닻을 내린 채 그 세상의 방식만 고수했다.

알마는 순식간에 네 사람을 이곳까지 데려왔다. 그들은 사람들의 시선을 끌지 않을 만한 조금 외진 장소에 모습을 나타냈다. 네 사람은 곧 도서관에 도착해 큰 기둥 사이에 있는 입구를 지나 정원으로 들어섰다. 그제야 햇빛에 적응한 잭은 고개를 들어 위엄에 찬 건물을 바라보았다. 며칠 전 그의 의식이 키르타슈를 발견한 곳을 보자 여러 감정들이 파도처럼 몰려왔다. 두려움, 분노, 증오, 절망……

빅토리아의 다정한 목소리에 그는 현실로 돌아왔다.

"잭, 가자, 들어가야지."

빅토리아의 눈이 아무 말을 하지 않아도 이해한다는 듯 그를 빤히 응시하고 있었다. 잭은 고마운 마음에 미소를 지어 보였다. 날마다 그녀에 대해 놀라운 사실을 새롭게 발견하고 있었다.

"그래."

그는 샤일과 알산을 따라 건물 안으로 서둘러 들어갔다.

그들은 도서관의 거대한 홀에 모여 섰다. 빅토리아가 물었다.

"자, 이제 우리는 뭘 하죠?"

잭이 도서관 지도를 살펴보더니 알려주었다.

"'육필 원고와 희귀 도서 열람실'이 있어요. 이곳에서부터 시작하면 될 것 같아요."

샤일이 고개를 끄덕이며 말했다.

"난 일반인에게 개방하지 않는 구역을 좀 알아볼게. 사무실이

나 자료실 같은 곳 말이야. 투명 마법이나 위장 마법을 사용하면 될 거야."

"좋은 생각 같다."

알산이 말했다.

"잭, 너랑 빅토리아는 그곳으로 가서 뭐든 알아내. 난 샤일과 같이 갈게."

그들은 잠시 후 입구에서 만나 서로 정보를 교환하기로 약속했다. 의심을 사지 않으려면 책 제목을 직접 물어봐선 안 됐지만, 잭에게는 생각해둔 방법이 있었다.

잭과 빅토리아는 '육필 원고와 희귀 도서 열람실'로 향했다. 인상적일 정도로 어마어마하게 큰 문 앞에서 잠시 발걸음을 멈추었다. 절대적인 침묵 속에서 학생, 연구자, 애서가들이 고서, 초기 인쇄 간행본, 각종 육필 원고와 같은 다양한 도서들에 푹 빠져 있었다. 빅토리아는 어쩐지 주눅이 드는 기분이었다. 그곳에서 아이들은 그들뿐이었고, 그곳은 굉장히 진지하고 딱딱한 장소였다. 하지만 잭은 전혀 위축되지 않았다. 그는 안내 데스크 앞으로 곧장 가더니 가방에서 수첩과 볼펜을 꺼내고 누군가가 자신을 봐주기를 참을성 있게 기다렸다. 한 여직원이 잭을 보고 다가오자, 잭은 더할 나위 없이 예의 바른 태도로 질문했다. 처음에는 성가셔하는 듯하더니 잭이 계속 말을 하자 사서는 금방 함박웃음을 지었다. 빅토리아는 잭이 타고난 호감으로 어떻게 사서의 신뢰를 얻어내는지 지켜보며 감탄했다.

곧 잭이 눈을 반짝이며 다가왔다. 빅토리아는 잭이 흥미로운 사실을 알아냈다는 걸 금방 알 수 있었다.

두 사람은 광장으로 나와 좌상 옆에서 친구들을 기다렸다. 입구에서 얻은 팸플릿에 따르면 그 동상은 뉴턴의 좌상이었다.

"좋아, 말해줘. 무슨 이야기를 한 거야?"

빅토리아가 잭을 졸라댔다.

"도서관에 들어온 고서들에 대해 물어봤어. 일반인들에게는 보여줄 수 없고, 연구자와 전문가들 혹은 아주 특별한 허가를 받은 사람들만 그 책들을 볼 수 있대. 그런데 말이야, 컴퓨터 덕분에 『제3시대의 서』를 살릴 수 있었다는 거야. 아주 귀한 책은 마이크로필름으로 보관하거나 컴퓨터로 작업할 수 있도록 페이지마다 스캔해둬야 하거든."

"그럼 우리도 잘하면 스캔한 책을 열람해서 키르타슈가 찾던 것을 알아낼 수 있겠구나!"

"바로 그거야. 물론 내가 생각 없이 우리 책에 대해 구체적으로 물어보진 않았지만 말이야."

"그런데 어떻게 그걸 알아냈어?"

잭이 어깨를 으쓱했다.

"학교 숙제 때문이라고 말했지. 그리고 크면 사서가 되고 싶다고도 했어. 그리고 또…… 모르겠다. 그냥 이것저것 다 말했어."

"잭, 너 아주 약았어."

빅토리아가 감탄하며 한마디 했다. 잭이 웃었다.

알산과 샤일도 곧 모습을 나타냈다. 잭은 자신이 알아낸 것을 이야기해주었고, 두 사람도 소식을 전했다. 샤일이 말했다.

"사무실에 몰래 들어가서 흥미로운 이야기 몇 가지를 들었어. 사무실은 한참 난리가 난 상태였어. 바로 『제3시대의 서』가 사라졌기 때문이야. 육필 원고만 사라진 게 아니라 도서관에 있던 모든 사본들, 마이크로필름 카드, 종이 사본, 심지어 컴퓨터에 스캔해둔 자료들까지 모조리 없어졌어. 키르타슈가 철두철미하게 작업을 한 거야."

잭이 미심쩍어하며 물었다.

"그가 컴퓨터에 있는 자료들을 지웠다는 말이에요? 키르타슈도 이둔인이라고 하지 않았어요?"

"그게 어쨌다고? 나도 이둔인이지만 컴퓨터 사용법을 배웠잖아. 그는 악마처럼 영리하다고. 네가 사는 세상을 아마 너보다 더 잘 안다고 해도 이상할 게 없을걸."

잭이 고개를 흔들며 중얼거렸다.

"그래도 틀림없이 한계가 있을 거예요. 이곳에서 지낸 지 겨우 삼 년밖에 안 되잖아요, 안 그래요? 전부 배웠을 수는 없다고요."

"어쨌든, 이곳 사람들은 전부 패럴이라는 연구원이 한 짓이라고 생각해. 그런데 벌써 며칠째 패럴에 대한 소식을 들은 사람이 없다는 거야."

잭이 머리를 가로저었다.

"아뇨, 어딘가에 틀림없이 사본이 남아 있을 거예요. 굉장히 귀중한 책이잖아요. 더구나, 일단 스캔을 했다면 이메일로 어딘가로 보냈을 수도 있고요. 패럴이 굳이 컴퓨터가 아니더라도 시디 같은 데 반드시 사본을 보관했을 거예요."

"사본이 있는지 알아보려면 그 사람 집을 조사해봐야 하지 않아요? 어쩌면 경찰이 놓친 뭔가를 우리가 발견할 수도 있잖아요."

빅토리아의 말에 알산이 고개를 끄덕였다.

"좋은 생각이야."

"그런데 어디서부터 시작해야 하죠? 우리는 그 사람이 어디 사는지도 모르잖아요."

잭의 걱정에 샤일이 미소를 지었다.

"내가 알아낼게. 마법사만의 방법이 있거든."

샤일의 '방법'이란 전화번호부를 뒤지는 거였다. 런던에는 여러 명의 피터 패럴이 있었다. 잭은 사람들이 찾는 연구원이 어느 집에 살고 있는지 알아내려고 전화를 걸며 그날의 나머지 시간을 보냈다. 그중 네 집에서 전화를 받지 않자, 그들은 직접 그 집들을 찾아가기로 했다.

행운이 그들에게 미소를 보냈다. 웨스턴 거리의 오래된 건물에 있는 두번째 집을 방문했을 때, 수다스런 이웃 여자가 대단히 귀중한 책을 갖고 도망갔다고 비난받는 연구원이 그 집에 살고 있다고 확인해준 것이다. 네 사람은 밤에 다시 찾아오기로 했다. 이미 패럴이 혼자 살고 있었다는 걸 확인했기 때문에 집에 들어가더라도 누구와도 마주치지 않을 것이다.

네 사람은 도둑고양이처럼 숨을 죽이고 계단을 올라갔다. 패럴의 집 문 앞에 이르자 샤일이 친구들에게 눈짓을 하며 손잡이

를 돌렸다. 문은 당연히 잠겨 있었지만 마법사 앞에서는 아무 저항 없이 열렸다. 그들은 소리 없이 스르르 집 안으로 미끄러져 들어갔다.

그들은 손전등을 켠 채 온 집 안을 돌아다니다가 서재를 찾아냈다. 먼저 책장과 파일함을 샅샅이 뒤지기 시작했다. 샤일은 컴퓨터를 켜고 가장 최근 자료부터 검색하기 시작했다.

"엄청 어지럽혀놨네."

빅토리아가 종이 더미를 헤치며 중얼거렸다.

"키르타슈가 서재를 조사하고 이렇게 해놓은 것일 수도 있어."

잭이 의견을 내놓자 모니터에 시선을 고정한 채 샤일이 받아쳤다.

"아니. 장담하는데 키르타슈가 오기 전 모습 그대로일 거야. 그런 면에서는 아주 치밀한 놈이거든. 들키지 않게 자기에게 필요한 것만 없앴을 거야. 나머지는 그대로 두었을 거라고."

"거기엔 뭐 좀 있어요?"

잭이 샤일에게 다가가며 물었다. 마법사는 고개를 저었다.

"아무것도. 이 사람은 그 책을 전혀 본 적도 없는 것 같아. 역시 이것도 키르타슈의 짓이겠지."

빅토리아는 책장 사이를 다시 뒤졌다. 알산은 불안한 표정으로 방 한가운데에 가만히 서 있을 뿐이었다. 잭이 미소를 지었다. 알산은 전사이자 전략가였다. 서재를 뒤지러 남의 집에 몰래 들어가는 일 따위는 그와 어울리지 않았다. 잭이 말했다.

"컴퓨터에 아무것도 없다면, 키르타슈가 전부 지워버린 게 틀림없어요. 하지만 패럴은 틀림없이 집에 시디나 그 비슷한 것에 정보를 담아놓았을 거예요. 운이 좋다면 그 시디를 찾을 수 있을지도 몰라요."

"그런 생각은 이미 키르타슈도 하지 않았을까?"

빅토리아의 물음에 샤일이 대답했다.

"키르타슈가 그런 생각까지 했을 것 같진 않고, 경찰은 했을 거야. 하지만 찾아본다고 손해 볼 일은 없겠지."

셋은 함께 모여 컴퓨터를 뒤졌고, 샤일은 서재에서 찾을 수 있는 시디란 시디는 모두 모아 하나씩 차례로 컴퓨터에서 확인해나갔다. 그러나 아무런 성과도 없었다.

지쳐 나가떨어질 때쯤 잭은 책장 위에 있는 오디오에 눈길이 멈췄다. 그는 자신의 머릿속에 떠오른 생각을 곰곰 따지며 고개를 갸웃거렸다. 그러고는 오디오 쪽으로 다가가 그 옆에 쌓여 있는 시디 상자를 열었다. 케이스에 용 그림이 그려져 있는 시디가 유독 그의 주의를 끌었다. 케이스를 열었지만 안이 텅 비어 있었다. 실망하여 찾는 걸 포기하려는 찰나, 갑자기 시디가 어디 있을지 생각이 났다. 그는 오디오를 켜고 열림 버튼을 눌렀다. 오디오가 스르르 시디 받침대를 뱉어냈다.

안에는 아무런 표시도 없는 시디 한 장이 들어 있었다. 느낌이 왔다.

"샤일, 이걸 열어봐요."

그는 마법사에게 시디를 건네주며 말했다.

"잭, 이건 음반이야."

잭을 지켜보고 있던 빅토리아가 말했다.

"그럴지도 몰라. 하지만 아닐 수도 있지."

샤일은 시디를 컴퓨터 디드라이브에 넣었다. 네 사람은 숨을 멈추고 모니터 쪽으로 몸을 숙였다.

일련의 이미지 자료가 눈앞에 나타났고, 샤일이 그중 하나를 열었다.

떨리는 모니터에 작은 삼각형 모양으로 점점이 뿌려진, 파리 다리 같은 기괴한 기호가 여러 줄 있는 누런 종이 사진이 떴다. 샤일은 놀라움에 숨을 크게 들이쉬며 중얼거렸다.

"세상에, 사실이었어. 『제3시대의 서』가 맞아."

그러나 알산이 인상을 쓰며 고개를 가로저었다.

"왜 키르타슈가 이런 걸 남겨두었을까?"

샤일이 어깨를 으쓱했다.

"잭의 말이 맞을지도 모르지. 그가 생각보다 아는 게 많지 않을 수도 있어."

그때 빅토리아가 끼어들었다.

"이 시디가 눈에 띄었다면 틀림없이 키르타슈는 이게 뭔지 바로 알아챘을 거고, 그대로 가져갔을 게 분명해요."

샤일이 생각에 잠겨 용 그림이 있는 시디 재킷을 가만히 들여다보았다.

"왜 패럴은 책 사본을 이런 장소에 보관했을까?"

"숨겨둔 거예요. 사람들이 찾지 못하게 오디오 안에 넣어둔 거죠."

잭이 중얼거렸다.

"네 말은…… 패럴이 이둔인이란 뜻이야?"

샤일이 묻자 알산이 대답했다.

"그럴 리 없어. 이둔인이라면 신비의 책을 해독할 수 있다고 큰 소리치면서 대중매체에 나오지는 않았을 거야. 그건 멍청한 짓이라고……"

"패럴이 키르타슈에 대해 전혀 몰랐다고 한다면 그럴 수도 있잖아요, 안 그래요? 그래서 사람들이 자신에게 책을 꼭 보여줬으면 했겠죠. 그후에 누군가가 자신의 뒤를 밟는 것을 알아채고 사본을 숨긴 거예요. 다른 사람이 찾아내주기를 바라면서 말이죠."

잭이 추측했다.

"좋아. 이제 우리가 찾던 것을 얻었으니, 림바드로 돌아가자. 이 문제는 나중에 계속 생각하자고!"

알산이 결론을 내렸다.

샤일은 프린터가 뱉어내는 종이 몇 장을 들고 자세히 살펴보다 인상을 썼다. 빅토리아는 그에게 다가가 발뒤꿈치를 들고 어깨너머로 들여다보았다.

"뭐 좀 알겠어요?"

"아주 오래된 고대 이둔 비밀언어 가운데 하나야."

샤일은 그녀가 잘 볼 수 있도록 종이를 가까이 가져갔다.

"이 상징들 알아보겠니?"

"몇 개는 눈에 익지만 대부분은 배운 거랑 다른데요."

"그렇지 않아, 잘 봐."

두 사람은 의자에 앉고는 서재의 책상 위에 종이를 펼쳐놓았다. 잭은 프린터에서 출력된 종이를 추려 샤일과 빅토리아에게 가져갔다. 둘은 머리를 맞댄 채 일에 빠져 있었다. 샤일은 상징들 하나하나의 의미를 참을성 있게 설명해주었고, 빅토리아는 주의 깊게 듣고 있었다. 잭은 그 모습에 미소를 지으면서도 갑자기 질투를 느꼈다. 알산과 자신도 샤일과 빅토리아만큼 잘 지내고 있는 것일까 하는 의문이 든 것이다.

"무슨 단서라도 찾았어?"

알산이 방으로 들어서며 물었다. 샤일이 고개를 들었다.

"책을 해독하자면 시간이 좀 걸리겠어……"

잭도 알산도 고대 이둔어를 읽을 줄 모르니 샤일을 도와줄 수 없었다. 알산이 말했다.

"난 도서관에 올라가 제3시대에 대한 정보를 찾아볼게. 역사에 대한 내 지식을 점검해보는 것도 재미있겠군."

"나도 같이 갈게요."

잭은 할 일이 있다는 게 만족스러웠다. 그는 샤일 옆에 있는 책상 위에 종이들을 놓아두고 덧붙였다.

"이게 다예요. 나중에 봐요."

그러나 샤일도 빅토리아도 그의 말을 듣지 못한 것 같았다. 둘은 다시 일에 몰두해 있었다. 잭은 알산을 뒤따랐다.

"제3시대가 뭐죠?"

도서관에 들어서며 잭이 물어보았다.

"일명 '명상의 시대'라고도 하지."

알산이 책장에 꽂힌 책등을 한 권씩 손가락으로 짚어나가며 설명했다.

"마법사와 사제들 사이에 전쟁이 일어났었어. 사제들이 승리를 거두고 이둔의 권력을 차지했지. 그렇게 신성한 신탁의 권위가 마법의 탑의 힘보다 우위에 서면서, 제3시대가 시작된 거야. 그 시절 사제들은 상당수의 마법사들을 처단했어. 마법이야말로 어둠의 신 셉티모가 다른 신들에 맞서 창조해낸, 질서에 대한 도전이라고 본 거지. 많은 마법사들이 도망쳐야만 했어…… 지구와 같은 다른 세상으로 말이야. 이것이 이둔 마법사들의 첫번째 엑소더스야. 그들이 이곳에 처음으로 온 마법사들이지. 림바드를 창조한 마법사들이도 하고."

잭이 고개를 끄덕였다. 전에도 들은 기억이 났다.

"내가 생각했던 대로야."

책상 위에 두꺼운 책들을 무더기로 쌓으며 알산이 말했다.

"이 책들을 봐. 전부 제3시대에 대한 것들이야. 고대어가 아닌 보통 이둔어로 씌어졌어."

"그게 무슨 뜻인데요?"

"그러니까, 박해를 피해 도망쳤던 마법사들이 이 책을 쓰면서 이런 사실을 전하려고 잉크를 잔뜩 쏟아부었다는 거야. 페이지마다 사제와 신탁들에 대한 원망과 저주가 가득하다는 데 내기를 걸어도 좋아. 반면에 『제3시대의 서』는 고대 비밀언어로 씌어졌

잖아. 때문에 거기엔 훨씬 흥미로운 사건과 마법사들이 자기들 이외에는 알리고 싶지 않은 비밀이 담겨 있다고 짐작할 수 있어. 하지만 이 마법사들도 '어둠의 시대'에 대해 이야기할 정도로 수다스러운 사람들은 아니지."

"어둠의 시대는 또 뭐예요? 말해줘요."

잭은 잔뜩 호기심이 생겼다.

"어둠의 시대란 제2시대를 말하는 거야. 일명 '탈만논 제국시대'라고도 하지."

알산이 한숨을 내뱉더니 설명을 계속해나갔다.

"탈만논은 이제껏 존재했던 네크로맨서 중 가장 막강한 존재야. 모든 마법사들이 탈만논의 편에 섰고, 그 덕분에 셰크들이 처음으로 이둔에서 권력을 차지하게 되었지."

"전에도 그런 일이 있었단 말이에요?"

잭이 놀라 소리쳤다.

"그래, 역사는 반복되거든. 제3시대가 시작되면서 일어난, 마법의 탑과 신탁 사이에 벌어져 결국 사제들이 승리한 전쟁의 원인은 제2시대를 지배한 탈만논과 그와 동맹을 맺은 마법사들이 제공한 거야. 당연히 마법사들은 몰락했지. 그리고 신탁은 제3시대에 이르러 마법사들에 대한 특단의 조치를 취했던 거고. 물론 마법사들은 탈만논이 소유했던 마법의 물건을 탓했지. 그 물건이 자신들의 의지를 지배하여 어쩔 수 없이 탈만논의 편이 되었다고……"

"마법의 물건?"

"마법사들이 하는 바보 같은 말이야."

알산이 어깨를 으쓱하며 대답했다.

"'시스카셰그'를 말하는 거야."

그때 문에서 샤일의 목소리가 들렸다.

"뱀의 눈이지. 절대로 바보 같은 말이 아니야. 탈만논이 몰락한 이후 신들 때문에 이 빌어먹을 물건을 영원히 잃어버렸어. 어둠의 시대는 마법 종단의 구성원인 우리가 자랑스러워할 만한 시대는 결코 아니야. 그러니 그걸로 놀리지 말았으면 고맙겠어."

알산이 아주 진지하게 샤일의 눈을 응시했다.

"지금 내가 놀리고 있다는 거야?"

"이제 그만들 해요."

잭이 끼어들었다. 알산과 샤일은 친구이기는 했지만, 알산이 소속된 기사단의 누르곤 기사들은 마법사들을 결코 믿지 않았다. 누르곤 기사들은 이둔에 있는 두 교단의 든든한 지원군으로서, 늘 사제들과 사이좋게 지냈다.

"두 사람이 어떤 일에서는 서로 관점이 다르다는 거 잘 알아요. 하지만 지금은 그런 차이점을 들춰낼 때가 아닌 것 같은데요. 안 그래요? 그건 오래전에 일어난 일이잖아요. 더구나 우리하고는 아무 상관도 없는 일이고요."

"아마 상관 있을걸."

샤일의 어조는 다시 차분해져 있었다.

"내가 드디어 키르타슈가 찾고 있는 물건이 무엇인지 알아낸 것 같거든. 바로 아이셸의 지팡이야."

"아이셀이라고!"

알산이 놀란 목소리로 부르짖었다.

"'아와의 아가씨'를 말하는 거야? 그냥 전설이라고만 생각했는데……"

"인정하기는 두렵지만 단순히 전설만은 아닌 것 같아. 분명 마법사들이 추방될 때 이 물건을 가져왔고, 지금은 지구 어딘가에 있어. 어느 곳에 있는지는 책이 말해줄 거야. 내가 암호를 풀기만 하면 돼……"

알산이 재촉했다.

"그럼 서둘러. 지팡이가 존재한다면 무슨 수를 써서라도 키르타슈의 손에 들어가는 걸 막아야 해."

"왜요? 그 작대기가 도대체 뭔데요?"

잭이 끼어들었다.

"지팡이야."

샤일은 잭의 말을 바로잡아주며, 막 도서관으로 들어오던 빅토리아에게 말했다.

"앉아봐. 들려줄 이야기가 있어."

세 사람은 도서관 한가운데 놓인 원탁에 둘러앉았다. 샤일은 잔뜩 긴장한 나머지 앉을 생각도 하지 않았다.

"내가 아직 견습생이었을 때, 너희도 알고 있는 그 유명한 이둔의 제2시대, 즉 '어둠의 시대'에 대한 이야기를 들었어. 어둠의 시대에 처음으로 셰크들이 우리 세계를 침범했지. 자칭 황제라는 네크로맨서 탈만논과 마법 종단의 모든 마법사들의 후원을 입고 말이야. 하지만 결국 그들은 패배했지. 그들이 왜 패배했는지는 아무도 몰라. 전설에 따르면 요정과 인간 사이의 혼혈인 어떤 엄청난 존재가 그 전쟁에 개입했다고는 하지만. 아와의 아가씨라고도 불리는 아이셸이라는 준마법사가 말이지."

"준마법사가 뭐예요?"

잭이 물었다.

"이둔에서는 유니콘과 접촉해야만 정식 마법사가 된대."

빅토리아가 나지막이 설명하자 샤일이 고개를 끄덕였다.

"세계의 에너지와 접촉한 유니콘들이 뿔을 통해 미래의 마법사인 '수신인'에게 그 에너지를 전달해주는 거야. 준마법사는 유니콘을 보기는 했지만 아직 접촉하진 못한 사람을 일컫는 말이지. 그들은 마법에 대한 감각도 있고 어느 정도 치유능력도 있기는 하지만, 마법 종단에서 인정받지는 못해."

빅토리아가 고개를 숙였다. 잭은 그녀가 무슨 생각을 하는지 짐작할 수 있었다. 마법 수련을 하면서 그녀가 고민하는 문제였다. 잭은 빅토리아가 완전한 마법사가 되지 못하고 준마법사에 머물지 않을까 두려워하는 심정을 처음으로 이해할 수 있었다.

"아이셸은 준마법사였나요?"

잭의 질문에 샤일이 고개를 끄덕이며 대답했다.

"전설에 따르면 그렇다는 거야. 하지만 역사적 근거가 있는 말이기도 하지. 전설에는 내가 조금 전에 말한 뱀의 눈, 시스카셰그에 대한 부분도 있어. 탈만논 황제가 그걸로 모든 마법사들의 의지를 조종했다는 거야. 정식 마법사라도 그 눈이 거는 최면술을

버텨낼 수는 없었는데 한 준마법사가 그걸 견뎌낸 거야. 시스카셰 그의 존재에 대해 전혀 몰랐기 때문에 그럴 수 있었다고 하더군.

아이셸은 아와 숲에 살고 있었어. 아와 숲은 요정들이 산다는 신비한 마법의 장소야. 아이셸은 탈만논과 셰크들에 맞서 싸우라는 신탁을 받을 때까지는 그저 평범하게 살던 이름 없는 사람이었어.

그런데 어느 날, 아이셸에게 유니콘 한 마리가 다가온 거야. 하지만 유니콘은 자신을 만지지는 못하게 했대. 만일 유니콘의 뿔에 스치기라도 한다면 준마법사였던 아이셸은 그 자리에서 마법사가 되고 말았겠지. 그러나 유니콘은 자신이 이둔의 역사에서 어떤 임무를 맡고 있는지만 알려주었어.

사람들의 말에 따르면, 유니콘과 아이셸은 신비한 방법을 사용해 함께 지팡이를 만들었대. 은, 다이아몬드, 수정으로 만든 경이로운 지팡이였어. 그 안에는 세 개의 달빛, 요정의 눈물 그리고 무엇보다 유니콘의 능력이 들어 있지. 여기서 유니콘의 능력이 특히 중요한데, 그 때문인지 지팡이가 유니콘 뿔과 유사한 능력을 발휘한다는 거야. 그러니까, 그 지팡이가 단순히 마법의 힘을 품고 있는 물건에 그치지 않고 일종의 연결체 역할도 한다는 말이지."

"연결체 역할? 무슨 말인지 모르겠어요."

"내가 설명해줄게."

빅토리아가 끼어들었다.

"토스터를 생각해봐. 이 토스터가 어떻게 작동하지?"

"코드를 콘센트에 꽂아 쓰잖아?"

"맞아. 이제 그 전기가 마법이고 그것이 사방에 있다고 생각해 봐. 그런데 토스터는 기계 자체로는 혼자 빵을 구울 수 없잖아, 그렇지? 그러니까, 유니콘이 바로 콘센트이고 전선인 셈이야. 유니콘은 마법사가 마법을 실현하는 데 필요한 힘을 건네주는 거지. 다른 점이 있다면 일단 한번 마법 에너지를 받으면, 그때부터 연결자가 필요 없어진다는 거야. 토스터는 쓸 때마다 매번 콘센트에 연결해야 하지만 말이야. 마법사가 되기 위해서는 딱 한 번 유니콘을 만지기만 하면 되는 거야."

"하지만, 유니콘도 마법을 지닌 게 아니라면 그럼 마법은 어디서 오는 거야?"

"벌써 설명했잖아. 마법이란 사방 천지에 있으면서 온 세상이 살아 움직이게 하는 에너지라고."

그때 샤일이 끼어들었다.

"이둔은 지구보다 훨씬 작은 세계이지만 이곳에서보다 더 많은 마법이 공기중에 흐르고 있어. 처음에는 왜 그런지 궁금했는데, 드디어 그 이유를 알아냈어. 잭, 네가 살던 세계에서는 엄청난 수의 기계와 장치들을 움직이게 하는 데 에너지의 대부분을 사용하고 있더군."

"그렇다면 아이셀의 지팡이가 유니콘 같은 역할을 한다는 거잖아요."

"꼭 그런 건 아니야."

알산이 끼어들며 정정했다.

"유니콘은 세상의 마법을 살아 있는 존재에게 전달해줄 수는 있지만 공격하는 데 사용하진 못해. 반면 마법사는 자신의 의지와 마법 공식을 사용해 힘을 공격에 쓸 수 있어. 많은 마법사들이 자신의 마법을 한곳으로 모으는 지팡이를 사용해. 그렇게 하면 주문에 더 많은 힘을 실을 수 있거든. 내가 생각하는 그대로라면, 아이셸의 지팡이는 유니콘의 뿔처럼 작동할 거야. 그렇다면 무한한 능력을 가진 마법사의 지팡이와 거의 같다는 말인데……"

"……그것을 사용하는 마법사 개인의 힘이 아닌 온 세상의 마법을 사용하는 거니까…… 그럼 그 힘이 무한하다는 거잖아요!"

드디어 빅토리아가 무슨 말인지 제대로 이해하고는 놀라움을 감추지 못했다.

"그 힘은 어떤 장소냐에 따라 달라. 사막과 밀림에서의 효력이 각각 달라. 유니콘이 생명이 넘치는 숲에 사는 것도 그 때문이야. 연결자의 타고난 본성 때문에 그래야 하는 거지. 그러지 않으면 서서히 힘을 잃어 죽게 돼. 그리고 마법의 힘이 더 적은 지구에서는 이둔과 효과가 다르게 나타나겠지.

전설을 그대로 믿는다면, 이 지팡이는 대단히 중요한 물건인 셈이야. 이 지팡이로 무장한 아이셸과, 아이셸이 방방곡곡에서 모은 소수의 반란군이 온갖 크고 작은 전투 끝에 마침내 탈만논을 쓰러뜨린 걸 보면 알 수 있어. 일단 탈만논이 죽자, 차원의 문은 닫혔고 셰크들도 추방당했어."

알산이 고개를 끄덕였다.

"어떤 전설에 따르면 셰크를 영원히 세상의 경계에서 떠돌도록

한 게 용이라는 거야. 누군가가 입구를 열어줘야만 다시 돌아올 수 있게 된 거지. 셰크들이 이둔에 머물기 위해서는 사제에게 의존해야 하는데, 사제는 죽었고 계승자도 찾을 수 없었으니 자신들의 차원으로 다시 돌아갈 수밖에!"

"그런데 생각지도 못한 일이 일어난 거야."

샤일이 어두운 얼굴로 말을 이었다.

"나중에 아슈란이 저지른 일 말이야. 그자가 셰크들의 새로운 사제가 된 거야."

"그런데 아이셀은 어떻게 되었어요?"

잭의 물음에 알산이 대답했다.

"안타깝게도 탈만논과의 전투에서 전사했어. 영웅답게."

"그럼 지팡이는 어떻게 된 거죠? 그렇게 대단한 물건이라면, 왜 아이셀이 죽고 지금까지 아무도 그걸 사용하지 않은 거예요?"

"아무나 사용할 수 없기 때문일 거야. 유니콘이 자신의 뜻에 맞는 준마법사를 선택하는 거니까. 내 말이 맞죠?"

빅토리아가 낮은 목소리로 물었다.

"그래, 이 물건은 틀림없이 유니콘과 특별한 관계가 있는 게 분명해."

샤일이 인정했다.

"그리고 실제로 아무나 지팡이를 다룰 수도 없었을 거야. 만일 그럴 수 있었다면 도망쳐온 마법사들이 지팡이를 숨기는 대신 그걸 사용했을 테니까. 너희 두 사람 말이 맞아. 좋은 지적이야. 아마 지팡이를 사용할 수 있는 건 오직 준마법사들뿐일 거야. 유니

콘과의 만남을 통해 마법과 관계를 맺은 자들이어야 하는 거지. 만약 비입문자가 건드린다면 지팡이는 전혀 반응하지 않을 거고, 또 마법사가 만진다면 주변의 마법을 취하기는커녕 도리어 자신이 지닌 마법을 지팡이에게 빼앗기겠지. 그런데 만일 그렇다면 키르타슈가 이걸로 뭘 어쩌겠다는 건지 모르겠는데……"

순간 샤일이 입을 다물더니 창백하게 질렸다. 샤일이 알산에게 눈길을 보내자, 알산도 샤일의 생각을 즉시 알아차린 것 같았다.

"그럴 리가 없어. 아니야, 감히 그렇게까지."

알산이 중얼거렸다.

"빌어먹을! 분명히 그 녀석은 그러고도 남아!"

샤일이 원탁을 내려치며 고함을 질렀다.

잭이 걱정스럽게 샤일을 바라보았다. 언제나 쾌활한 샤일이 이처럼 화내는 모습을 본 적이 없었다. 샤일은 한동안 화를 참지 못하더니 다시 『제3시대의 서』로 눈을 돌렸다.

"그애에게 손을 댄다면, 놈을 죽여버릴 거야……"

샤일이 작은 소리로 말했다.

"맹세해."

"루나리스? 루나리스를 말하는 거예요?"

빅토리아가 물었다.

잭은 샤일이 이렇게 소중하게 여기는 루나리스가 누구인지 또 다시 궁금해졌다. 하지만 샤일의 핼쑥한 얼굴을 보자 도저히 물어볼 엄두가 나지 않았다. 아픈 델 건드리면 안 된다는 걸 잘 알기 때문이었다. 샤일에겐 무척 고통스러운 일인 게 분명했다.

"그런 일은 절대로 생기지 않을 거야. 놈보다 우리가 먼저 도착할 거니까."

알산이 심각하게 말했다. 빅토리아가 샤일의 어깨에 다정하게 손을 얹었다.

"꼭 그럴 거예요. 이번에는 우리를 앞지를 수 없어요."

잭은 무슨 일이 벌어지고 있는지도 모른 채 그 자리에 있었다. 세 사람은 자신에게 이야기하지 않은 뭔가를, 키르타슈의 다음 계획에 대한 뭔가를 알고 있는 듯했다. 그리고 그것은 샤일과 깊은 관계가 있는 듯했다. 알산과 빅토리아 역시 얼굴이 창백했다. 잭은 좌절감과 배신감을 느꼈다. 무슨 일이 일어나고 있는지 자신만 모른다는 좌절감, 그리고 가장 친한 친구인 빅토리아가 이 일에 대해 아무 말도 해주지 않았다는 배신감이었다.

샤일이 단정하듯 말했다.

"우리가 할 수 있는 일이 딱 하나 있어. 『제3시대의 서』 해독을 끝내고, 마법사들이 아이셀의 지팡이를 어디에 숨겼는지 알아내서…… 키르타슈보다 먼저 그곳에 도착하는 거야."

"우리가 도울 일이 있을까요?"

빅토리아가 물었다.

"그래, 지팡이와 제2시대에 대한 정보를 더 찾아봐…… 새로운 게 있는지 말이야."

도서관 책상 위는 금세 고서적들로 가득 찼다. 역사책도 있고 마법 도구에 대한 책들도 있었다. 샤일이 보고 있는 책은 고대 비밀언어로 쓴 텍스트를 해독하는 데 필요한 지침서였다. 샤일이

곧 번역에 몰입하자 빅토리아는 이제 샤일을 도울 일이 없음을 깨달았다. 잭과 알산은 읽을 줄 모르는 고대 이둔어로 씌어진 책을 참고해 아이셀의 지팡이에 대한 정보를 찾기 시작했다.

하지만 세 사람 중 아무도 아이셀이나 이 불가사의한 지팡이에 관한 정보를 더 찾아내지는 못했다. 신화 속 인물이라 그런지, 이를 언급하고 있는 역사책은 거의 없었다. 하지만 전설은 세대를 거듭하여 대대로 전해졌다. 그리고 할머니가 손자들에게 요정 이야기를 들려주듯, 한 젊은 마법 견습생이 카슬룬 탑의 선술집에서 친구들과 한잔하면서 이 전설을 들려줬던 것이다. 미래의 저항군에게는 다행스럽게도 샤일은 재미있는 이야기를 좋아했다. 그날 밤 그는 온 주의를 기울여 마법 견습생의 이야기를 경청했다.

먼지투성이 책들에서 눈 한 번 떼지 않고 두 시간 정도를 번역에 몰두하던 샤일이 마침내 고개를 들었다. 그는 세계지도를 오랫동안 살피더니 자신만 아는 이상한 공식으로 종이 위에 무엇인가를 계산한 뒤 말했다.

"드디어 아이셀의 지팡이가 어디에 숨겨져 있는지 알아냈어."

그가 세계지도 위를 가리켰다. 아프리카 북부의 한 장소였다.

사막의 결투

이글거리는 사막의 태양이 모래언덕 위에 수직으로 내리꽂히며 눈을 뜰 수 없을 정도로 강렬한 빛이 반사되어 대기중에 기이한 일렁임을 만들어내고 있었다. 바람 한줄기 불지 않았다. 잭은 약한 현기증을 느끼고 잠깐 걸음을 멈추었다. 알마는 순식간에 네 사람을 이곳으로 보냈다. 림바드의 온화한 밤 날씨와 딴판인, 사하라 사막의 질식할 것만 같은 뜨거운 기운이 온몸으로 느껴졌다. 잭은 겨우겨우 따라오고 있는 빅토리아를 돌아보았다.

"괜찮아?"

빅토리아는 고개를 끄덕였으나 힘들어하는 기색이 역력했다.

알산과 샤일은 저만치 앞장서서 가고 있었다. 목적지를 알고 있는 사람은 샤일이었지만 완고하고 참을성 많은 알산이 앞서가고 있었다. 잭은 도착하려면 얼마나 남았는지 물어보고 싶었지만 목소리가 나오지 않았다. 아무래도 알마가 샤일이 계산한 장소로

제대로 보내지 않았거나, 샤일이 계산을 잘못한 것 같았다.

갑자기 알산이 발걸음을 멈추었다. 모두 알산의 주의를 끈 것이 무엇인지 곧바로 알아보았다. 그림자를 드리운 산 발치에 야자나무 몇 그루가 드문드문 서 있었다. 바위 사이로 동굴 입구 같은 것이 보였다.

"드디어 왔어!"

빅토리아가 안도의 한숨을 내쉬었다.

샤일이 동료들과 눈빛을 주고받았다. 샤일은 아이셀의 지팡이가 수세기 전부터 이 장소에 있었다고 장담했다. 그렇지 않다면 키르타슈가 그것을 그토록 찾아다닐 턱이 없었다.

잠시 후, 네 사람은 동굴 맞은편 산그늘 아래서 쉬었다. 동굴에 사람이 살고 있는 게 틀림없었다. 입구를 가리고 있는 야자나무 휘장과 옆에 놓여 있는 저장 토기 두 개가 그 증거였다. 그러나 네 사람은 들어가지 않았다. 알산이 그냥 밖에서 기다리는 게 낫겠다고 결정했기 때문이었다. 동굴에 사는 이가 그들이 온 것을 바로 알아챌지도 몰랐다.

정말로 그랬다. 네 사람이 물병의 물을 채 몇 모금도 마시지 않았을 때, 천을 둘둘 감은 손이 휘장을 걷어올린 것이다. 그리고 곧바로 불그스름하고 번쩍이는 커다란 눈이 불쑥 나타났다. 잭과 빅토리아는 뒷걸음질쳤지만, 알산과 샤일은 눈빛을 교환하더니 미소를 지었다. 알산이 이둔어로 인사를 했다.

"신들의 가호가 있기를! 내 이름은 알산, 브룬 왕의 아들로 바니사르의 왕위 계승자입니다."

"그곳에대해이야기하는것을들은적이있습니다."

그 생물도 역시 같은 언어로 말했지만, 말이 너무 빨라 잭과 빅토리아는 거의 알아들을 수가 없었다.

"들어가서이야기합시다."

알산이 주저하지 않고 그를 쫓아 들어가자 나머지 사람들도 따라갔다.

동굴 안으로 들어가자 잭은 집주인을 제대로 볼 수 있었지만, 별다른 점은 보이지 않았다. 자그마한 몸집에 머리끝에서 발끝까지 천으로 가리고 있었다. 얼굴을 가리고 있는 누더기 천 때문에 벌겋게 달군 숯처럼 반짝이는 둥근 두 눈만 보일 뿐이었다.

"얀이야."

샤일이 잭과 빅토리아에게 속삭였다.

빅토리아는 고개를 끄덕였지만, 잭은 림바드의 도서관에서 이 생물에 대해 읽은 내용을 기억해내려고 무진 애를 써야 했다.

전설에 따르면 태초에 이둔에는 고대 신들이 창조한 여섯 종족이 살았다고 한다. 첫째가 인간으로, 그들은 고원과 언덕에 살았다. 둘째는 요정족으로 요정, 님프, 두엔데*, 그노모**, 트라스고*** 그리고 그와 비슷한 종족들이 숲속에 거주했다. 셋째는 높은 산맥의 주인인 거인족이었으며, 그다음이 깊은 바다의 거주자로 양서(兩棲) 생물인 바루 족, 그다음은 넓은 평원과 완만한 계곡에

* 말썽을 피우며 집이나 숲에 숨어 사는 장난꾸러기 요정.

** 광산이나 지하에 보물을 보관하고 있다는 난쟁이 요정.

*** 우리나라의 도깨비나 『반지의 제왕』에 나오는 오크와 비슷한 생물.

사는 상냥한 천상족, 마지막으로 사막에 사는 얀 족이 있었다.

잭이 읽은 책의 마지막 부분은 얀 족의 이야기를 하고 있었다. '얀'은 고대 이둔어로 '최후의 존재들'을 뜻했다. 전설에 따르면, 이둔이 생겨난 지 얼마 되지 않았을 때 불의 신인 알둔이 세상으로 내려오면서 실수로 남쪽 영토를 태워버렸는데, 그 벌로 다른 신들은 알둔의 자손들이 알둔이 만들어놓은 사막에 살게 했다. 그리고 그 자손들을 '얀', 즉 최후의 존재들이라고 불렀다. 여섯 종족 가운데서도 그들은 신에게나 인간에게나 가장 믿음을 주지 못하는 존재였다. 얀이 말했다.

"우리집에오신걸환영합니다자리에좀앉으시지요."

잭이 호기심 어린 눈길로 주위를 둘러보았다. 집은 그리 크지 않았고, 집 안에 물건도 많지 않았다. 구석의 토기 몇 개와 허술한 침대 하나, 그리고 옷장으로 보이는 느슨한 문 한 짝이 전부였다. 그 문 위의 벽에 난 구멍으로 희미한 빛이 들어오고 있었다.

"속지 마."

샤일이 귀에 대고 작게 속삭였다.

"이놈은 얀이야. 동굴 안에 은닉처가 여기저기 있을 거야."

네 사람이 얀이 깔아놓은 돗자리 위에 앉았다. 얀이 말했다.

"왕자인당신은알고있습니다이분들은누구입니까?"

"마법사 샤일입니다."

알산이 친구를 가리킨 다음 덧붙였다.

"이쪽은 잭과 빅토리아고요."

"내이름은콥트입니다."

"우리는 저항군입니다."

알산이 밝혔다.

"아슈란과 셰크들이 파견한 키르타슈를 물리치기 위해, 그리고 우리 세계에 평화와 구원을 다시 안겨주기 위해 이둔에서 왔습니다."

"셰크?"

얀이 반복했다.

"그들이다시이둔을침범했나요?"

"뭐라구요?"

샤일이 깜짝 놀랐다.

"모르고 있었습니까?"

"벌써수세기동안우리가문은이세계에살고있습니다나의조상들은제3시대에이둔에서도망쳐왔습니다돌아간이들도있지만남은이들도많습니다."

"지구에 얀 부락이?"

샤일은 흥분을 감추지 못했다.

"첫 추방 시절부터 이곳에 있었다고요? 그 오랜 세월 동안 어떻게 인간들한테 들키지 않고 숨어 살 수 있었죠?"

"이땅에사는인간들은우리를악마라고믿었습니다멀찍이떨어져서지냈지요하지만지금은나만남아있습니다그리고나의시간도이제다끝나가고있고요."

"왜 남아 있었나요? 왜 이둔으로 돌아가지 않은 거예요?"

빅토리아가 물었다.

"수행해야할임무가있었습니다."

"임무에 대해서라면 잘 알고 있습니다. 당신들의 임무가 무엇인지도 알 것 같은데요."

알산이 동감의 뜻을 나타냈다.

샤일이 낮은 목소리로 말했다.

"아이셀의 지팡이를 지키는 것이죠. 하지만 『제3시대의 서』가 발견되었고, 키르타슈가 지금 그 지팡이를 찾고 있어요. 만일 그가 지팡이를 찾게 된다면……"

"한참전부터뭔가심상치않은분위기를느끼고있습니다뭔가사악한것이나를찾고있는듯한."

콥트가 말했다.

"왜 위장 마법을 쓰지 않은 건가요? 왜 인간의 모습으로 위장하지 않은 거죠?"

샤일이 물었다.

"나는마법사가아니니까요나의조상들은마법사였지만모두돌아가셨습니다그리고이곳에는새로운마법사를정해주는유니콘도없으니까요."

샤일은 고개를 끄덕이기만 했다.

얀이 덧붙였다.

"하지만나는사막의바람이하는말은알아듣습니다그런데좋지않은소식을전하더군요."

샤일이 말했다.

"우린 좋은 소식을 가져왔어요. 일단 키르타슈보다 먼저 도착했잖아요. 당신이 지팡이를 가지고 있다면 우린 루나리스를 찾을 수 있을 겁니다."

잭은 얼굴을 찌푸렸다. 또 루나리스 이야기다!

"당신 조상들처럼 루나리스도 이 세계에서 길을 잃었습니다."

샤일이 이야기를 계속했다. 샤일이 이 이야기를 꺼냈는데도 알산은 조용히 입을 다물고 있었다.

"루나리스와 그의 동행자가 이둔의 마지막 희망입니다. 만일 키르타슈가 그들을 찾아낸다면……"

샤일이 말을 끝맺지 못했지만 얀은 서둘러 고개를 끄덕였다.

"무슨말을하는지알것같군요."

"저희에게 지팡이를 건네주십시오."

알산이 말하자 샤일도 덧붙였다.

"부탁합니다."

"내가왜당신들을믿어야합니까?"

알산이 화를 내며 반박하려 하자 샤일이 말렸다.

"얀 가문은 몇 대 전부터 지팡이를 지켜오고 있어. 처음 본 낯선 사람에게 무턱대고 건네주진 않을 거야."

알산이 고개를 끄덕였다.

"알았습니다. 하지만 볼 수는 있겠죠?"

"물론입니다어쨌든수백년동안아무도그지팡이를만질수있는사람은없었으니까요."

샤일이 놀라며 반문했다.

"주문을 걸어 보호하고 있는 건가요?"

"직접보시죠."

얀이 벌떡 일어났다. 얼마나 빠른지 얀은 벌써 입구에서 그들을 기다리고 있었다.

네 사람이 다시 사막의 햇살 아래로 나오자 잭은 콥트의 시원한 동굴이 아쉬웠다. 다행히 그리 멀리 가지 않아도 되었다. 얀이 네 사람을 가까이 있는 산으로 데려갔다. 산 아래 커다란 동굴이 입을 벌리고 있었다.

잭은 안절부절못했다. 무슨 이유에서인지 동굴 안에 무엇이 감춰져 있는지 알고 싶은 생각이 전혀 들지 않았다.

콥트는 입구에 서 있었다. 알산은 동굴 입구로 다가갔고, 나머지 일행도 알산을 따라갔다.

동굴로 들어가니 넓은 터널이 나타났다. 안쪽으로 들어가자 다른 동굴로 이어지는 길이 나타났다. 틈새로 들어오는 빛 덕분에 동굴 안은 환했다.

알산은 단호하고 침착하게 얀을 따라갔고, 잭은 알산이 지닌 내면의 힘과 확고한 자신감에 다시 한번 감탄했다. 잭은 동굴 안에서 흘러나오는 빛에 휩싸인 알산의 모습을 오랫동안 기억하게 될 것이다. 그것이 그가 기억하는 알산의 마지막 모습이 될 것이기 때문이다.

"기다려!"

빅토리아가 잭의 팔을 잡았다. 잭이 돌아보자 빅토리아의 짙은 밤색 눈에 공포가 어른거리고 있었다. 그녀가 말했다.

"안에 뭔가 사악한 기운이 있어. 얀이 우리를 속였어."

"무슨……?"

잭이 둘러보았지만, 콥트는 보이지 않았다. 동굴 쪽으로 몇 걸음 걸어가자 얼음 발톱 같은 것이 심장을 옥죄었다. 바로 그 순간, 잭은 빅토리아의 말이 사실이라는 것을 알아차렸다. 하지만 이미 알산은 동굴 안으로 들어간 후였다. 잭은 두려움에 사로잡혔다. 동굴 안에서 무엇을 대면하게 될지 너무도 분명했다. 잭이 소리를 질렀다.

"알산! 알산!"

"……알산 ……알산 ……알산……"

메아리가 울려퍼졌다. 잭이 막 알산에게 달려가려 할 때 샤일이 그를 잡았다.

"둘 다 왜 그래, 무슨 일이야?"

"그 지팡이가 저 동굴에 있는지 없는지는 모르겠어요."

잭은 거칠게 숨을 몰아쉬었다.

"하지만…… 키르타슈가 먼저 왔어요. 그가 저 안에 있다구요."

빅토리아가 비명을 삼켰다. 샤일이 어쩔 줄 몰라하며 두 사람을 보았다.

"하지만, 어떻게……?"

잭은 이 차가운 느낌을, 동굴로 다가갈 때 자신에게 몰려오던 그 뜬금없는 증오와 반감을 설명하고 싶었지만 그럴 시간이 없었다.

"샤일, 내 말을 믿어요! 무슨 수를 쓰든 알산을 저 안에서 빼내와야 해요!"

샤일은 미간을 찌푸리며 잠시 잭을 바라보더니, 돌연 몸을 돌려 동굴 안으로 달려가기 시작했다. 잭과 빅토리아가 따라갔다.

알산이 사라진 동굴은 어마어마하게 컸지만, 천장의 넓은 틈으로 들어오는 자연광 덕분에 내부는 밝았다. 안쪽에 바위 더미가 있었고, 그 위에 아이셸의 지팡이가 꽂힌 채 초자연적인 부드러운 광채를 발산하고 있었다.

하지만 세 사람 모두 이 경이로운 물건에 시선을 주지 않았다.

알산이 지팡이 앞에 쓰러져 있고, 그 옆에 사방이 사막인 이곳에서조차 온통 검은 옷을 입고 있는, 다른 누구와도 절대 혼동할 수 없는 인물이 고양이처럼 날렵하게 움직이고 있었던 것이다.

키르타슈는 이마에 붙은 머리카락을 넘기려고 고개를 흔들더니 차가운 푸른 눈으로 그들을 쏘아보았다.

아니, 그들 모두가 아니었다. 그는 오직 잭만을 보고 있었다.

잭의 숨결이 거칠어졌다. 숨막히는 열기 때문에 감각은 무뎌지고 있었고, 알산이 살아 있는지 알아봐야 한다는 생각도 점점 희미해져갔다. 언뜻 알산이 움직이는 걸 본 것 같았다. 잭은 그 희망에 간절히 매달렸다. 하지만 키르타슈는 여전히 자신에게 눈을 떼지 않고 있었다. 그는 그의 시선에서 벗어날 수가 없었다.

그들은 키르타슈로부터 이십 미터 정도 떨어져 있었다. 키르타슈가 그들을 해치기에는 너무 멀어 보였다. 그래도 잭과 친구들은 단 한 발짝도 움직일 엄두를 내지 못했다. 키르타슈 역시 그들에게 다가오려는 기색은 없었다.

그런데 그때 키르타슈 뒤로 다른 사람의 모습이 나타났다. 마법사 엘리온이었다. 그는 어떤 행동이든 취하고 싶어 안달이 난 듯했지만, 키르타슈는 냉정을 유지하고 있었다.

빅토리아는 지난번 지하철에서 만난 이후 다시 키르타슈를 보게 되자 훅 하고 숨을 들이마셨다. 또다시 밀었다 당겼다 하는 감정이 마음을 사로잡으며 혼란스러운 기분이 들었다.

키르타슈는 그제야 빅토리아의 존재를 알아차린 것 같았다. 빅토리아는 온몸을 덜덜 떨며 그에게서 얼굴을 돌리려 했지만 힘이 없었다. 이 정도 거리라면 키르타슈가 그녀의 머릿속으로 들어올 수 없다는 걸 빅토리아는 잘 알고 있었다. 그런데도 키르타슈가 그녀 영혼의 모든 비밀을 알기 위해 머릿속에서 그녀를 발가벗기고 있는 것처럼 무방비한 기분이 들었다. 도망치고 싶었다. 소리치고 싶었다. 하지만 마음 한편에서 생겨나는, 그에게 좀더 가까이 가고 싶은 욕망에 빅토리아는 소스라쳤다.

잭이 눈을 가늘게 떴다. 키르타슈의 얼굴에는 알 수 없는 감정이 떠올라 있었다. 호기심? 관심? 분명 그런 감정이었다. 하지만 잭에 대한 것은 아니었다.

빅토리아에 대한 감정이었다.

샤일이 심호흡을 했다. 그가 정신 집중을 하기 시작한 것이다. 이 젊은 마법사는 일행을 림바드의 은신처로 돌려보낼 수 있었다. 그렇다면 알산을 포기한다는 말인가?

'안 돼요, 샤일.'

잭은 절망에 빠졌다.

샤일은 망설였다. 키르타슈는 친구를 구하기 위해 감히 자신

과 맞설 수 있겠냐는 듯 도전적인 표정을 짓고 있었다. 샤일은 망설이고 있었다. 알산을 구하려다가 그들 모두가 죽을지도 모른다. 그렇다고 알산을 포기할 수도 없었다.

빅토리아는 계속 키르타슈를 응시하고 있었다. 키르타슈 역시 빅토리아를 바라보고 있었다.

"원하는 게 뭐야?"

잭이 더 참지 못하고 키르타슈에게 물었다.

그제야 키르타슈는 빅토리아에게서 눈을 뗐다. 빅토리아는 희미하게 숨을 내쉬었고, 탈진하여 샤일에게 기댔다. 잭은 상대방의 푸른 눈이 이제 자신을 응시하고 있음을 느꼈고, 속에서 무언가가 화산처럼 폭발했다.

"뭘 하자는 거야?"

잭이 반복해 물었다.

키르타슈는 쓰러진 알산 옆으로 몸을 숙여 그의 머리 위에 오른손을 부드럽게 얹었다. 그러나 단 한순간도 잭에게서 눈을 떼지 않고 있었다.

'내게 도전하고 있는 거야.'

잭은 분통이 터졌다. 더는 참을 수 없었다.

"알산한테서 손 떼! 손 떼라고! 그러지 않으면……!"

잭이 키르타슈를 향해 막 달려가려 할 때 무엇인가가 그를 잡았다. 샤일이 옆에서 그의 셔츠를 잡은 것이었다. 마법사가 속삭였다.

"널 자극하고 있는 거야. 함정에 빠지지 마."

키르타슈는 등에 차고 있던 칼집에서 하이아스를 뽑아들고 몇 걸음 내디뎠다. 순간, 동굴 천장으로 들어오는 햇살을 받아 칼날이 번뜩였다. 잭은 깊이 숨을 들이마셨다.

"잭, 안 돼."

샤일이 작은 소리로 중얼거렸다.

그제야 잭은 키르타슈가 왜 알산을 아직 죽이지 않았는지 알아차렸다.

알산은 미끼였다.

키르타슈가 마치 연기라도 하듯, 쓰러져 있는 알산의 목 위로 가볍게 칼날을 얹었다. 잭은 샤일의 말이 옳다는 걸, 단지 자신을 자극하는 거라는 걸 알면서도, 알산이 곧 죽을 거라는 생각에 견딜 수가 없었다. 그는 분노를 이기지 못하고 소리를 지르며 검을 빼들고 키르타슈를 향해 달려갔다. 빅토리아가 잭의 이름을 외쳤고 샤일도 잭을 붙잡으려고 손을 뻗었지만 이미 늦었다.

모든 일은 순식간에 일어났다. 키르타슈는 단번에 잭의 검을 멀리 날려버렸고, 잭은 상대 앞에 무방비 상태가 되었다.

"안 돼!"

빅토리아가 날카로운 소리로 외쳤다.

"잭!"

잭에게 달려가려 했지만 샤일이 그녀를 붙잡았다. 빅토리아는 친구 곁으로 가려고 필사적으로 안간힘을 썼지만 샤일이 그녀를 막아섰다.

분노와 증오 그리고 두려움에 부들부들 떨며, 잭은 키르타슈

앞에 꼼짝 않고 서 있었다. 하이아스가 가슴에 닿아 있었다.

또 이렇게 되고 말았다. 감정에 휩쓸려 이성을 잃었고 이제 곧 죽게 될 것이다. 가장 나쁜 것은 이 일로 자신이 얻은 것이 아무것도 없다는 것, 결국 알산을 돕지도 못했다는 것이었다.

'용서해줘요. 또 알산의 말을 듣지 않았어요. 하지만 내가 죽는다 해도, 놈의 눈을 피하진 않을 거예요.'

잭은 고개를 들고 키르타슈의 눈을 노려보았다. 키르타슈는 한마디도 하지 않고 우아한 동작으로 검을 움직였다. 재빠르고 정확하며 치명적인 움직임이었다. 잭은 차가운 하이아스의 강철이 가슴 깊숙이 꽂히기를 기다렸다.

그런데 그때……

밝게 빛나는 뭔가가 키르타슈의 검을 막았고, 마치 빛으로 된 방패처럼 잭을 둘러싸며 그를 검으로부터 떼어놓았다. 놀란 키르타슈가 몇 걸음 뒤로 물러섰고, 잭도 얼떨떨해하며 주위를 둘러보았다.

잭은 이 빛이 자신의 몸에서 나오는 것이 아니라 보호막처럼 자신을 둘러싸고 있음을 발견했다. 빛은 아이셸의 지팡이에서 나오고 있었다.

어느새 지팡이는 원래 자리, 즉 바위에 박혀 있는 것이 아니라 놀란 빅토리아의 손에 들려 있었다. 빅토리아 역시 어떻게 지팡이를 잡게 되었는지 잘 모르고 있었다. 그것이 어떻게 빅토리아의 손에 들어갔는지 키르타슈조차 사태를 파악하지 못하고 있는 듯했다.

"대체 무슨 일이 벌어진 거야?"

샤일도 영문을 몰라 어리둥절해하며 말했다.

멈칫했던 것도 잠시, 키르타슈는 곧바로 대응했다. 그러나 다시 검을 휘둘렀는데도 지팡이에서 나온 빛은 여전히 잭의 몸을 감싸고 있었다. 빅토리아는 지팡이가 친구의 목숨을 구하고자 하는 자신의 바람에 응답하고 있다는 것을 이해한 듯, 지팡이를 더욱 힘주어 잡고 몇 걸음 더 앞으로 나갔다. 다리는 후들후들 떨렸고, 마음속으론 너무 두려웠지만 여기서 물러날 수는 없었다.

잭은 기회가 왔다는 걸 알았다. 그는 천천히 빅토리아와 그녀가 가지고 있는 지팡이 쪽으로 다가갔다. 두 사람이 함께 있게 되자, 잭은 안심할 수 있었다.

"지팡이는 우리가 가졌어."

잭이 말했다. 키르타슈가 씩 웃어 보였다.

"그리고 난 너희 왕자님을 데리고 있지."

부드러웠지만 차갑고 아무 감정이 실려 있지 않은 암살자의 목소리였다. 잭은 하이아스의 칼날이 다시 한번 알산의 목을 겨누고 있다는 끔찍한 사실을 깨달았다.

"알산의 목숨과 그 지팡이를 바꾸는 게 어때?"

"넌 그걸 사용할 수 없어."

잭이 키르타슈의 말을 알아듣고 대답했다.

"그래서 여기 계속 있었던 거야. 바위에서 뽑아낼 수가 없었던 거지, 안 그래? 그런데 빅토리아가 부르자 지팡이는 순식간에 뽑혀나왔고. 이제는 빅토리아 거야."

"그런 거야 쉽게 조정할 수 있지. 그럼 다른 제안을 하도록 하지. 알산의 목숨 대신 그 여자아이와 지팡이로 말이야."

잭은 이를 악물고 빅토리아 앞으로 나섰다. 필요하다면 온몸을 던져서라도 그녀와 지팡이를 보호할 생각이었다.

"말도 안 되는 소리!"

검이 알산의 살 속으로 좀더 파고들었다. 한줄기 피가 목을 타고 흘렀다. 잭은 침을 삼켰다.

잭은 샤일이 두 사람 뒤로 다가오는 걸 감지했다. 하지만 키르타슈 역시 샤일을 알아채고 경고했다.

"한 발짝도 더 다가오지 마라, 마법사. 그러지 않으면 친구가 죽을 거야."

"우리가 지팡이를 건네줘도 빅토리아는 죽겠지. 그럼 무슨 차이가 있지?"

잭이 말했다.

"지팡이를 쓰려면 그애가 계속 살아 있어야 한다는 차이가 있지. 자, 결심해, 잭. 하루 종일 기다릴 수는 없잖아…… 알산도 그렇고 말이야."

키르타슈가 친절하게 설명까지 덧붙였다.

"그만 해."

그때 빅토리아가 말했다.

"알산을 해치지 마. 내가 너랑 가겠어."

잭은 깜짝 놀랐다.

"뭐라고? 안 돼, 빅토리아. 그럴 순 없어!"

하지만 이 말은 곧 알산의 죽음을 뜻했다. 잭은 괴로워 죽을 것만 같았다. 친구를 구하고 싶었지만, 그렇다고 키르타슈가 빅토리아를 데려가게 놔둘 수도 없었다. 빅토리아가 볼모로 잡혀가다니…… 잭은 그 생각만으로도 분노가 끓어올랐다. 빅토리아를 보호해야 했다. 말도 안 되는 교환으로 빅토리아를 위험에 처하게 할 수는 없었다.

그렇지만 빅토리아는 잭에게서 슬며시 떨어지며 키르타슈를 바라보았다. 그리고 침착하고 확신에 찬 목소리로 말했다.

"네게 가장 소중한 것을 걸고 내 친구들을 해치지 않을 거라는 맹세를 분명히 해줘. 이 조건을 지킨다면 같이 가겠어…… 저항하지 않고."

"안 돼, 빅토리아……"

잭은 말을 맺을 수 없었다. 이 모든 일이 순식간에 일어나다니.

키르타슈의 시선이 아주 짧은 시간이었지만 빅토리아를 향했다. 두 사람이 눈길을 주고받을 때 무언가가 공기를 뒤흔드는 듯했다. 하지만 샤일이 이미 앞으로 한 걸음 내디디며 잭과 빅토리아의 어깨에 손을 얹은 뒤였다. 잭은 마법사가 무슨 일을 하려는지 알아채고는 격분해 샤일을 향해 돌아섰다.

"안 돼, 샤일! 안 돼요!"

너무 늦었다. 샤일이 빅토리아의 팔을 잡자 모든 것이 빙빙 돌기 시작했다……

"놈들이 빠져나가게 두다니. 지팡이를 가지고 말이야."

엘리온의 말에도 키르타슈는 움직이지 않았다. 조금 전까지 세 사람이 있던 곳을 바라만 볼 뿐이었다.

"당연히 샤일이 끼어들지 못하게 했어야지."

마법사가 덧붙였다.

키르타슈가 엘리온을 향해 돌아섰다. 얼굴에는 분노도 실망도 보이지 않았다. 오히려 그는 웃고 있었다. 엘리온은 갈피를 잡지 못한 채 키르타슈를 바라보았다. 상황을 이해하는 데는 언제나 키르타슈가 그보다 훨씬 앞섰다. 사실 무슨 일에서든 훨씬 앞섰다.

"뭐가 그리 좋은 거야? 녀석들을 놓쳤는데."

"그래, 하지만 내게 많은 걸 알려준 셈이지. 자기들이 생각하는 것 이상으로 말이야."

"하지만…… 그래도 우린 지팡이를 잃었어."

"지팡이는 우리한테 돌아올 거야. 그들이 원하는 걸 우리가 갖고 있다는 걸 명심하라고."

엘리온이 의식을 잃은 알산의 몸을 내려다보았다.

"정말로 그 여자애가 필요했던 거였어?"

엘리온이 여전히 모르겠다는 듯이 물었다.

"그래."

키르타슈는 간단히 그렇게만 대답했다.

그리고 속으로 덧붙였다.

'어느 정도인지 너는 상상조차 못 할 거야.'

최후의 용과 유니콘

샤일이 잭을 보며 한숨을 쉬었다. 잭은 언짢은 표정으로 의자에 앉아 손가락에 끈을 감았다 풀었다 하며 생각에 잠겨 있었다. 다마가 다가왔지만 같이 놀아줄 기분이 아니었다. 잭에게 거절당한 고양이는 빅토리아의 무릎으로 파고들었다.

참담한 사하라 원정 이후 잭은 샤일과 한마디도 하지 않고 있었다. 마법사도 잭을 탓할 수는 없었다.

그런 두 사람 사이에서 빅토리아는 이러지도 저러지도 못했다. 물론 빅토리아 역시 알산을 걱정했고 그를 구하기 위해서라면 무슨 일이든 할 각오가 되어 있었지만, 잭과는 달리 샤일이 최선의 선택을 한 거라고 이해했다. 그렇기에 그녀는 마치 두 개의 불 사이에 끼여 있는 기분이었다.

샤일이 목소리를 가다듬었다.

"좋아…… 내 말을 들어봐. 우리는 아주 미묘한 상황에 처해

있어. 반드시 알산을 구해내야만 하지. 하지만 말이야, 꼭 그래야 할까?"

잭이 시선을 들어 샤일을 뚫어지게 보았다.

"그게 무슨 뜻이죠?"

"키르타슈는 우리가 알산을 구하러 오길 기다리고 있을 거야."

"구출할 사람이 살아 있을 경우에나 그렇겠죠."

잭이 비통한 어조로 잘라 말했다.

"알산은 대단한 가치가 있는 포로야, 잭."

빅토리아가 끼어들었다.

"그래서 키르타슈가 알산을 죽이지 않은 거지. 키르타슈도 그걸 알고 있는 거야……"

그녀는 잠깐 머뭇거리다가 결국 나지막이 말을 맺었다.

"우리가 알산을 구하러 갈 거라고 생각하고 있어. 그걸 기다리는 거야. 우리를 한꺼번에 없애려고. 또 지팡이를 되찾기 위해서이기도 하고."

샤일이 고개를 끄덕였다.

"그렇기 때문에 우리가 가서는 안 되는 거야. 나로서도 결정하기가 쉬운 일이 아니라고. 마음은 알산을 구하기 위해 어떤 위험이라도 감수해야 한다고 말하지. 하지만 알산도 저항군이 전멸하는 걸 보느니 차라리 죽고 싶어할 거야."

잭이 못마땅해하며 대답했다.

"저항군 따위는 나한테 눈곱만큼도 중요하지 않아요. 난 알산만 구하면 된다고요. 그는 우리의 친구고 어제 우리가 한 것 같은 그런 배신을 당할 이유가 없단 말이에요."

샤일은 한 대 맞은 기분이었다. 뭔가 말하려고 입을 열었지만 아무 말도 나오지 않았다. 그저 눈길을 피할 뿐이었다.

"잭, 그건 옳지 않아."

빅토리아가 잭을 책망하자 샤일이 자책하며 말했다.

"얀이 우릴 배신한 거야. 함정이라는 걸 미리 짐작했어야 했는데. 키르타슈가 자신을 돕는 대가로 뭔가를 약속했겠지…… 어찌 되었든 상황은 더 나빴을 수도 있었어. 우리 전부가 당했을 수도 있었단 말이야. 너희의 그 이상한 예감이 없었더라면……"

샤일은 궁금하다는 표정으로 잭과 빅토리아를 보았지만, 두 사람은 다른 생각에 빠져 샤일의 말을 제대로 듣고 있지 않았다. 잭이 말했다.

"놈들은 몇 명 되지도 않았어요, 샤일. 키르타슈, 마법사, 그리고 얀뿐이었죠. 잘하면 우리가……"

"뭐라고, 잭?"

"우리가 그들에 맞서 싸울 수도 있었단 말이에요! 지금은 알산이 어디에 있든 거기까지 가는 것조차 더 어려워졌잖아요."

"하지만 저항군이……"

"저항군!"

잭이 신랄한 어조로 말을 끊었다.

"우리 꼴을 좀 보라고요, 샤일! 우리는 겨우 세 명뿐이잖아요. 이둔의 마법사들은 도대체 무슨 생각으로 망명한 마법사들을 모으는 데 달랑 두 명만 보낸 거죠? 아무리 하느님이라고 해도, 이

런 임무는 처음부터 실패할 수밖에 없다고요!"

말을 하고 나자 잭은 속이 후련해졌다. 오래전부터 이런 의구심이 들었지만 한 번도 입 밖으로 낼 엄두를 내지 못했다. 게다가 확고부동한 알산의 신념에 동화되어 그의 명분을 믿기에 이른 것이다. 지난 몇 달 동안, 자존심 강한 이둔의 왕자 알산은 잭에게 단순한 스승과 친구를 넘어 친형과 다름없는 존재였다.

하지만 이제 알산은 없었다. 이런 상황에 맞닥뜨리자 잭은 저항군이라는 것이 얼마나 허황된 존재인지를 말하지 않을 수가 없었다. 빅토리아가 마치 허락을 구하기라도 하듯 샤일을 쳐다보았다. 샤일은 아랫입술을 깨물며 뭔가 생각해보는 듯하더니 마침내 불편한 어조로 말을 꺼냈다.

"그래 맞는 말이야…… 하지만 우리 임무가 꼭 그것만은 아니거든."

잭은 자리에서 펄쩍 뛰어오를 뻔했다.

"무슨 뜻이에요?"

샤일이 잭 앞으로 바싹 다가앉으며 그의 눈을 들여다보았다.

"우린 망명한 마법사들을 찾으러 온 게 아니야, 잭. 더구나 그들은 아슈란과 셰크에 맞서 싸우는 우리를 도와줄 수 있는 처지도 아니고. 너도 이미 그걸 이상하게 여기고 있지 않았니?"

잭이 인상을 찡그렸다. 그랬다. 뭔가 더 있다는 건 알았지만 한 번도 물어본 적은 없었다. 아니, 물어봤지만 늘 적절하지 않은 때에 물었기에 누군가 대답해줄 틈도, 마음도 없었다.

샤일은 가만히 잭을 응시했다. 잭이 천천히 말했다.

"이젠 대답해줘요. 정확히 당신들이 이곳에서 하는 일이 뭐예요? 키르타슈는 왜 그 지팡이를 원하는 거죠? 루나리스는 누구예요?"

마법사가 한숨을 내쉬고 의자에 몸을 기댔다.

"이야기하자면 길어. 네가 도착했던 날, 알마가 보여준 장면 기억하지?"

"절대로 잊을 수 없을 거예요."

"그 빌어먹을 천체 결합이 어떻게 단 하루 만에 용과 유니콘을 전부 죽였는지 너한테 여러 차례 이야기해줬지만, 넌 그 이유를 물은 적이 한 번도 없었지?"

"이유가 있단 말이에요?"

"물론이야. 바로 예언 때문이야."

"예언?"

고개를 끄덕이는 샤일의 표정이 어두워졌다.

"신탁은 문을 여는 열쇠처럼 다리(橋) 역할을 하는 인간의 손에 의해 셰크들이 이둔으로 돌아올 거라고 예언했어. 그리고 그 역할을 하는 게 마법사일 거라 했고. 사실 신탁은 늘 이런저런 예언을 하기 때문에 크게 신경쓰는 사람이 아무도 없었지. 문제는 모든 것이 그 메시지가 믿을 만한 건지 아닌지가 아니라 그걸 해석하는 사제들에게 달려 있다는 거야. 무슨 말인지 알겠어? 마법사와 사제들은 언제나 대립하고 있었어. 그러니 일 년에 한두 번씩 마법사들이 다시 어둠의 시대를 몰고 올 거라는 신탁이 나와도 별로 특별한 일은 아니었던 거야.

여섯 천체의 결합이 생각했던 것보다 수십 년이나 앞서 일어나는 걸 보고야 뭔가 안 좋은 일이 일어나고 있다는 의심이 일기 시작했어. 그리고 용과 유니콘들이 떼로 죽어간다는 소식이 이둔 곳곳에서 들려왔을 때에야 정말로 예언이 이루어지고 있다는 걸 알았지. 신탁은 용의 불과 유니콘의 마법이 합쳐져야만 차원을 넘나드는 문을 파괴하고 셰크들을 다시 원래의 차원으로 돌려보낼 수 있다고 했어."

"그 말은 그러니까……?"

잭은 너무 놀란 나머지 말을 잇지 못했다.

"셰크들은 이 예언을 믿었고 어떤 식으로든 그것이 이루어지리라는 걸 알았다는 뜻이지. 그래서 천체의 힘을 불러내 더 늦기 전에 이둔의 용과 유니콘들을 전부 죽이려 한 거야. 놈들이 어떤 방법을 썼는지는 몰라. 하지만 셰크들에게 길을 열어준 마법사 이름은 알고 있지. 몇 번이고 네게 말한 적이 있을 거야. 바로 아슈란이지. 셰크의 우두머리들이 선택한 아슈란은 셰크의 동맹자가 되었고, 그는 셰크들을 다시 이둔으로 돌아오게 해준 최고 사제이자 문을 열어준 결정적 열쇠 역할을 한 셈이지. 어마어마한 힘을 지닌 자야. 틀림없이 우리 세계에서 벌어진 용과 유니콘들의 죽음과도 밀접한 관련이 있을 거야."

"그렇다면, 이제는 아무도 그들을 이길 수 없다는 거잖아요."

잭이 중얼거렸다.

"용과 유니콘이라면 할 수 있지."

빅토리아가 끼어들었다.

"그 둘이서 말이야. 그들은 지구 어딘가에 있어. 우리는 그들을 찾고 있는 거야."

잭이 샤일을 바라보자 샤일이 고개를 끄덕였다.

"난 우연히 이 모든 사건에 관여하게 되었어. 나는 알리스 리스반 숲에서 마법의 힘을 연마하고 있었어. 그런데 그때 엄청난 굉음이 들려왔고 여섯 천체가 결합하는 것을 본 거야. 당연히 뭔가 잘못되고 있다는 걸 바로 알아챘지. 그리고 울창한 숲속에서 유니콘의 시체들을 보고 나서 모든 것을 분명하게 알게 됐어. 잭, 아직도 잘 이해가 안 되겠지만, 이둔에서 유니콘은 살아 있는 생명에게 마법을 부여해줄 수 있는 유일한 생물이야. 유니콘이 전부 죽는다는 말은 궁극적으로 모든 마법이 죽는다는 뜻이야. 난 두려움에 몸서리쳤지…… 그러다 하늘을 날고 있는 셰크들을 봤어. 마치 세상에 종말이 온 것 같았어."

샤일은 기억 속에서 잠시 갈피를 잃은 듯 입을 다물었다.

젊은 마법사는 나무들 사이로 더 깊숙이 숨어들었다. 날개 달린 뱀이 부근의 숲 위를 계속 선회하자 샤일은 자신이 발각된 것이 아닌가 싶었다. 그때까지 샤일은 카슬룬 탑 안의 도서관에 있는 고서에서 딱 한 번 셰크를 봤을 뿐이었다. 이 괴물들은 이미 한참 전에 용들에게 쫓겨 이둔 밖으로 추방당한 터였다. 그렇다면 용들은…… 지금 어디에 있는 거지? 왜 셰크들과 맞서 싸우러 달려오지 않는 거지?

샤일은 대답할 수 없었다. 이둔의 다른 곳에서 벌어지고 있던 상황을 몰랐기 때문이다. 그러나 다른 곳에서는 벌써 용이 한 마

리씩 하늘에서 추락하고 있었다. 샤일은 그때 하늘 위를 날고 있는 무시무시한 날개 달린 뱀을 단 한 마리만 보았을 뿐이었다. 그는 셰크들이 마법에 대해 놀랄 만한 감지력을 지녔다는 이야기를 어디선가 읽은 적이 있었다. 만일 무모하게 위장 마법이나 투명 마법을 썼다가는 셰크에게 발각될지도 몰랐다. 샤일은 숨도 쉬지 않은 채 셰크가 숲을 떠나기를 기다렸다. 마침내 셰크는 마지막으로 숲을 빙 둘러본 후 나무 위로 솟아오르면서 점점 멀어져갔다.

샤일은 숲을 가로질러 계속 전진해나갔다. 탁 트인 들판으로 나가는 순간 죽을 게 분명했다. 이곳에서 멀리 떨어진 곳으로 순간 이동을 시도해볼 수도 있었지만 뭔가가 그를 가로막았다.

유니콘이었다.

당시 샤일은 예언에 대해 알지 못한 상태였지만 셰크라는 무시무시한 존재가 유니콘에게 이로울 리 없다는 사실은 충분히 짐작할 수 있었다. 보통 때라면 유니콘은 절대로 자신을 드러내지 않는다. 유니콘을 찾는 사람도 유니콘이 스스로 모습을 드러내지 않는 한 절대로 찾을 수 없다.

그리고 미래의 마법사를 선택하는 데 어떤 기준을 적용하고, 왜 누구에게는 마법을 전해주고 누구에게는 그렇게 하지 않는지도 오로지 유니콘만이 알고 있었다. 유니콘이 언제나 가장 영리하고, 가장 힘세고, 가장 성실한 사람만을 선택하는 것도 아니었다. 선택은 임의적이었다.

어찌 되었든 샤일은 운이 좋다고 느꼈다. 그가 아직 아기였을 때, 요람에서 자고 있는 그에게 유니콘이 다가왔었다. 아무도 유니콘을 본 사람은 없었지만 샤일의 부모는 그들의 작은 아기가 달라졌다는 걸 곧바로 알아차렸다. 그의 미래도 물론 달라지게 되었다. 샤일은 번영을 구가하던 도시 나네텐에서 아버지처럼 상인의 길을 걷지 않았다. 그는 마법사들이 마법을 연구하는 네 개의 탑 중 하나로 가야 했다.

샤일은 그후 두 번 다시 유니콘을 보지 못했다. 유니콘의 거주 지역인 알리스 리스반으로 가보기도 했다. 마법사들이 자신의 마법을 새롭게 하기 위해 여행을 가는 곳이었다. 그러나 그곳에서 다시 유니콘을 보는 마법사는 거의 없었다.

바로 그날, 샤일은 수많은 유니콘들을 보았다. 하지만 차라리 보지 않았으면 좋았을 경험이었다.

수많은 유니콘들은 전부 죽어 있었다. 그는 저 멀리 여섯 천체가 내뿜는 강렬한 빛 아래서 비틀거리며 걷고 있는 유니콘을 보았다. 황급히 유니콘에게 달려가며 샤일은 간절히 기도했다. 제발 어느 마법 탑으로든 제때에 도착해 대마법사들이 유니콘의 생명을 구할 수 있도록 순간 이동을 할 수 있게 해달라고. 하지만 유니콘은 잠시 후 쓰러졌고, 샤일이 도착했을 때에는 이미 죽어 있었다.

살아 있는 유니콘을 찾아 아침 내내 돌아다녔건만 소용없었다. 그런데 포기하려던 순간 기적이 일어났다.

셰크가 사라진 지 얼마 되지 않았을 때였다. 수풀 사이에 무언가가 숨어 있었다. 요정이었다. 이 역시 흔한 일이 아니었다. 요

정은 유니콘보다 더 겁이 많았고, 인간과 함께 있는 것을 좋아하지 않았기 때문이다.

샤일은 요정을 따라 수풀 아래 있는 은신처까지 갔다.

그리고 그때 보았다.

아주 어린, 태어난 지 얼마 안 된 암컷 유니콘이었다. 나뭇잎 더미 아래 몸을 웅크리고 바들바들 떨고 있었다. 한 무리의 요정, 두엔데, 그노모들과 숲속의 다른 생물들이 유니콘을 둘러싸고 조용히 지켜보고 있었다.

"당신이 이 유니콘을 구해야 해요."

한 그노모가 회색 머리를 돌려 샤일을 바라보며 말했다.

"마지막 유니콘이에요."

드리아데*가 속삭였다. 이 요정은 자신이 머무는 떡갈나무에서 근심스럽게 상황을 지켜보고 있었다.

"마지막?"

샤일이 되물었다.

"네, 최후의 유니콘이에요. 만일 이 유니콘이 죽으면 마법도 세상에서 사라질 거예요."

늙은 두엔데가 알려주었다.

샤일이 다가가자 유니콘은 흠칫 놀랐다. 유니콘은 눈을 뜨고 그를 바라보았다. 젊은 마법사는 마음 깊은 곳에서 느끼고 있었다. 이 눈길을 결코 잊지 못하리라는 것을.

---

* 숲속이나 주로 어느 특정한 나무에 사는 요정.

요정들이 말했다.

"유니콘을 데려가요. 이곳에서 먼 곳으로 데려가요."

샤일이 유니콘을 망토로 감쌌다. 유니콘은 너무나 연약하여 제대로 움직이지도 못했다.

"이곳에서 어떻게 나가죠? 카슬룬 탑까지 순간 이동을 할 순 없어요. 너무 멀어요. 다른 방법을 써서는 제시간에 도착할 수 없을 거예요."

요정들은 아무 말도 하지 않고 샤일 주위에 원을 만들며 멜로디를 흥얼거리기 시작했다. 샤일은 요정들의 마법이 급류처럼 몰려오며 자신의 힘과 결합하는 걸 느꼈다.

"어서 가요, 마법사님. 이곳에서 데려가요."

요정들이 속삭였다.

샤일은 고개를 끄덕이고 카슬룬 탑에 생각을 집중했다. 요정들이 그에게 공급해주는 순수한 빛의 에너지가 계속 진동하고 있었다. 이 에너지를 헛되게 해서는 안 되었다.

마지막 순간, 자신과 어린 유니콘의 몸이 흐릿해지기 시작할 때 샤일은 저 위에서부터 자신들을 향해 돌진해 내려오는 그림자를 감지했다. 얼어붙듯 차가운 바람이 공터를 뒤흔들었다. 공포에 질린 어린 요정들이 비명을 내질렀다.

"걱정하지 말고 떠나요."

나이 많은 요정 하나가 속삭였다.

"그 아이를 안전하게 지켜줘요."

가슴이 찢어질 듯했지만, 샤일은 끝까지 주문을 걸었다. 세크

가 요정들의 원 위로 쏜살같이 내려왔지만 이미 마법사와 유니콘은 사라진 뒤였다.

"그 유니콘이 루나리스야."

샤일이 기억을 떠올리며 말했다.

"'마법을 연결해주는 생물'이라는 뜻이야. 사실 모든 유니콘이 실제로 그런 존재이긴 하지만 이 유니콘은 마지막 유니콘이니 다른 식으로 부를 수가 없었지."

카슬룬 탑에 도착한 샤일은 영웅이 되었다. 마법 종단의 지도자들이 이둔을 위협하는 세크들의 공격에 대처할 방법을 찾기 위해 세 태양 교단의 교왕(敎王)과 세 달 교단의 여교왕과 함께 자리를 하고 있었다. 모두 예언을 기억하고 있었다. 그들은 어떤 희생을 치르더라도 용과 유니콘을 최소한 한 마리씩이라도 구해야 한다는 결론을 내렸다. 그래서 용과 유니콘을 찾는 데 협조해달라고 포고령을 내린 상황이었다.

그런데 샤일은 자신이 얼마나 위험한 상황에 처한 줄도 모른 채 과업을 수행한 것이었다.

그곳에서 그가 접한 소식들은 끔찍한 이야기들뿐이었다.

"아위노르 숲 전체가 화염에 휩싸여 있어요."

사람들이 그에게 소식을 전해주었다.

"용들도 불길에 싸여 차례차례 하늘에서 떨어지고 있대요. 여기저기서 발생한 화재는 걷잡을 수 없는 상태고요. 이제 곧 용의 땅도 용들과 함께 멸하고 말 거예요."

"이둔의 하늘은 수백 마리의 셰크들로 뒤덮였어요. 소문에 의하면 무시무시한 시슈 군대가 북쪽에서 내려와 라헬드를 침공했대요."

"살아남은 용은 한 마리도 없다며. 단 한 마리도 말이야."

대마법사들은 굉장히 복잡한 특별 의식을 준비하기 시작했다.

그때 알산이 도착했다.

누르곤의 기사 전원이 모든 종족과 모든 왕국의 귀족과 모험가와 영웅과 상인들과 함께 용과 유니콘의 수색에 동원되었었다. 그들은 마법사들의 힘을 빌려 아위노르까지 갔지만 모두 빈손으로 돌아온 터였다.

사정이 그러했기에 바니사르의 왕자인 알산이 새끼 황금 용을 품에 안고 돌아오자 모두 야단법석을 떨어댔다.

"알산은 어디서, 어떻게 용을 발견했는지 한 번도 말한 적이 없어. 아무에게도 말하지 않았지. 하지만 중요한 건 그곳에 두 존재, 나의 작은 루나리스와 어린 용이 있었다는 점이야. 우리는 이 둘이 어떻게 살아남을 수 있었는지는 알아내지 못했어. 어쨌든 사태는 점점 심각해져 카슬룬 탑에서도 죽어가는 이들이 생겨났고, 우리에게는 시간이 많지 않았지."

"그래서 어떻게 됐는데요?"

잭은 전율을 느꼈다.

"우리는 이 둘을 안전한 장소로, 여섯 천체의 빛이 닿지 않는 장소로, 적어도 천체 결합이 끝날 때까지만이라도 데려가야 했어. 하지만 그 기간이 도대체 얼마나 될지는 짐작조차 할 수 없었지. 다른 한편으로는 이둔엔 그런 장소도 없었고. 그래서 마법사들이 생각하길……"

"……이곳으로 보내기로 한 거군요!"

샤일이 고개를 끄덕였다.

"우리는 다른 세계가 많다는 걸 알고 있었어. 그리고 제3시대에 마법사들이 지구로 통로를 열어두었다는 것도 알고 있었고. 그 통로는 계속 열려 있는 상태였어.

일반적인 상황이었다면, 감히 이런 여행을 하려는 마법사는 없었을 거야. 대부분이 돌아오지 않아 실정을 제대로 알려준 사람들이 없는데다, 돌아온 마법사들도 무시무시한 이야기만 했으니까. 하지만 우리에게 선택의 여지는 없었어. 당시에 벌어지고 있던 엄청난 모든 일들은 이둔에 새로운 어둠의 시대가 오고 있다고 예고하는 것만 같았어. 많은 마법사들이 그 차원의 문을 열고 도망쳤지. 하지만 그런 마법사들은 이둔에서는 별로 중요하지 않은 존재들이었어. 우리의 용과 유니콘만큼 소중하진 않았지.

종단에서 제일 막강한 마법사들이 용과 유니콘을 차원의 문을 통해 내보냈어. 그리고 천체들이 결합이 멈추고 원래 있던 자리로 돌아가자 이제 그 둘을 다시 데려올 때가 된 거야. 알산과 내가 자원자로 나섰지. 우리가 이 둘을 탑으로 데려간 것은 괜히 한 일이 아니었으니까. 더구나 난 루나리스에게 애정을 갖고 있었어. 어떤 책임감 같은 것도 있었고."

잠시 말이 끊어졌다. 잭이 참을성 있게 다음 말을 기다렸다.

"이동은 우리가 예상한 대로 제대로 되질 않았어. 우리가 문턱을 막 넘어서려는 순간 차원의 문이 우리 뒤에서 닫혀버린 거야."

"그게 무슨 뜻이에요?"

"아슈란과 셰크들이 용과 유니콘이 도망쳤다는 걸 알아챈 거야. 다른 세상으로 이동할 정도로 실력 있는 수십 명의 마법사들은 말할 것도 없고 말이야. 내 짐작으로는 그자들이 문을 통제하기로 결정한 거 같아. 어쩌면 카슬룬 탑이나 다른 모든 거주 지역을 부쉈을 수도 있고. 우리가 돌아갈 수 없으니 알 수는 없지만 말이야."

잭은 심호흡을 하며 이 모든 정보를 정리해보려고 애썼다.

"문제는 그게 다가 아니었다는 거야. 지구는 거대한 세계였거든. 또 설사 작다고 해도, 아슈란이 언젠가 자신을 파멸시킬지도 모르는 존재들을 없애려고 키르타슈를 보내기까지 한 상태였지. 우리는 용과 유니콘을 찾아다니며 지구에서 삼 년을 보냈어. 어디엔가 살아 있다는 건 알아. 키르타슈도 여태껏 찾고 있으니까. 우리의 진정한 임무는 예언이 실현되도록 그들을 찾아내 보호하는 거야. 이미 예전에도 한번 그랬지만…… 이번에도 반드시 성공해야 해."

침묵이 이어졌다. 잭은 이 모든 내용을 곰곰이 생각해보았다.

그러곤 빅토리아에게 몸을 돌렸다.

"넌 이 사실을 알고 있었지, 그렇지?"

빅토리아가 고개를 끄덕였다. 샤일이 말했다.

"내가 루나리스에 대해 이야기해줬어. 잭, 유니콘을 본 사람은 절대로 잊을 수가 없어. 나도 루나리스를 한 번도 잊은 적이 없어. 키르타슈가 발견하기 전에 내가 먼저 찾을 수 있다면 무슨 짓이든 할 거야. 루나리스가 이둔의 마지막 희망이라서만이 아니야. 개인적인 문제이기도 해."

빅토리아가 덧붙였다.

"나도 분명 언젠가 틀림없이 루나리스를 봤다는 생각이 들어."

"왜?"

잭이 혼란스러워하며 물었다.

"난 지구에서 태어난 인간이야. 하지만 그런데도 난 준마법사잖아. 이 말은 내가 유니콘을 봤다는 뜻이야…… 비록 기억은 못하지만 말이야."

샤일도 빅토리아의 말에 동의했다.

"루나리스가 이 땅에 있다면 이미 본 사람도 있을 거야. 그 때문에 그 사람들은 마법에 대한 어떤 감지력을 지니게 되었을 거고. 아니면, 루나리스 스스로 이곳에서 더 많은 마법사를 만들었을 수도 있고. 이미 네가 온 첫날 우리가 이야기했다시피 원래 지구에는 마법사가 없었어, 잭. 단지 이둔에서 온 마법사들만 있었지…… 그리고 어떤 식으로든 우리의 잃어버린 유니콘과 접촉한 사람들이 있고."

"그럼 지팡이는요……?"

"유니콘과 아이셀이 만들어낸 지팡이 말이지? 그것이 우리를 루나리스가 있는 곳까지 데려다줄 수 있을 거야. 그래서 키르타슈보다 먼저 찾아내는 일이 급선무였던 거지. 그래서 그때 이 일이 더 중요했던 거야…… 알산의 생명을 구하는 일보다 키르타슈의 손이 닿지 않는 곳에 지팡이를 두는 일 말이야. 만일 루나리스가 죽는다면…… 혹은 알산이 발견했던 용이 죽기라도 한다면…… 이둔을 위한 희망 역시 사라지는 거야."

"무슨 말인지 알겠어요."

잭이 진지한 표정으로 고개를 끄덕였다.

"아마 엘리온은 마법사들을 제거하는 일에 재미를 느낄지 모르지만, 키르타슈에겐 부차적인 일일 뿐이야. 이곳 지구에서의 주임무는 용과 유니콘을 찾아내 예언이 실현되지 못하게 죽이는 일이니까."

"어쩌면 그 때문에 키르타슈는 알산이 살아 있길 원했을 거야."

빅토리아가 끼어들었다.

"그리고 아마 그는 샤일도 원할 거예요. 두 사람이 용과 유니콘을 처음으로 찾아냈잖아요. 그러니 키르타슈에게 어떤 단서를 줄 수 있을지도 모르잖아요."

"하지만 우리에겐 아무 단서도 없어. 난 지구인들의 신화를 조사해봤어. 용은 모든 문화에 공통적으로 있더군. 유니콘은 단지 몇몇 문화뿐이지만. 하지만 어떤 경우든, 말 그대로 신화일 뿐이지."

샤일은 잭의 눈을 보았다.

"솔직히, 이런 세상이 있을 줄은 기대하지 않았어. 모든 게 우리 예상 밖이야. 우리가 그들을 절대로 못 찾을지도 모르겠다고 믿기 시작할 즈음, 네 덕분에 『제3시대의 서』와 아이셀의 지팡이가 있다는 걸 발견하게 된 거야."

"내 덕분이 아니에요."

잭이 작은 소리로 말했다.

"키르타슈가 우리를 기다리고 있었어요. 그렇잖아요? 그는 우리가 올 줄 알고 있었어요. 그 시디는…… 그가 몰라서 놓친 게 아니었어요. 패럴도 이둔인이 아니었고요. 그 시디를 우리가 찾아내도록 일부러 거기 놓아둔 사람은 다름 아닌 키르타슈였어요. 경찰은 용 그림이 있는 표지에 별 신경을 쓰지 않겠지만, 우리는 그러지 않을 거라는 사실을 알고 있었던 거죠. 우리가 용을 찾아다니고 있으니까요. 그래서 함정에 빠진 거예요. 결국…… 내 탓이에요."

"네 덕분인 거지."

샤일이 단호하게 반복했다.

"키르타슈는 지팡이를 갖지 못했고, 루나리스는 지금으로서는 여전히 안전해."

잭은 아무 말도 하지 않았다. 샤일은 잭의 얼굴이 창백해졌음을 깨달았다. 예언 이야기가 생각 이상으로 충격을 준 듯했다.

샤일이 일어나 잭의 어깨에 손을 얹었다.

"좀 쉬어야 될 거 같다, 잭."

그리고 잠시 틈을 두었다가 덧붙였다.

"우리 모두 쉴 필요가 있지."

잭이 정신을 차리고 고개를 들어 샤일을 쳐다보았다.

"알산은 어떻게 할 건데요?"

샤일이 고개를 가로저었다.

"너희는 지금 백 퍼센트 맑은 정신으로 깨어 있어야 해. 아니면 우리가 무슨 계획을 세우더라도 잘못될 가능성이 높아."

"맞아요, 사실이에요."

잭이 한숨을 내쉬며 인정했다. 한꺼번에 나이를 먹고 늙어버린 듯 지독한 피곤이 느껴졌다.

잭이 일어나 방으로 향했다. 샤일 옆을 지날 때, 그가 잭에게 나지막이 말했다.

"키르타슈가 너에 대해 착각한 게 아니었어. 틀림없이 네 몸에도 이둔의 피가 흐르고 있어, 잭. 결국 넌 이둔이 겪고 있는 비극을 그 어떤 지구인보다 훨씬 더 잘 이해하고 있잖아."

잭은 대답하지 않았다.

자기 방으로 돌아온 잭은 그대로 침대 위에 쓰러졌고, 자신도 모르는 사이에 눈이 감겼다. 진이 빠졌다. 잭은 곧 의식을 잃으며 이상한 재앙이 가득한 악몽으로 빠져들었다. 꿈속에서 불길에 휩싸인 용들이 하늘에서 떨어지고 있었다. 그 위 낯선 하늘에는 세 개의 태양과 세 개의 달이 기이하게 결합하며 빛나고 있었다. 잭은 사막에서 숯덩이가 되어버린 용들의 뼈 사이로 말을 타고 가고 있었다……

구출 작전

알산은 천천히 눈을 떴다. 횃불이 푸른 불꽃을 일으키며 타오르고 있는 커다란 방이었다. 몸을 움직이려 했지만 마음대로 되지 않았다. 벽에 매달린 사슬에 손발이 묶여 있었다. 분노가 솟구쳤다. 몸부림을 쳐보아도 쇠고리들은 더 깊게 살을 파고들 뿐이었다.

웬 신음 소리가 들려왔다. 주위를 둘러보니 옆에 커다란 우리가 하나 있었고, 그 안에 회색 늑대 한 마리가 갇혀 있었다. 늑대는 알산에게 이를 드러내 보였다.

"보아하니 둘이 이미 친구가 된 것 같군."

어둠 속에서 엘리온의 목소리가 들렸다.

알산이 고개를 돌렸다. 마법사가 그의 옆에서 이제 막 모습을 드러냈다.

"원하는 게 뭐야?"

엘리온이 웃으며 알산에게 다가왔다.

"언젠가는 이 조촐한 실험에 뽑힌 걸 고마워하게 될 거야, 왕자. 내가 널 두 세계에서 가장 강력한 인간으로 변신시켜줄 거니까."

"그런가? 왜 날 위해 그렇게까지 하는 거지?"

"이유야 많지."

엘리온은 알산 옆에서 서성거렸다.

"우선, 주문이 잘못된다고 해도 내가 크게 손해볼 게 없거든. 어차피 넌 죽을 거니까. 그리고 주문이 제대로 먹혀 자신들의 왕자이자, 겨우 마법사 하나와 코홀리개 둘을 데리고 만든 그 잘난 저항군의 두목 알산이 우리 편이 된 모습을 보면 변절자들의 사기가 꽤나 꺾일 테니까."

알산이 불끈 주먹을 쥐었다.

"절대로 그렇게 되지 않을 거다!"

"엘리온?"

부드럽고 조용한 목소리였지만 위협적인 뭔가가 담겨 있었다. 엘리온은 갑자기 바싹 긴장한 듯했지만 당당한 척 대답했다.

"무슨 일이야?"

키르타슈가 어둠 속에서 나와 모습을 드러냈다. 그는 고개를 갸웃거리며 마법사를 바라보기만 할 뿐, 아무 말도 하지 않았다. 엘리온은 그가 설명을 기다리고 있음을 알아챘다.

"사소한 실험을 하려고…… 별거 아니야."

키르타슈가 눈썹을 치켜올렸다.

"제일 값진 포로를 실험쥐처럼 사용하면서 말이지…… 그런데도 별게 아니라고?"

평정을 잃지는 않았지만 엘리온은 키르타슈가 화가 나 있다는 걸, 그리고 그게 무엇을 의미하는 건지 잘 알고 있었다.

"이번엔 잘될 거야, 키르타슈. 지난번엔 뭐가 잘못된 건지 알았다고. 이번엔 내가……"

엘리온은 끝까지 말하지 못했다. 키르타슈가 눈을 번득이며 번개처럼 그를 향해 다가온 것이었다. 겁먹은 엘리온이 벽까지 뒷걸음질을 쳤다. 키르타슈는 불과 몇 센티미터 앞에서 걸음을 멈추고 그를 뚫어지게 보았다. 마법사는 시선을 피하려고 했지만 그럴 수 없었다. 키르타슈가 낮은 목소리로 경고했다.

"무슨 속셈인지 잘 알지. 다른 것들도 봤으니까. 하지만 네가 한 짓의 결과를 제대로 이해하지 못하고 있는 것 같더군."

"하지만 이번에는…… 잘될 거야."

엘리온이 용기를 내어 다시 말했다. 목소리가 가늘게 떨리고 있었다. 그런데 무슨 이유에서인지 키르타슈가 태도를 바꿔 그에게서 시선을 뗐다.

"아니."

키르타슈가 등을 돌리며 말했다. 엘리온은 숨을 헐떡였다. 아직도 목숨이 붙어 있다는 사실이 놀라웠다.

"절대로 제대로 될 리가 없어."

키르타슈의 목소리는 낮았다.

두 사람을 계속 지켜보고 있던 알산은 키르타슈의 목소리에서

의외의 어조를 감지하고는 깜짝 놀랐다. 슬픔인가?

"하고 싶은 대로 해. 하지만 당신 잘못으로 죽거나 도망친다면…… 당신 목숨으로 대가를 치러야 할 거야."

엘리온은 선뜻 대답하지 못했다. 키르타슈는 알산에게 다가가 한참 눈을 들여다보았다. 알산은 키르타슈의 의식이 촉수를 뻗어 머릿속을 헤집고 다니는 걸 느꼈다. 머릿속을 비우려고 안간힘을 썼지만 텔레파시 능력이 없는 그에게는 소용없는 일이었다. 마치 펼친 책을 읽듯 키르타슈는 알산의 가장 비밀스런 생각들을 읽어 나갔다. 키르타슈가 그에게서 눈을 떼며 떨어지자, 알산은 정신을 잃고 고개를 떨구었다. 키르타슈는 뒤돌아서서 잠시 그대로 서 있었다. 그러고는 방을 나서기 전 손발이 묶인 채 있는 알산을 한참 동안 바라보았다.

"내가 이런 입장이었더라면 싫었을 거다."

조롱하는 소리가 아니었다. 하지만 알산은 그 말이 위협적이라기보다 미심쩍었다.

"좋아, 잘 들어."

샤일이 말했다.

"놈들은 알산을 독일 심장부에 있는 중세 고성으로 데리고 갔어."

"어떻게 알았어요?"

잭이 물었다.

"알마가 알려줬어. 이상할 것도 없어. 놈들이 원하는 게 바로 우리에게 발견되는 거니까. 하지만 감시가 아주 철저할 거야. 무슨 수를 써서 그 안에 들어간다고 해도, 나오기는 쉽지 않을 거야."

"누가 감시한다는 거예요? 키르타슈와 엘리온만 있는 게 아니에요?"

"그 둘만 있는 게 아냐."

샤일이 한숨을 쉬었다.

"보여줄게. 알마……"

그는 림바드의 보이지 않는 심장을 불렀다.

도서관 원탁 위에 오색 빛깔을 내뿜으며 알마가 나타났다.

구슬에서 갑자기 무시무시한 존재가 모습을 드러냈다. 잭과 빅토리아가 비명을 지르며 뒷걸음질쳤다. 눈을 뗄 수 없었다.

인간과 흡사한 모습이지만 피부는 온통 비늘로 덮여 있고, 기다란 꼬리를 흔들고 있었다. 머리는 삼각형의 뱀 머리였고, 단추처럼 둥글고 사악한 작은 눈과 끝이 뾰족한 네 개의 송곳니 사이로 둘로 갈라진 혓바닥이 삐져나와 있었다.

별안간, 놈이 사라졌다.

잭이 어찌할 바를 모르며 눈만 깜박였다. 가슴은 여전히 거세게 방망이질하고 있었다. 자신의 팔을 잡는 빅토리아의 손에 힘이 가해지는 게 느껴졌다. 그녀는 두려움에 질려 잭에게 바짝 붙어 있었다.

"뭐였어요?"

잭이 숨을 헐떡였다.

"시슈야."

빅토리아가 중얼거렸다.

잭은 시슈라는 말이 무엇을 의미하는지 몰랐지만, 그 이름에서 무시무시한 뭔가를, 결코 알고 싶지 않은 뭔가를 떠올렸다.

샤일이 고개를 끄덕거렸다.

"그래, 시슈야. 수십 마리는 될 거야. 키르타슈가 놈들을 어떻게 차원의 문으로 통과시켰는지는 모르겠군. 어쨌든 시슈들이 요새를 감시하고 있어. 놈들의 눈을 속이기는 쉽지 않을 거야."

잭이 계속 샤일을 쳐다보고 있었다.

"그러니까…… 그것이…… 뭐라고요……?"

"시슈. 아슈란의 지상군이지. 전설에 의하면 날개 달린 뱀인 세크는 어둠의 왕과 그 세계의 중심인 뱀 샤크시스의 결합으로 태어났어. 하지만 시슈의 기원에 대해서는 아무도 몰라. 인간과 뱀을 교배해서 탄생한 것인지, 아니면 스스로 제 종족을 만들어낼 정도로 능력이 우수한 생물이었는지."

빅토리아가 물었다.

"그런데 도대체 어떻게 저들을 지구에 데려온 거죠? 저 성은 틀림없이 중요한 유적이라 사람들이 금세 알아챘을 텐데."

샤일이 중얼거리듯 대답했다.

"대부분의 사람들은 자신들이 보고 싶어하는 것만 보지. 그래서 위장 마법이 꽤 효과를 발휘하는 거고. 어쨌든 키르타슈가 대단히 신중하다는 건 잘 알잖아. 완벽하게 안전하지 않다면 저곳에 기지를 세우지도 않았을 거야."

"그렇다면 우리는 어떻게 들어가죠?"

"시슈는 셰크만큼 무시무시하지는 않지만 그래도 영리해. 무척 지능적이고 재주 많은 전사들이지. 하지만 나한테도 생각이 있어."

샤일이 잭과 빅토리아를 똑바로 보며 말했다.

"우리 중 하나가 위장 마법을 써서 시슈로 변해 성으로 들어가는 거야. 나머지 두 사람은 다른 뱀들의 주의를 분산시키고. 내 생각엔 내가……"

잭이 말을 잘랐다.

"좋은 생각 같지 않아요."

"알아, 하지만……"

"만일 뱀들의 주의를 끌어야 한다면 마법을 많이 쓸수록 좋을 거예요. 그러니까, 샤일과 빅토리아가 그 일을 맡아야 한다는 거죠. 그러니 변장을 하든 뭘 하든, 안에 들어가서 알산을 구해오는 건 내가 맡을게요."

침묵이 이어졌다. 마침내 샤일이 말했다.

"안 돼, 잭. 허락할 수 없어. 너무 위험해."

"하지만 샤일……"

빅토리아가 끼어들었다.

"키르타슈가 안에 있을 거예요. 우리 중 하나가 성에 들어가면 금세 발각될 거예요. 그는 마법을 감지하잖아요. 잭은 마법사가 아니니 들킬 확률이 낮을 거예요."

샤일은 아무 말도 하지 않았다. 그저 둘을 번갈아 바라볼 뿐이었다.

"빌어먹을, 네 말이 맞아. 하지만 난 너를 뱀으로 변장시켜 들여보낼 수는 없어, 더구나 네겐 아무것도……"

"맞아요."

잭도 인정했다.

"이제 내게도 전설의 검을 허락할 시간이 온 것 같은데요."

"이렇게 해서 뭘 얻으려는 거야?"

알산은 알고 싶었다.

엘리온이 이둔의 고대 비밀언어로 쓴 두꺼운 책을 이리저리 들춰보다가 돌아서서 씩 웃었다.

"궁금한가보군?"

그는 자리에서 일어나 늑대 우리 옆으로 왔다.

"이 늑대가 보여? 좋아, 다른 모든 생물들과 마찬가지로 이놈도 영혼을 지니고 있지. 살아 있게 하고, 자신이 누구인지 자각할 수 있는 영혼 말이야. 흑마술이 이룬 위대한 업적은…… 예를 들면 영혼을 바꿀 수 있다는 거지."

알산은 당당하고 도전적인 눈초리로 마법사를 쏘아보았다.

"물론, 그렇다고 인간의 영혼이 사라지는 건 아니야. 하지만 결국 동물의 영혼에 복종하게 될 거야…… 그럼으로써 동물의 장점들을 갖추게 되는 거지. 늑대의 힘, 비상한 지각력, 잔인함, 용기, 그리고 야성적 본능…… 이 모든 장점을 우리 맘대로 쓸 수

있게 되는 거야."

"안 돼. 그런 일은 용납할 수 없어……"

알산이 반항했다.

"그래, 그런데 어떻게 날 막을 거지?"

엘리온이 미소를 지었다.

잭은 무기실로 성큼성큼 들어갔다. 그리고 정돈되어 있는 검, 단도, 철퇴, 방패 그리고 갑옷들을 쭉 훑어보았다. 알산과 함께 들러 몇몇 무기들의 역사와 특징을 들은 적이 있었다.

샤일을 돌아보니 얼굴에 비통함이 어려 있었다.

"왜 그래요?"

"알산을 생각하고 있었어. 알산은 이곳에 있는 걸 좋아했거든."

잭은 아무 말도 하지 못했다.

"알산은 직접 네게 검을 건네주고 싶어했어. 네게 어떤 걸 선물해야 할지 알 것 같다고 했는데."

잭이 심호흡을 했다. 얼마나 자주 상상했던 장면인가. 드디어 준비가 되었다며 알산이 직접 검을 골라주는 순간을…… 머릿속에서 이 검들을 들었다가 내려놓기를 얼마나 반복했던가.

그런데 정확히 바로 그 순간, 그는 어느 검을 선택해야 할지 깨달았다. 알산이 그를 위해 점찍어둔 검이 아닐지도 모른다는 생각이 들었지만 다른 선택의 여지가 없었다.

그는 성큼성큼 나아가 불의 신 알둔의 조각상 앞에서 발걸음을 멈추었다. 알산이 도미바트라고 불렀던 검이었다.

"그건 안 돼."

즉각 샤일이 말했다.

잭은 아무 말도 하지 않았다. 샤일이 그렇게 말하는 이유를 알고 있었다. 알산에게서 도미바트는 용의 불로 벼렸고, 검을 건드리는 자는 모두 불타버린다는 이야기를 들었기 때문이다. 하지만 숨라리스를 제외하곤 림바드에서 유일하게 이 검만이 키르타슈의 검 하이아스와 맞설 수 있었다.

키르타슈와 마지막으로 만났을 때 그가 자기를 얼마나 손쉽게 제압했는지 떠올리자 두 주먹에 힘이 들어갔다. 하이아스와 그의 평범한 검이 부딪쳤을 때, 전기 같은 것이 강철 날을 타고 흘러 그의 팔까지 닿았다. 마치 떠내려가는 얼음을 붙잡고 있는 듯한 이상한 기분이 들었다. 그리고 그는 그때 알았다. 세상에서 제일 가는 검객이라 해도 하이아스 같은 검이 없다면 키르타슈에게 맞설 수 없으리라는 것을.

그리고 알산은 무적의 숨라리스를 갖고도 싸움에 패했다. 그러니 잭에게 남은 방법은 어떤 희생을 치르더라도 이 불의 검을 다루는 법을 배우는 것뿐이었다.

샤일은 완강했다.

"내 말 들었어? 그걸 건드렸다가는 네가 타버릴 거야."

그러나 잭은 샤일의 말을 듣고 있지 않았다. 뭔가 이상한 일이 일어나고 있었다. 도미바트가 자신을 부른다는 느낌이 들었고 검에서 눈을 뗄 수 없었다. 서로 잃어버리고 오랫동안 그리워하다

이제야 다시 만난 것처럼, 갑작스런 향수가 몰려왔다. 그리고 깨달았다. 도미바트가 오랜 세월 그를 기다려왔음을. 그리고 아무런 상처 없이 이 검을 잡을 수 있으리라는 것을.

다른 사람이었다면 한 번 더 생각해봤겠지만 잭의 마음은 조급했고, 자신의 본능적인 충동에 무작정 따랐다. 잭이 무슨 짓을 하려는지 샤일이 미처 깨닫기도 전에 이미 잭은 검의 손잡이로 손을 뻗고 있었다.

"잭, 안 돼!"

샤일이 깜짝 놀라 소리쳤다.

너무 늦었다. 잭의 손가락은 용의 불로 벼린 불타는 검, 도미바트의 손잡이를 거머쥐었다. 이 검이 자신의 소유이며, 기억조차 아득한 오랜 시간 동안 검이 자신을 기다렸음을 확신한 잭은 단호하게 검을 들었다.

일렁이는 열기가 손끝부터 팔을 타고 올라오더니, 오랫동안 잠자고 있던 내부의 무언가를 일깨우며 넘실넘실 온몸으로 퍼져나갔다. 한 번도 느껴본 적이 없는 생생하고 완전한 느낌이었다. 그는 두 손으로 검을 꽉 잡고 두 눈을 감은 채 그 느낌을 즐겼다.

눈을 뜨자, 너무 놀란 나머지 입을 다물지 못하고 있는 샤일의 얼굴이 들어왔다.

"난 이 검이 마음에 들어요."

잭이 웃으며 말했다.

"이건…… 불가능한 일이야."

샤일이 말을 더듬었다.

"불가능한 일이든 아니든 이제 키르타슈 앞에서 웃음거리가 되지 않을 자신이 생겼어요. 하지만 우선 검을 시험해봐야겠어요."

검술을 가르쳐주던 알산이 이젠 이곳에 없다는 걸 떠올리자 가슴이 메었다. 그러나 그 생각에만 빠져 있을 수는 없었다.

"저기요, 샤일. 내가 없었을 때…… 알산은 누구랑 검술 연습을 했죠?"

샤일은 계속 어리둥절해하다가 잭의 질문에 다시 현실로 돌아왔다. 그는 고개를 절레절레 흔들었다.

"아, 그건…… 이런 세상에, 이제 내가 대답해줄 수 있는 질문을 받았으니 기분이 좋아야 하는 건가. 그래, 수수께끼는 나중에 풀지 뭐. 따라와, 보여줄 게 있어."

샤일이 방을 가로질러 나갔다. 잭은 궁금해하며 따라갔다. 그가 손에 쥔 도미바트의 날이 우연히 나무 선반을 스치자 불길이 일었다.

"조심해야지!"

샤일은 잭을 꾸짖고는 불을 끄기 위해 간단한 주문을 썼다. 그러고는 잭을 걱정스런 눈빛으로 보았다.

"솔직히 이게 좋은 생각인지는 아직도 모르겠다."

잭이 어깨를 으쓱했다.

"다른 방법이 없잖아요."

샤일은 한숨을 내쉬었다.

"좋아. 네게 이걸 보여주고 싶었어."

샤일은 길고 단단한 검을 쥐고 있는 오래된 검은 갑옷 앞에서

발걸음을 멈추었다. 잭은 갑옷을 쳐다보았지만 별다른 점을 발견하지 못했다.

"그냥 갑옷이잖아요."

"틀렸어."

샤일이 미소를 짓고 갑옷 위에 마법 표시를 그었다. 그 즉시 갑옷은 검을 치켜들고 샤일을 향해 고개를 돌렸다. 마치 그의 지시를 기다리고 있던 것처럼. 잭이 뒤로 물러섰다.

"어! 어떻게 움직인 거예요?"

"이건 자동인형이야. 비어 있는 게 아니라 속에 누르곤의 진짜 기사처럼 움직이고 싸우게 하는 기계 장치가 들어 있어. 공학과 연금술이 빚어낸 놀라운 작품이지. 나는 단지 작동하는 데 필요한 에너지를 공급할 뿐이고."

잭은 그제야 그간의 상황을 이해했다.

"알산이 이 기계를 상대로 훈련을 한 거군요?"

"네가 직접 시험해봐."

"어떻게 해야 하는 거죠?"

잭은 자동인형을 경계하는 눈빛으로 보았다.

"모르겠어?"

"알 것 같아요."

잭은 도미바트를 휘두르며 자동인형 기사를 똑바로 노려보고 심호흡을 한 뒤 명령했다.

"방어 자세!"

"잭, 여기선 안 돼!"

샤일이 깜짝 놀라며 말렸다.

"연습실이 있잖아. 이곳은 온통……!"

하지만 이미 너무 늦었다. 자동인형은 검을 높이 쳐들고 잭에게 달려들었다. 잭은 이 동작과 그리고 자신이 취해야 할 방어법에 대해 이미 잘 알고 있었다. 그는 자동인형의 일격을 막으려고 검을 휘둘렀고, 두 무기가 서로 부딪쳤다. 잭은 도미바트에서 끊임없이 에너지가 솟아나오는 것을 감지했다.

눈 깜짝할 사이에 벌어진 일이었다. 자동인형과 인형의 검이 터져 산산조각이 나버렸다.

놀란 잭은 파편을 피하느라 팔로 얼굴을 가렸다. 잠시 후 얼굴을 들어보니 완전히 하얗게 질린 샤일이 발아래 떨어진 자동인형 조각을 내려다보고 있었다.

"미안해요. 이렇게 될 줄은 몰랐어요."

샤일이 걱정스럽게 고개를 가로저었다.

"내가 보기에는 검 사용법이 아니라 힘 조절하는 법부터 배워야 할 것 같다."

"어떻게 해야 되죠?"

"알산이라면 나보다 더 잘 설명해줄 텐데. 그건 자제력의 문제야. 이 검은 네 의지에 따라 반응해. 그러니 만약 네가 분노에 휩싸이거나 몸과 마음을 제대로 통제하지 못한다면, 모든 힘이 제멋대로 날뛰고 마는 거지."

"하지만 그게 나쁘기만 한 것은 아니잖아요, 안 그래요?"

잭은 자동인형처럼 키르타슈가 산산이 부서지는 순간을 상상

했다.

"아니, 나쁜 일이야. 넌 마법을 적당히 사용할 줄 알아야 해. 절대로 네 힘을 전부 풀어놓으면 안 돼. 그러면 힘을 통제할 수 없게 되거든. 네 적이 자기한테 유리하게 네 힘을 사용할 수도 있는 일이야."

잭은 그 이야기에 풀이 죽었다. 그는 항상 알산의 침착함과 자제력을 존경했다. 하지만 알산을 능가하는 강철 신경을 가진 자가 있다면 그건 당연히 키르타슈라는 걸 인정해야 했다.

도미바트는 여전히 그의 손 안에 있었다. 잭은 자신이 이 검을 다스릴 수 있다는 걸 알았다. 이미 검은 그의 일부가 되어 있었다.

"알았어요."

잭은 몸을 돌렸다.

"기다려, 어디 가는 거야?"

"이 검을 다루는 법을 배우러요."

샤일은 연습실까지 잭을 따라왔다. 잭은 방 한가운데 자리를 잡고 두 손으로 검을 높이 치켜들며 심호흡을 한 다음, 정신을 집중했다. 샤일은 조금 떨어진 곳에서 신중하게 잭을 바라보았다. 그때, 잭이 눈에 보이지 않는 적을 향해 무기를 빼들었다. 도미바트가 공중에서 불길을 일으키더니 불그스름한 광채를 내뿜으며 방을 밝혔다. 잭은 이를 악물고 검을 휘두르며, 측면 공격 동작을 취했다. 이렇게 하니 강철의 열기가 조금 수그러드는 듯했다.

"이제 알겠어요. 하지만 시간이 조금 걸리겠어요."

잭이 샤일을 향해 시선을 들었다.

"천천히 해. 난 빅토리아를 보러 갈게."

잭이 여전히 검에서 눈을 떼지 않은 채 고개를 끄덕였다. 견제, 공격, 수비 등 여러 동작을 취해보며 도미바트의 불길에 완전히 빠져들었다. 잭은 자신이 싣고 싶은 강도에 맞추어 검이 힘을 뿜어낸다는 것을 알아냈다. 키르타슈가 보여준 날렵함, 알산이 자신의 생명을 구해준 그날 밤 알산의 공격을 손쉽게 피한 그 날렵함이 떠올랐다. 이제 잭은 모든 증오를 실어 치명적인 일격을 가할 수 있었다. 하지만 만일 키르타슈가 이를 피한다면 잭은 힘을 낭비한 꼴이 될 것이고, 그때는 상황을 다시 바로잡기에는 너무 늦을 터였다.

'자제력', 잭은 이 단어를 생각하며 알산이 가르쳐준 모든 것을 떠올렸다. 그리고 가장 복잡한 마지막 동작을 취해봤다. 하지만 모든 견제 동작에서 검의 힘을 통제했는데도 최후의 일격에서 그만 힘의 일부를 놓쳐버렸다. 그 바람에 검들이 보관되어 있는 진열장에 불길이 일었지만, 그 이상의 피해는 없었다. 만족한 잭은 고개를 끄덕이며 중얼거렸다.

"이제 내가 갈 거예요, 알산. 조금만 참아요."

알산이 또다시 고통을 이기지 못하고 비명을 질렀다. 그의 몸은 이미 상당한 정도로 끔찍한 변형을 겪고 있었다. 온몸에서 털이 자라고, 얼굴은 길어지고 입이 툭 튀어나왔으며, 치아는 날카로운 송곳니로, 손은 짐승의 앞발로, 목소리는 낑낑거리는 소리

로 변했다. 변화들이 생겼다 사라지고, 털이 자라났다 없어졌다 하면서 그의 얼굴이 고통으로 일그러져 경련을 일으켰다. 알산의 얼굴에 인간 같기도 하고 늑대 같기도 한 모습이 차례로 나타났다 사라졌다.

샤일은 저택과 작은 숲 사이에 펼쳐져 있는 공터에서 빅토리아를 찾아냈다. 등을 돌리고 있어 그녀가 무엇을 하고 있는지 알 수 없었다. 몇 발짝 내딛자 샤일은 빅토리아의 손에 들려 있는 게 뭔지 알아채고는 두려운 마음이 들었다.

"빅토리아, 하지 마!"

소리를 지르며 그는 빅토리아에게 달려가기 시작했다.

하지만 그녀는 말을 듣지 않았다. 빅토리아는 아이셸의 지팡이를 빙빙 돌렸다. 밤하늘에 뜨는 샛별처럼 지팡이가 빛을 발하기 시작했다. 번쩍이는 빛줄기가 지팡이 끝에 달려 있는 수정 구슬에서 나와 나무에 부딪히자 불길이 일었다.

샤일은 어리둥절하여 잠시 발걸음을 멈추었다. 빅토리아는 잘못을 저질렀다는 듯한 표정을 지으며 돌아섰다.

"이렇게 할 수 있는 줄 몰랐어요!"

빅토리아가 용서를 구하자, 샤일은 바로 조금 전에 잭이 자동인형을 망가뜨렸던 모습을 떠올렸다.

"지난번에는 이런 힘이 나오지 않았는데!"

"지난번에는 사막 한가운데였잖아."

샤일이 빅토리아 옆으로 가며 일깨워주었다.

"반면에, 이곳은 사방에서 생명이 숨쉬고 있는 장소지. 지팡이가 연결해주는 에너지가 다르다는 말이야. 그런데 뭘 하려는 거였니?"

"지팡이 사용하는 법을 배우려고요."

"지금?"

"당연하죠, 독일로 가져갈 거니까."

"뭐라고?"

샤일이 펄쩍 뛰었다.

"절대 그래서는 안 돼! 키르타슈가 바라는 대로 움직여줘선 안 돼."

빅토리아가 고개를 들고 결심한 듯 샤일을 쳐다보았다.

"알아요, 하지만 그렇게라도 하지 않으면 못 견딜 것 같아요. 난 그저 저항군에 짐만 될 뿐이잖아요. 나만 두고 갈 순 없어요, 샤일. 이번에는 안 돼요."

샤일이 시선을 피했다. 빅토리아와 함께 구출 계획을 세우기는 했어도, 그녀에게 림바드에 남아 있으라고 할 생각이었던 것이다.

"너무 위험해. 넌 이곳에서 우리를 기다리면서 루나리스를 찾을 단서를 알아봐."

"알았어요."

그녀는 마음의 상처를 받고 중얼거렸다. 그러고는 경계의 집으로 돌아가려고 돌아섰다.

그 순간 샤일은 빅토리아의 모든 것을 이해했다. 그리고 그녀가 혼자라는 사실을 처음으로 가슴 깊이 느꼈다.

"기다려!"

샤일이 빅토리아의 팔을 잡으며 불러 세웠다.

"제대로 이해를 못 하는구나. 그건 다른 어떤 일보다 중요한 일이야."

"알아요, 이미 알고 있다고요."

빅토리아가 지겹다는 듯 말했다.

"키르타슈가 이 지팡이를 원하고, 우리는 무슨 수를 써서라도 막아야 하고……"

"아니야."

샤일은 말을 자르며 아주 진지하게 빅토리아를 바라보았다.

"키르타슈는 지팡이만 원하는 게 아니야. 너도 원하고 있어. 그러니 무슨 일이 있어도 그가 널 데려가지 못하게 막을 거야. 내 말 알아듣겠니?"

빅토리아는 방금 들은 말을 믿을 수 없어 샤일을 쳐다보았다. 샤일이 빅토리아를 끌어당겨 꼭 안았다.

"내가 널 처음 림바드로 데려왔을 때 한 말 기억해?"

"네."

빅토리아가 나지막이 대답했다.

"날 돌봐줄 거라고 했잖아요."

"언제까지나."

샤일이 약속했다.

"그러니까 널 위험에 빠뜨릴 수 없어. 내 말 이해하지? 키르타슈가 알산과 널 바꾸자고 했을 때 네가 그러자고 했잖아. 그때 내가 얼마나 놀랐는지 알아? 온몸에 소름이 돋았다고. 다시는 그런 일이 없었으면 좋겠다. 그런 일이 생긴다면 나 자신을 용서하지 않을 거야."

빅토리아는 몸을 떼고 샤일의 눈을 바라보았다. 샤일은 생각했다. 빅토리아가 어느새 훌쩍 커버렸다고.

"무슨 말인지 알아요. 하지만 싫어요. 이번에는 집에 남아 있지 않을 거야. 샤일과 알산이 떠날 때마다 다시는 돌아오지 않을까 봐 얼마나 무서웠는지 몰라요. 이미 알산을 잃었잖아요. 잭과 샤일마저 잃고 싶지 않아요. 단 한 번이라도 무슨 일이든 할 기회를 줘요. 내가 믿고 있는 것과 내게 소중한 사람들을 위해 싸울 기회를. 지팡이를 가져가는 일이 위험하다는 건 알지만 이건 강력한 무기고 우리는 이걸 이용해야 해요. 살아 있는 알산을 구하고 싶다면 더더욱 그렇고."

샤일은 잠시 말없이 생각하더니 고개를 끄덕였다.

"그래, 알았어. 잭이 새 검을 갖고 어떻게 하고 있는지 보고 올게. 금방 떠날 거야."

샤일이 자리를 뜨려고 돌아섰다.

"샤일."

"왜?"

"시도해봤었어요."

빅토리아가 나지막이 말했다.

샤일은 대답하지 않았다. 그저 빅토리아를 바라보며 다음 말을 기다릴 뿐이었다.

"지팡이로 루나리스를 찾아봤어요. 지팡이의 마법으로는 루나리스를 찾을 수 없었어요. 루나리스는 이곳에 없는 것 같아요."

샤일이 심각한 표정으로 고개를 끄덕였다.

"미안해요."

빅토리아는 고개를 숙였다.

"난 이런 일에 능숙하지 못해요."

샤일이 빅토리아의 어깨를 잡았다.

"내 말 들어봐, 빅토리아. 넌 최선을 다하고 있어. 자책하지 마. 난 네가 굉장히 자랑스러워."

빅토리아가 샤일을 쳐다보자 그가 미소를 지었다.

"그리고 우리는 루나리스를 찾을 거야, 두고 보라고. 그리고 알산도 구해낼 거고. 이 점을 명심해."

"그거 알아요?"

빅토리아가 나지막이 말했다.

"우리 집 시간으로는 벌써 자정이 지났어요. 그럼 오늘이 무슨 날인지 알아요?"

샤일이 고개를 가로저었다.

"아니, 모르겠는데. 여기 림바드에서는 날짜를 헤아리기가 힘들잖아."

빅토리아가 웃더니 다정하게 말했다.

"오늘이 내 생일이에요. 이제 난 열세 살이 된 거라고요."

빅토리아를 바라보는 샤일의 가슴속에 따스한 무언가가 느껴졌다. 그는 그녀의 머리를 쓰다듬었다.

"우리 꼬마 빅토리아가 어른이 다 되었구나. 생일을 잊어버려서 미안해. 하지만 일이 다 끝나면 그때 축하하자. 약속할게. 알았지?"

"날 어린애로 취급 말아요. 지금 우리가 해야 할 일에 비하면 내 생일 따윈 중요하지 않다는 걸 아주 잘 알고 있으니까…… 그냥 누군가에게 말하고 싶었어요."

조금 부끄러운 듯 그녀는 어색한 미소를 지었다. 샤일은 잠깐 그녀를 바라보다가 자신의 목에 걸린 부적들 가운데 하나를 풀었다.

"이게 뭔지 알겠니?"

은처럼 보이는 가는 사슬이 별빛 아래서 부드러운 흰빛으로 반짝였다. 그리고 사슬에는 신비로운 빛을 내는 눈물 모양의 크리스털이 매달려 있었다.

"아름다워요."

크리스털의 아름다움에 반한 빅토리아가 중얼거렸다.

"유니콘의 눈물이라고도 하지. 이 부적은 순수하고 아주 특별한 크리스털로 만들었어. 장인(匠人)들의 도시 라헬드 북부에 있는 폐허가 된 작은 마을에서만 만들지. 마법사들 사이에서 대단히 인기가 좋아. 마법과 상상력, 그리고 직관을 향상시켜준다고 해. 이건 내가 마법 종단에 들어갔을 때 우리 형이 선물로 준 거야. 이제 네가 지녔으면 좋겠어."

빅토리아는 놀라 아무 말도 못하고 샤일을 쳐다보았다.

"샤일, 난 받을 수 없어요!"

"어서 받아. 내가 주는 생일 선물이야. 지팡이의 소녀에게, 예쁜 눈을 가진 소녀에게, 더이상 우는 모습을 보고 싶지 않아서 주는 선물이야."

빅토리아는 부적을 쥐려고 손을 들다가 참지 못하고 샤일의 목에 와락 매달렸다. 젊은 마법사도 미소를 지으며 빅토리아를 포옹했다.

"생일 축하해. 넌 분명 앞으로 큰일을 할 거야. 하지만 아직은 막 피어나기 시작하는 작은 꽃일 뿐이야. 네가 얼마나 값진 사람인지 보여줄 준비를 마치면 넌 세상을 놀라게 할 거야. 분명히 그럴 거야. 난 그런 네 모습을 보고 싶어."

"고마워요, 고마워요, 고마워요!"

빅토리아가 감동하여 말했다.

"이제까지 받은 선물 중 최고예요. 실망시키지 않겠다고 약속할게요."

샤일은 포옹을 풀고는 목걸이를 빅토리아의 목에 걸어주었다. 빅토리아는 다시 한번 목걸이를 바라보고는 미소를 지었다. 기분이 훨씬 좋아졌고, 스스로에 대한 자신감이 생겼다.

"이제 잭이 새 검을 갖고 어떻게 하고 있는지 보러 갈게. 곧 출발할 거야."

빅토리아는 활짝 웃으며 고개를 끄덕였다. 그러나 빅토리아는 마법사의 걱정을 눈치채지 못했다.

'자기들 일이 아닐지도 모르는 싸움에 이 두 사람을 끌어들이는 게 잘하는 일일까?'

그는 빅토리아를 바라보며 지팡이가 그녀의 손에 들어가던 순간을, 그리고 잭이 도미바트를 잡던 순간을 떠올렸다. 의혹 하나가 머릿속에서 스쳐갔다. 그들에게 이 이야기를 꺼내야 할지 의문이 들었다.

'알산이 이곳에 있다면 얼마나 좋을까.'

샤일이 침묵 속에서 간절히 소망했다.

'그 친구라면 어떻게 해야 할지 알 텐데.'

알산이 울부짖었다. 몸이 다시 경련을 일으켰다. 그는 미친듯이 고개를 흔들며 인간의 모습으로 돌아가려고 애를 썼다.

옆에서 엘리온이 당황해하며 중얼거렸다.

"이럴 수가, 이해가 안 돼."

세 사람은 도서관에 모였다. 잭은 허리에 도미바트를 차고, 빅토리아는 아이셸의 지팡이를 쥐고 있었다. 두 사람은 겁이 났지만 결의에 찬 모습을 보이려고 애쓰고 있었다. 샤일은 그들을 다정하게 바라보며 자신의 행동이 옳은 것인지 수도 없이 자문했다. 자살과 다름없는 임무에 나서기 전에 이 두 사람에게 얘기해야 했다. 그들도 알 권리가 있었다.

샤일이 진지하게 이야기를 꺼냈다.

"너희가 알아야만 할 일이 있어. 그 검과…… 지팡이에 대한 거야."

"뭐예요?"

잭이 물었다.

"우리는 이것들을 '전설의 무기'라고 불러왔어. 그렇게 부르는 게 당연하지, 진정한 영웅들만이 잡을 수 있도록 만들어진 거니까. 위대한 업을 이룰 운명을 지닌 이들만 이 무기들을 지닐 권리가 있는 거야."

잭과 빅토리아가 의아해하며 시선을 주고받았다.

"아직 너희는 너무 어려. 이둔과 관련이 있는지도 확실하지 않고. 그래서 사실 너희를 데려가서는 안 되는 거야. 하지만 역사와 전설은, 중요한 순간이 오면 영웅이 되도록 운명 지어진 누군가가 나타날 거라고 이야기했어. 어쩌면 본인은 원하지도 않았고, 그런 책임 같은 것을 자신의 어깨에 짊어진다는 꿈조차 꾼 적이 없으며, 또 어쩌면 단순히 예기치 않은 때에 예기치 않은 장소에 있었던 것뿐일 수도 있어. 하지만 그런 일들은 일어나지. 아이셸에게 그런 일이 있었고, 내게도 일어났지. 내가 순전히 우연으로 루나리스를 발견했을 때 말이야. 알산은 영웅이 되기 위한 교육을 받았을지도 모르지만 난 아니야. 그래서 내가 지금 옳은 일을 하고 있는지 확신이 서질 않아. 그래서 왜 너희와 함께 가기로 결정했는지 그 이유를 말하려고 해."

샤일은 잠시 말을 멈추고 빅토리아와 잭을 차례차례 똑바로 보았다.

"예전에 알산과 내가 용과 유니콘을 다시 구해야 한다고 말했지. 그런데 어쩌면 그게 아닐지도 몰라. 아마 우리의 시간은 이미 지났고, 우리가 카슬룬 탑으로 그들을 데려갔을 때 이미 우리의 임무는 끝난 것일 수도 있어. 어쩌면 우리는 그 일까지만 맡은 것이고, 너희야말로 저항군의 미래일지도 모른다는 거야. 전설의 무기들은 진정한 영웅을 알아보거든. 아마 너희 두 사람이 용과 유니콘을 찾아내고 마지막 전투에서 이둔을 구해내기 위해 싸울 운명을 지닌 것일지도 모르지. 너무 큰 책임이라는 걸 알아. 그래서 이런 일이 벌어졌을 때 나도 너희 곁에 있을 수 있으면 좋겠어. 하지만, 만일 그러지 못한다면……"

샤일은 계속 말을 이을 수 없었다. 잭과 빅토리아는 겁을 먹은 듯했다. '당연한 일이야.' 마법사는 생각했다. '하지만 이애들도 알아야만 해. 제발 내가 착각한 거라면 좋겠지만 이런 일이 우연히 일어나지는 않아.'

"나는 준비됐어요."

잠깐의 침묵이 흐른 후 잭이 입을 열었다.

"하지만 혼자 싸우고 싶은 생각은 없어요. 내가 싸워야 한다면 알산과 샤일이 내 옆에 있을 거예요."

잭은 분명하고 단호했다. 샤일은 마음속으로 그 용기에 박수를 보냈다.

'브라보, 잭. 브라보, 알산. 네가 겁쟁이 어린아이를 이둔의 미래를 책임질 영웅으로 바꾸어놓은 거야.'

그는 앞으로 이 일이 어떻게 되어갈지 궁금했다. 차라리 키르타슈가 그날 밤 잭을 죽이는 게 잭에게는 더 낫지 않았을까 하는 생각이 들기도 했다. 그러나 자신이 옳고 이것이 잭의 운명이라면, 그는 이제 잭과 빅토리아의 인생을 영원히 바꿔놓을 막중한 책임을 짊어지게 되는 것이었다.

샤일은 이제 그 생각은 그만 하기로 했다. 그는 림바드의 영혼을 불렀다.

"그럼, 떠나자. 알마! 우리를 키르타슈가 있는 성 근처로 데려가줘."

알마가 그들을 가슴에 품기 바로 직전, 빅토리아는 샤일의 손을 찾았지만 그녀가 잡은 것은 잭의 손이었다. 잭은 빅토리아에게 기운을 불어넣어주려고 그 손을 꼭 잡았다.

세 사람은 어쩌면 마지막이 될 수도 있을 임무를 완수하기 위해 출발했다.

숲속의 성

"그만 해."

낭랑하고, 차갑고, 단호한 목소리였다.

"이미 충분히 즐겼잖아."

알산의 내면에서 늑대 영혼의 기운이 조금씩 잦아들더니 결국 인간 영혼과 맞서 싸우기를 멈췄다.

엘리온의 목소리가 들렸다.

"이유가 뭐지? 거의 다 되어갔는데……"

"꿈 깨라고, 엘리온."

키르타슈의 목소리였다.

"아무리 흉내내려고 해도 당신은 아슈란 님의 발끝에도 못 미쳐. 게다가 주문이 뜻대로 된 적도 없고."

키르타슈는 알산에게 다가와 생각에 잠긴 얼굴로 내려다보았다. 알산은 귀를 낮추고 송곳니를 드러내 보이며 으르렁거렸지

만, 키르타슈는 미동도 하지 않은 채 중얼거렸다.

"더 나쁜 상황일 수도 있었어. 훨씬 더 나쁠 수도 있었다고."

알산은 고통의 한가운데서 몸부림쳤다. 그런데 그때, 키르타슈의 차갑고 푸른 눈에 언뜻 비치는 동정심을 본 것도 같았다.

"나머지 포로들과 같이 가둬. 철저히 감시하라고 일러두고."

그러고는 잠시 말을 멈췄다 덧붙였다.

"저항군이 방금 도착했어."

잭이 주변을 둘러보았다. 어지러웠다. 순간 이동에 적응하는 건 여전히 쉽지 않았다.

세 사람은 달빛 아래 작은 숲속에 있었다. 둥근 나무 꼭대기 위로 오래된 요새의 망루들이 보였다. 먼 옛날에는 주민을 지키는 데 사용된 요새였지만, 지금은 키르타슈가 자신의 정예군을 숨겨 둔 장소였다.

샤일이 두 사람에게 주의를 줬다.

"이곳에 오려고 알마의 힘을 빌리기는 했지만 내 마법도 일부 사용했어. 키르타슈도 우리가 도착한 걸 이미 알아챘을 거야. 그러니 서둘러야 해. 지팡이를 빼앗으려고 그가 곧 나타날 테니까."

잭은 정신을 집중하려고 애썼다. 샤일은 조심스럽고도 낮은 목소리로 말하고 있었는데, 그의 목소리 말고도 다른 소리가 들리는 듯했다.

"쉿, 이 소리가 들려요?"

세 사람이 귀를 기울였다. 그러자 소리가 좀더 분명하게 들려왔다.

쉭— 쉭—

잭이 사방을 둘러보았다. 안개 속에 어떤 그림자가 보였다. 이상하리만치 납작한 머리를 한 인간의 그림자였다.

그리고 불쑥, 잭 앞에 무시무시한 얼굴이 나타났다. 뱀의 머리, 송곳니 그리고 둘로 갈라진 혀……

알산은 습기 찬 감방에 갇혀 있었다. 문이 열리자, 그는 본능적으로 벌떡 일어나 으르렁거리며 문을 향해 돌진했다. 그러나 문은 바로 코앞에서 쾅 소리를 내며 닫히고 말았다.

알산이 문을 긁으며 울부짖었지만 소용없었다.

그때 감옥 안쪽에서 무슨 소리가 들려왔다. 알산은 고개를 들어 공기중에 떠도는 냄새를 맡고는 당황했다. 이제껏 맡아보지 못한 새로운 냄새였다.

"누구야?"

알산이 으르렁거렸다.

또다른 으르렁거림이 어둠 속에서 응답하더니, 어둠 속에서 그림자 하나가 불쑥 나왔다. 그림자와 알산은 서로를 주의 깊게 뜯어보았다.

여자다.

아니, 여자였다고 하는 편이 옳았다. 고양이 눈에 털이 뒤덮인

둥그런 귀, 여기저기 검은 줄무늬가 들어간 오렌지색의 부드러운 털이 듬성듬성 나 있었다. 그녀는 손으로 바닥을 가볍게 짚으며 걸어왔다. 알산은 여자의 손가락 끝에 생겨난 발톱과, 뒤에서 흔들고 있는 기다란 꼬리 같은 것을 보았다. 호랑이 여자는 알산에게 잔인한 미소를 보내며 말했다.

"우리 일족이 된 걸 환영해."

잭은 번개처럼 검을 빼들고는 비늘 덮인 살덩이를 갈랐다. 도미바트의 날에 몸이 타자 놈은 쉭쉭, 성난 소리를 냈다. 하지만 잭은 정신을 한곳에만 집중시켰다. 더 많은 놈들이 오고 있었다. 샤일이 말했던 그놈들이었다! 시슈, 뱀 인간, 아슈란의 시종들과 셰크들. 잭은 크게 한 번 심호흡을 했다.

곁눈질로 보니 빅토리아가 지팡이를 높이 쳐들고 있었다. 끝에 달린 수정 구슬은 한순간에 에너지를 가득 채운 듯, 어둠 속의 가로등처럼 환히 빛나고 있었다. 그리고 마침내 주인의 움직임에 따라 지팡이가 온 에너지를 모아 광선을 내뿜자, 뱀 인간은 즉시 숯덩이로 변했다.

잭은 알산에게 배운 모든 것을 떠올리려고 노력했다. 그를 생각하자 힘이 솟았다. 그는 도미바트를 높이 쳐들었다. 생각보다 힘들었다. 이번 놈은 노련하고 잽쌌다. 잭은 분노나 두려움에 사로잡혀 검을 제대로 다룰 수 없게 될까 주의를 기울였다. 마침내 잭이 상대의 몸에 강철 검을 푹 찔러넣었고, 놈이 앞으로 고꾸라졌다. 기분이 묘했다.

바로 그 순간, 샤일이 주문을 걸었다. 그러자 몇몇 시슈들이 얼음 조각상으로 변했다. 잭은 검을 빼들어 혹시라도 다시 살아날지 모를 조각상들을 산산이 부숴버렸다.

빅토리아는 다시 정신을 모았다. 또다시 수정 구슬은 공기중의 에너지를 빨아들여 지팡이 안에 모았다. 빅토리아가 재빠른 동작으로 지팡이를 들자, 수정 구슬에서 마법이 빛을 뿜어내며 원형을 이루어 풀려나왔다. 잭과 샤일은 제때에 몸을 숙였지만 시슈 여러 놈은 숯덩이가 되었다.

잭이 감탄하여 빅토리아를 보았다. 샤일이 자신을 툭 치는 바람에 다시 정신을 차렸다. 다행히 더 남아 있는 놈들이 없었다. 샤일이 중얼거렸다.

"이놈들은 보초에 지나지 않아. 지금쯤이면 다른 놈들이 우리가 이곳에 있다는 걸 알아챘을 거야."

잭은 아무 말도 하지 않았다. 모든 일이 순식간에 일어났고, 자신의 생명과 친구들의 생명을 걸고 싸우고 있다는 게 실감이 나질 않았다.

"가자."

빅토리아가 잭의 팔을 잡았다.

"알산을 구해야 해."

알산은 방 한쪽 끝에, 호랑이 여자에게서 멀찍이 떨어져 앉아

생각에 잠겨 있었다. 앞발로 엘리온을 내려치고 싶었다. 놈을 한 입에 먹어치워 몸속에서 자신을 갉아먹는 이 끔찍한 고통을 조금이라도 갚아줄 수만 있다면. 어두컴컴한 구석에 웅크린 채, 알산은 으르렁거리기도 하고 또 간간이 신음 소리를 내기도 했다. 그의 몸은 계속 늑대와 사람의 모습을 오가며 경련을 일으켰다. 그때마다 알산은 고통에 못 이겨 울부짖었다. 호랑이 여자가 알산에게 장담했다.

"언젠가는 끝날 거야. 그때가 되면 넌 이것도 저것도 아닌 게 되는 거지. 나처럼 하이브리드가 되는 거야."

알산은 그녀의 말에 좌절했다. 친구들 생각을 하자 그의 인간적인 면이 되살아났고, 늑대 영혼에 맞서는 끔찍하고 고통스런 싸움이 다시 시작되었다. 그때서야 비로소 호랑이 여자가 왜 이런 모습을 하고 있는지 이해할 수 있었다.

호랑이 여자는 계속되는 고통에 지쳐 타협을 한 것이었다.

"잭, 준비됐니?"

잭이 고개를 끄덕였다. 샤일이 다가와 머리 위로 손을 올렸다.

"시슈를 생각하고 머릿속에 이미지를 그려봐."

지금 상황에서 어려운 일은 아니었다. 샤일은 잭의 머리 위로 원을 그리며 마법의 주문을 걸었다. 잭은 마법이 샤일의 손에서 자신의 머리로, 그다음에는 온몸으로 퍼져 내려가는 걸 느꼈다.

그런데 문득 고개를 숙여 손을 보니, 온통 비늘투성이에 손가락도 세 개밖에 남아 있지 않았다. 잭은 놀라 비명을 지르려 했지만, 휘파람 소리 같은 것만 흘러나왔다.

"거울은 보지 않는 게 좋겠다, 잭. 별 도움이 안 될 테니까."

빅토리아가 한마디 했다.

잭은 빅토리아에게 한쪽 눈으로 윙크를 했다. 그랬다! 최소한 윙크는 할 수 있었다.

잭은 도미바트를 찼다. 지금 보니 그저 평범한 강철로만 보였다. 그는 친구들에게 작별의 손짓을 하고는 돌아섰다.

"기다려, 잭."

빅토리아가 그의 팔을 잡았다. 잭이 돌아서자 빅토리아가 몸서리쳤다. 빅토리아는 침을 삼키고는 뺨으로 짐작되는 곳에 입맞춤을 했다.

"조심해야 해. 꼭 무사히 돌아와야 해."

"살아올게, 알산과 함께."

잭이 쉭쉭거리며 빅토리아의 눈을 들여다보았다.

"너도 꼭 조심하고."

빅토리아가 고개를 끄덕였다. 잭은 숲으로 사라졌다.

그 모습을 지켜보던 샤일이 말했다.

"좋아. 준비됐지?"

"물론이야."

"명심해, 네가 지팡이를 가지고 있고, 그걸 사용할 줄 안다는 걸. 곧 키르타슈가 널 찾아올 거야. 우리는 가능한 한 모든 수를 써서 저항해야 해. 내 말 알겠지? 우리가 키르타슈를 이곳에 잡

아두는 동안, 잭이 성으로 들어가 알산을 구해 와야 해."

"놈들이 이곳에 있어."

엘리온이 말했다.

"알아. 우리 순찰대 한 팀을 잃었어. 당신은 알산을 잘 감시하고 있어. 놈들은 그를 찾아온 것이니까."

키르타슈가 말했다.

"당연한 말을 하고 그래?"

엘리온은 어림없다는 듯 웃었다.

"녀석들은 바로 코앞에서 알산과 마주쳐도 알아보지 못할걸."

"여전히 상대를 과소평가하고 있군."

"넌 뭘 할 건데?"

"상대가 바라는 대로 해야지."

키르타슈의 목소리는 부드러웠다.

"빅토리아와 지팡이를 찾으러 가는 거지."

"이곳까지 지팡이와 여자애를 데려올 정도로 바보들일 줄은 몰랐는데……"

"당연히 그래야지. 그게 모두가 살아서 이곳을 나갈 유일한 방법이거든."

엘리온은 아무 대답 없이 작은 수조 위로 몸을 숙였다. 수조의 수면에 성 밖의 상황이 비쳐 보였다.

"드디어 놈들을 다시 보는군!"

엘리온은 대단히 만족스러워했다.

"마법사와 여자아이라…… 두 사람이 뒷문으로 들어오려고 애쓰고 있어."

"그래?"

키르타슈가 미소를 지었다.

"그렇다면 다른 놈은 앞문으로 들어오겠군. 그놈은 어디 있지?"

"그게……"

엘리온은 말문이 막혔다.

그러나 키르타슈는 바로 그런 반응을 예상했다는 듯 고개를 끄덕이며 말했다.

"난 잭이 들어오는 것을 차단하지. 일단 그놈을 처리하고 지팡이를 찾으러 갈 테니 당신은 여기 남아서 알산을 단단히 지키고 있으라고."

마법사는 대답 대신 두 주먹을 꽉 쥐었다. 키르타슈의 말에 복종하기는 죽기보다 싫었지만, 감히 그에게 대놓고 맞설 수는 없었다. 결코 그를 이길 수 없을 테니까.

잭은 시슈 흉내를 내며 앞문으로 다가갔다. 그때 시슈 둘이 다시 성으로 돌아왔고, 그는 이 기회를 이용해 성 안으로 들어가기로 했다.

시슈 한 놈이 돌아서더니 화가 나 쉭쉭거리며 그에게 뭐라고 말을 걸었다. 잭은 처음엔 겁이 났지만, 곧 자신이 시슈의 말을

완벽하게 알아듣는다는 걸 깨달았다.

시슈는 잭에게 어디 가는지 물었다.

잭은 어떻게 대답해야 할지 몰라 잠깐 머뭇거렸지만, 바로 좋은 생각이 떠올랐다.

"지원군을 요청하러 갑니다."

그도 쉭쉭거림과 휘파람이 뒤섞인 시슈 언어로 대답했다.

"숲속에 침입자 두 명이 나타났거든요."

"진짜야?"

시슈들이 시선을 교환했다.

"아무도 보고하지 않았는데."

그런데 바로 그 순간, 시슈 보초병이 도착했다.

"변절자들이 침입했습니다."

놈이 쉭쉭거렸다.

"뒤쪽 입구를 공격하고 있습니다."

상관처럼 보이는 시슈가 잭을 흘끗 보더니 지시를 내렸다.

"좋아. 얼른 달려가 소세트 님께 보고해라."

잭은 고개를 끄덕이고 요새로 들어갔다. 소세트라는 놈이 누군지 전혀 알 길도 없었고, 당연히 알아볼 생각도 없었다. 그런데 갑자기 머릿속에 얼어붙을 듯 차가운 한기가 느껴졌다. 잭은 벽에 바짝 붙어 기둥 그늘로 들어가 몸을 떨었다.

"무슨 일이야?"

시슈 언어로 말하는 키르타슈의 목소리가 들렸다.

"변절자들입니다. 그래서 지금 저희는 이동……"

"아니. 너희는 가지 마라. 이곳에 남아 문을 감시해. 알았나?"

잭은 벽에 몸을 바싹 붙이고 미끄러지듯 천천히 움직였다. 키르타슈는 그의 등 뒤로 꽤 멀리 있었지만, 잭을 본다면 금세 알아볼 것이었다.

천천히, 아주 천천히 잭은 그곳을 떠났다.

키르타슈는 휙 하고 뒤를 돌아보았다. 뭔가 있었는데……

그는 고개를 갸웃거리며 이상한 느낌의 정체를 파악하려고 애썼다. 키르타슈는 직접 중앙 문을 지킬 생각이었지만, 어떤 직감이 잭이 이미 성 안에 들어갔다고 말하고 있었다. 키르타슈는 자신의 한계를 잘 알고 있었고, 잭의 출현을 감지할 수 없다는 것도 알고 있었다. 아니, 그런데 만약 그럴 수 있다면?

그의 직감은 실수한 적이 한 번도 없었다.

"아사세르!"

키르타슈의 부름에 한 시슈가 서둘러 달려왔다.

"너희는 여기 있고, 다른 병사들을 불러라. 그들이 오면 이 문을 지키게 해."

시슈는 고개를 갸웃거리다 영리한 눈빛을 반짝였다.

"마법사와 여자아이는…… 놈들이 유인작전을 펼치려나보군요?"

"그런 것 같다. 아무도 믿지 마라. 누구도 들여보내서는 안 돼. 알아들었나?"

아사세르가 머뭇머뭇했다.

"키르타슈 님……"

키르타슈가 돌아섰다.

"……도착하시기 직전에 들어간 자가 있습니다. 숲에 변절자들이 나타났다는 소식을 소세트 님에게 보고하러 시슈 하나가 들어갔습니다."

키르타슈는 눈을 가늘게 뜰 뿐 아무 말도 하지 않았다. 아사세르와 동료는 서로 눈빛을 주고받았다.

"좀 이상한 자였습니다. 몸에서 열이 나는 것 같았거든요."

키르타슈는 아무 말도 하지 않았다. 그리고 그림자처럼 조용히 침입자를 사냥하러 성으로 다시 들어갔다.

빅토리아는 머리 위로 지팡이를 치켜올렸다. 샤일이 새로운 주문을 던지자 시슈 몇 놈이 겁을 먹고 뒷걸음질을 쳤다. 빅토리아는 슬쩍 곁눈질로 샤일을 보았다. 지쳐 보였다. 잭이 어서 알산을 찾아내 성에서 빠져나왔으면 하는 마음이 간절했다.

샤일과 빅토리아는 숲에서 잘 버티고 있었다. 울창한 나무들 때문에 시슈들은 한꺼번에 공격해오지 못했다. 그들은 몇 놈씩 무리를 지어 샤일과 빅토리아가 있는 곳까지 왔다. 두 사람은 신경을 곤두세우고 키르타슈가 나타나기를 기다리며 어둠 속을 샅샅이 살폈다. 하지만 키르타슈는 여전히 나타나지 않고 있었다.

샤일이 낮은 목소리로 투덜거렸다.

"놈은 뭘 하고 있는 거야? 왜 지팡이를 찾으러 오지 않는 거지?"

"그가 알아챈 걸까?"

"잭이 무사하려면, 그렇지 않기를 바라야지."

빅토리아는 아무 말도 하지 않았다. 하지만 키르타슈의 푸른 눈, 그 어떤 것도 놓치지 않는 그 눈빛이 떠올랐다. 그리고 깨달았다. 키르타슈가 아직도 이곳에 나타나지 않는 건, 그건 잭이 성으로 들어가려는 것을 알고 있기 때문이라는 걸.

'그에겐 나를 찾으러 오는 일이 우선이 아닌 거야. 우리가 끝까지 잭을 기다릴 거라는 걸 알 테니까.'

그녀는 자신의 생각이 틀리기를 바라며 다시 방어 자세를 취하고는, 달려오는 시슈 무리를 저지하기 위해 샤일 옆으로 갔다.

잭은 성 안의 복도를 헤매다니다 별다른 질문 없이 인사만 건네는 전사 몇 명과 부딪쳤다. 인간과 시슈들이었다. 그들은 수상하다는 듯 잭을 보았다. 잭은 변장이 뭔가 잘못된 건 아닌지 잠시 긴장했다.

잠시 후 그는 푸른 불꽃의 횃불이 불타고 있는 커다란 홀에 이르렀다. 한쪽에 사슬이 매달린 벽이 있었는데, 마치 고문 도구처럼 보였다. 그 기구 옆으로 죽은 늑대의 시체가 들어 있는 우리가 있었다.

"여기서 뭘 하는 거야?"

잭은 화들짝 놀랐다. 엘리온의 목소리가 아주 가까이서 들려왔

다. 잭은 혹시라도 그늘 속에 몸을 감출까 싶어 뒤로 한걸음 물러섰지만, 상대는 잭을 별로 의심하는 것 같지 않았다. 엘리온은 코브라 모양의 독서대에 놓인 커다란 책을 살펴보고 있었다.

잭은 더듬거리며 대답했다.

"저는…… 소세트 님을 찾고 있습니다."

때맞춰 시슈 대장의 이름을 기억해냈다.

"도대체 무슨 생각으로 소세트를 이곳에서 찾는 거야?"

엘리온은 기분이 좋지 않은지 투덜거렸다.

"지하실에 가서 포로들이나 제대로 감시해!"

잭은 조금도 지체하지 않고 재빨리 홀에서 나왔다. 문을 넘어서기 전, 그는 엘리온을 보기 위해 다시 한번 뒤를 돌아보았다.

엄마아빠를 죽인 암살자……

분노가 끓어올랐으나 꾹 참았다. 부모님이 돌아가신 후 엘리온을 본 것이 처음은 아니었지만, 지난번에는 키르타슈와 함께였다. 이유는 알 수 없었지만 엘리온보다는 키르타슈에게 더 큰 증오를 느꼈다. 그는 성에 들어온 목적을 떠올렸다. 알산을 구해야 한다!

깊이 숨을 들이마시며 그는 굳게 다짐했다.

'기다려라, 엘리온. 곧 대가를 치르게 해줄 테니.'

잭은 다시 돌아보지 않고 방에서 나왔다.

엘리온이 한숨을 쉬고 고개를 갸웃했다. 방해받은 것이 계속 신경쓰였다. 일반적으로 시슈는 인간보다 더 영리하다. 그런데 방금 그놈은 그렇지 않았다.

그제야 엘리온은 상황을 파악하고는 고개를 들었다. 그러고는 분노의 고함을 지르며 책을 덮고 잭을 쫓아나갔다.

빅토리아가 검을 막으려고 지팡이를 기울였다. 지팡이는 부드러운 광채를 발하며 안에 든 에너지의 일부를 풀어놓았고, 그러자 시슈의 검이 산산조각났다. 빅토리아가 시슈의 몸에 지팡이를 대자 시슈가 날카로운 쇳소리를 내지르고는 불길에 휩싸였다.

빅토리아는 숨이 가빠 조금 물러섰다. 악몽 같았다. 그녀는 비록 자신처럼 인간의 모습을 하고 있지는 않지만 지능이 있는 생명을 죽이고 있었다. 그랬다. 그들도 이성을 가지고 있다. 그녀의 목숨이 위험에 처한 건 아니지만, 키르타슈가 지팡이 때문에 그녀를 필요로 하고 있고, 시슈들이 샤일과 잭을 죽이는 데 한 치의 망설임도 없을 거라는 사실을 변론 삼을 수밖에 없었다.

잭…… 왜 이렇게 시간이 걸리는 거야?

"키르타슈가 아직도 안 왔어요, 샤일. 잭을 발견한 걸까요?"

샤일은 고개를 흔들었지만 자신의 속마음을 말하지는 않았다. 지금 같은 상황이라면 키르타슈가 이곳에 나타나지 않기를 바랄 뿐이었다.

만일 그가 나타난다면, 그건 오직 한 가지 의미였다. 이미 잭이 죽었다는 것. 지팡이를 되찾으러 올 암살자를 막을 수 있는 사람은 잭뿐이었다.

새로운 시슈 순찰대가 두 사람을 향해 달려들었다. 샤일은 지

쳐 숨을 헐떡였다. 빅토리아는 샤일이 더 오래 버티지 못할 거라는 걸 알고는 급히 말했다.

"내게 맡겨요. 아직 지팡이에 에너지가 남았어요."

다시 아이셀의 지팡이를 휘두르자 시슈들을 향해 마법 광선이 나갔다. 그런데 광선이 보이지 않는 벽에 부딪히더니 그대로 사라져버렸다. 적들 가까이에 에너지의 흐름을 저지하는 뭔가가 있었다.

"무슨 일이죠?"

"마법이야."

샤일은 짧게 대답하고 조금 뒤로 물러섰다.

빅토리아의 머릿속에 무언가가 스쳐 지나갔다.

"엘리온?"

샤일이 고개를 가로저었다.

"엘리온은 키르타슈에게 매우 중요한 마법사야. 그러니 아마 별 볼일 없는 마법사를 보냈을 거야. 이자들은 모두 단순한 총알받이인 셈이지. 우리에게 지팡이가 있으니 엘리온이 맞서 싸울 수도 없고…… 그런데 안 좋은 소식이 있어. 이제 내게 더 싸울 힘이 없다는 거야. 빅토리아, 너 혼자 싸워야 해."

빅토리아가 어둠 속을 노려보았지만 마법사는 보이지 않았다. 하지만 그리 멀지 않은 곳에 에너지가 잔뜩 모여 있는 게 강하게 느껴졌다. 거대한 마법 광선이 빅토리아와 샤일을 향해 쉴 새 없이 뿜어져나왔다.

잭은 아래로 이어지는 나선형 계단이 나오자 운을 시험해보기로 했다. 아래로 아래로 내려가자 습기 찬 복도에 도착했다. 신음소리, 으르렁거리는 소리, 사슬 끄는 소리가 뒤섞여 들려왔다. 복도 양쪽에서 타오르는 횃불 사이로 감옥 문들이 늘어서 있는 게 보였다. 그는 복도를 쭉 따라 나아가다 갑자기 발걸음을 멈췄다. 온몸이 오싹해지며 소름이 돋았다.

뒤를 돌아보자 키르타슈의 검이 자신을 겨누고 있었다.

불과 얼음

알산이 고개를 들고 얼굴을 찌푸렸다. 그는 킁킁거리며 냄새를 맡았다. 이 냄새는……

"뜻대로 되지 않을 거야, 친구."

호랑이 여자가 속삭였다.

"놈이 이미 그애를 발견했어."

알산은 쇠창살 밖을 내다보려고 으르렁거리며 일어섰다.

"꼬마야, 넌 반드시 해낼 거야."

알산이 중얼거렸다.

잭이 한쪽으로 몸을 피했다. 검이 팔을 스칠 뻔했고, 얼어붙을 듯한 차가운 기운이 피부에 전해졌다. 키르타슈가 잭 위로 다시 검을 높이 들어올렸으나, 잭은 재빨리 자신의 검을 빼어들고 키르타슈의 일격을 막아냈다. 위장 마법으로 시슈의 모습을 하고 있어서 그가 들고 있는 검이 상대적으로 평범하게 보였지만 그것은 도미바트, 전설의 검이었다. 유서 깊고 막강한 위력을 지닌 그 검은 키르타슈의 검과 맞부딪칠 때마다 두 검객을 뒤흔들었다.

짧은 순간, 키르타슈가 눈을 가늘게 떴다. 그것이 키르타슈가 보인 유일한 반응이었지만 잭은 그 순간을 놓치지 않고 그를 뒤로 밀쳐내고 똑바로 섰다.

두 사람이 서로를 노려보았다. 잭은 거리를 유지하면서 도미바트의 손잡이를 꼭 쥐었다. 통로를 비추는 어스름한 빛 속에서 하이아스 역시 차갑게 빛났다.

"다시 만났군."

잭이 말했다.

키르타슈는 대답하지 않았다. 아무 말도 필요 없었다. 대신 그는 민첩하게 오른쪽으로 움직이면서 왼쪽을 공격했다. 잭은 자신의 코앞까지 온 상대방의 칼날을 가까스로 막고 물러섰다. 놀라웠다. 키르타슈는 잭의 동선을 미리 파악하고 있기라도 하듯 굉장히 빠르고 가볍게 움직였다.

'하지만 이번에는 쉽게 무너지지 않아.'

잭이 생각했다. 그리고 앞으로 돌진하며 키르타슈를 향해 검을 겨눴다. 키르타슈는 재빨리 움직여 공격을 피하고 하이아스로 도미바트를 막았다. 다시 한번 공기가 진동하는 듯했다.

얼음인 하이아스, 불인 도미바트.

두 검을 소유한 자들의 정신을 잘 표현하는 검이었다. 잭은 감

지할 수 있었다. 오래전부터 이 전설적인 두 검에 새겨진 잊을 수 없는 싸움의 상처가 지금 두 사람을 통해 다시 드러나고 있음을.

키르타슈도 이를 감지한 듯했다. 잭을 향해 쉴 새 없이 재빠르고 치명적인 공격을 해오는 것이 그 증거였다. 그는 희미한 어둠 속에서도 전광석화와도 같이 빠른 연속 동작으로 움직였다. 하이아스의 날이 제대로 보이지 않을 정도였다. 잭은 무슨 일이 벌어지고 있는지 생각할 수도 없는 상태에서 있는 힘을 다해 공격을 막아냈다. 이번에도 도미바트가 그를 도와주고 있다는 느낌이 들었다. 분명 자신은 이렇게 빠르게 반응할 능력이 없었다. 잭은 알산과 대련하며 배운 정확성과 효율성으로 키르타슈의 모든 공격을 막아냈다. 하지만 다른 검을 잡았을 때는 이렇게까지 빨리 움직인 적이 한 번도 없었다. 필사적으로 공격을 가하던 중 마침내 두려워하던 일이 벌어졌다. 잭이 자제력을 잃고 도미바트가 지닌 힘의 일부를 풀어놓은 것이다.

불길이 일자 키르타슈가 뒤로 물러섰다. 다행이었다. 숨이 턱까지 닿은 잭은 잠깐이나마 숨을 고를 수 있었다. 하지만 이 기쁨도 얼마 가지 못했다. 이상하리만치 기운이 빠지고 공허한 기분이 든 것이다. 잭은 도미바트의 힘이 그의 손을 통해 빠져나갔음을 깨달았다. 키르타슈에게는 별 상관이 없겠지만, 불행히도 잭에게는 치명적이었다.

키르타슈도 이 사실을 알아차린 듯했다. 그의 눈이 승리감으로 반짝이더니, 그가 하이아스를 높이 들고 잭에게 달려들었다.

잭은 오직 하나의 선택밖에 없다는 걸 알았다.

그는 몸을 돌려 복도 아래로 힘껏 달리기 시작했다. 키르타슈가 쫓아오는 소리가 들렸다. 곧 그에게 잡힐 거라는 걸 온몸으로 알 수 있었다.

빅토리아가 지팡이를 휘둘렀다. 그러자 놀랍게도 지팡이에 달린 수정에서 불구슬이 튕겨나왔다. 빅토리아는 시슈들을 향해 돌아섰고, 이들이 미처 대응하기도 전에 불구슬 탄환이 놈들을 향해 불꽃을 내며 터졌다.

시슈들은 질겁하여 쉭쉭거리며 뒷걸음질쳤다. 하지만 샤일은 지친 나머지 제대로 대응하지 못하고 있었다.

"샤일!"

빅토리아가 걱정스럽게 속삭였다.

"저기 좀 봐요! 더 많아지고 있어!"

시슈 수십 마리가 그들을 에워싸며 천천히 전진해왔다. 빅토리아는 도망칠 길을 찾아 사방을 둘러보았다.

"이렇게 많은 놈들이 어디서 나오는 거죠?"

나무에 기대어 힘을 회복한 샤일은 다가오는 적들의 그림자를 뚫어지게 보았다.

"그렇게 많지는 않아. 마법사가 만들어낸 환영이야."

"실제가 아니라는 거예요?"

"몇은 진짜야. 하지만 전부는 아니지. 문제는 이들 중에서 진짜들을 구분해내야 한다는 거야."

"그럼 어떻게 해야 돼요?"

"여기서 나가자."

샤일이 몸을 일으키며 결정을 내렸다.

빅토리아는 입술을 깨물며 고개를 저었다. 지팡이를 들어올려 또다른 원형 파동을 쏘자 파동이 앞쪽에 서 있는 시슈들에게 가 닿았고, 진짜든 환영이든 시슈들은 모두 사라졌다.

"잭을 버려두진 않을 거예요."

계속 시슈들이 몰려오고 있었다. 줄어들 기미가 보이지 않았다.

"잭을 포기하자는 게 아니야."

그제야 빅토리아는 샤일의 말을 이해했다. 그녀는 샤일에게 다가가 그가 예전에 가르쳐준 순간 이동 주문을 외웠다. 지금까지 한 번도 제대로 성공한 적이 없었다. 하지만 이번에는 아이셀의 지팡이로 전달되는 마법이 불완전한 그녀의 마법을 보충해주고 있었다. 샤일이 그녀 옆에 있다는 것만으로도 큰 도움이 되었다. 그녀는 곧 이동할 장소를 떠올렸다.

잭은 모퉁이를 돌다 시슈 한 놈과 부딪쳤다. 그 충격으로 둘은 함께 바닥으로 굴렀다. 잭은 다시 일어나 계속 달렸다.

"이봐!"

놈이 항의하려 했지만 더 말을 할 수가 없었다.

키르타슈의 검이 놈의 몸을 관통한 것이었다.

키르타슈는 즉시 자신의 실수를 깨달았지만 이미 시슈는 죽었고, 잭은 아래쪽 통로로 도망친 후였다.

시슈의 몸에서 검을 빼내며 키르타슈는 의문에 빠졌다. 저 녀석은 나를 미칠 정도로 몰아붙이고 있다. 어떻게 이런 일이 가능하지? 어떻게 저 녀석 때문에 이런 멍청한 실수까지 저지르는 거지? 이미 여러 차례 내게서 도망쳤다는 사실 때문인가? 어떤 식으로든 내가 나타날 거라는 걸 알아채는 녀석의 이상한 육감 때문인가? 아니면 놈이 전설적인 검, 용의 불로 벼린 그 검을 휘두르며 감히 나와 정면 대결을 벌이려는 무모함을 지녔기 때문인가?

그는 증오심으로 얼굴을 찡그리며 눈을 가늘게 떴다. 그래, 분명히 그 때문일 것이다. 그 검이 문제였다.

하이아스를 다시 칼집에 넣은 키르타슈는 생각에 잠겨 어두운 복도를 응시했다. 이 사실을 깨달은 지금, 또다시 같은 실수를 저지를 수는 없다.

단순히 무언가를 죽이기 위해 살상을 한 적은 한 번도 없었다. 거기에는 여러 가지 이유가 있었다.

첫째, 그는 신중했다. 주의를 끌지 않으면 더 자유롭게 움직일 수 있다. 둘째, 아무런 이익도 없는데 누군가를 죽이는 일에 에너지를 소모하는 건 아무 가치가 없었다. 셋째, 죽은 자들은 아무에게도 도움이 되지 않는다. 오직 살아 있는 자들만이 적정한 때 무슨 일에든 써먹을 수 있다. 이 때문에 키르타슈는 반드시 죽여야 하는 자만 죽였다. 바로 아슈란이 내린 목표와 임무를 수행하는 데 끼어든 자들이 그의 살상 목표였다. 당연히 시슈의 목숨을 뺏는다는 것은 있을 수 없는 일이었다. 그들은 노련하고 영리하며,

적에게는 대단히 치명적인 전사였다. 그들은 혼자서 열 몫을 할 만큼 쓸모가 있었다.

"키르타슈!"

뒤에서 들리는 엘리온의 목소리에도 그는 놀라지 않았다. 누구도 그를 놀라게 할 수는 없었다.

"들어봐. 그 변절자 꼬마 녀석이 성에 들어왔어. 시슈로 위장하고 말이야."

키르타슈는 희미한 미소를 짓지 않을 수 없었다.

"아, 그래?"

샤일과 빅토리아는 잭과 헤어졌던 장소에 다시 모습을 나타냈다. 그들을 공격했던 시슈 무리가 그리 멀지 않은 곳에 있었지만, 일단 지금은 안전했다. 샤일은 빅토리아에게 나무에 오르라고 하고는 자신도 따라 올라갔다. 두 사람이 나뭇가지 위에 자리를 잡자, 빅토리아가 말했다.

"놈들이 우릴 찾아낼 거예요, 샤일. 여긴 별로 좋은 피난처가 아니에요."

"아냐, 곧 그렇게 될 거야."

샤일이 확신했다.

그가 몇 마디 주문을 내뱉자 곧 짙은 안개가 그들의 발아래에 피어오르기 시작했다. 검은 안개는 뭉실뭉실 점점 더 커지더니, 성을 둘러싼 숲 전체를 가렸다.

잭은 보초들이 있는 방으로 들어갔다. 시슈 셋, 인간 전사 둘, 그리고 얀 한 놈이 있었다. 얀을 본 적이 평생 딱 한 번뿐이라 확신할 수는 없었지만, 저놈이 배신자 콥트라는 데는 내기를 걸어도 좋았다.

잭은 위장 마법이 아직도 효력을 발휘하고 있음을 기억하며 말을 꺼냈다.

"포로를 찾고 있습니다. 변절자 왕자 말입니다."

그는 시슈 언어로 말했다.

"뭐 하러?"

시슈 한 놈이 물었다.

"마법사 엘리온 님이…… 그놈을 데려오라고 했습니다."

갑자기 떠오른 생각이었다. 하지만 대장처럼 보이는 자는 쉽게 넘어가지 않았다.

"왜 직접 내려오지 않으셨지?"

잭은 미리 준비한 대답이 없었다. 키르타슈가 곧 따라올 것이었다.

물어보는 게 아니었는데!

잭은 대답하지 않고 갑자기 보초실 밖으로 달려나갔다. 여섯 놈 모두 벌떡 일어나 그를 불렀다.

잭은 다른 쪽 문으로 나갔지만 곧 복도에서 길을 잃었다.

"쉭쉭— 마법사 소산에게 알려라, 쉭쉭."

시슈 대장이 인간 보초병에게 말했다. 이둔 공용어로 말을 했지만 시슈들은 쉭쉭거리는 소리를 감출 수 없어 휘파람 소리처럼 들렸다.

"쉭쉭— 이 변절자 놈을 제거하라고 전해라, 쉭쉭."

"변절자라고요?"

보초병이 당황하며 되물었다.

시슈들은 보초병을 한심하다는 듯 보았다.

"쉭쉭— 우리 시이이이슈들은 포유동물처럼 열이 나지 않아. 쉭쉭."

시슈 하나가 말했다.

"쉭쉭— 그러니 놈은 분명 우리 종족이 아니야, 쉭쉭."

대장은 다른 시슈 보초병을 향해 돌아섰다.

"키르타슈 님을 찾아라. 그분께……"

"그럴 필요 없다."

차갑고 침착한 목소리였다.

"이미 여기 있으니까."

빅토리아는 긴장한 시선으로 성을 오랫동안 응시하고 있었다. 잭에게 문제가 생긴 걸까? 왜 이렇게 오래 걸리는 거지?

나무 아래, 짙은 안개 속에서 시슈들은 두 사람을 찾고 있었다. 시슈들과 함께 있던 마법사가 마법 안개를 걷어내려고 애썼지만 소용없었다. 샤일이 점점 더 안개를 많이 만들고 있었다. 빅토리아는 샤일이 얼마나 더 버틸 수 있을지 걱정이 되었다.

잭이 숨을 헐떡이며 복도에서 발걸음을 멈추고 주변을 둘러보았다. 감방, 또 감방, 감방들 천지였다.

"알산?"

잠시 망설이다 불러보았다.

대답이 없었다. 둘러볼 곳이 아직 많이 남아 있었지만 알산이 이미 죽었을지도 모르겠다는 생각이 드는 걸 막을 수가 없었다. 그는 스스로를 달랬다.

"아니야. 보초병들은 알산이 아직도 살아 있는 것처럼 말했잖아."

그는 이 희망에 간절히 매달리며, 복도를 걸어가면서 알산의 이름을 나지막이 불렀다.

대부분의 감방이 비어 있었다. 이유를 짐작할 수 있었다. 키르타슈는 포로를 잡아두는 일이 거의 없었다. 누군가를 죽여야 한다면, 반드시 그렇게 했다. 필요한 것이 정보라면 상대의 머릿속을 샅샅이 뒤지는 것으로도 충분했다.

잭은 동물 냄새가 진동하는 어둡고 작은 복도로 접어들었다. 원래 그곳으로 갈 생각이 아니었는데, 무슨 소리가 들려 몸을 숨기려다가 몰래 들어간 터였다.

복도에 들어서자마자 으르렁거리는 소리가 들려왔다. 어떤 동물들인지, 그리고 왜 이곳에 가둬놓은 건지 의문이 들었다.

중앙 복도 쪽으로 인간 보초병이 나타났다. 으르렁거리는 소리에 누가 왔는가 싶어 궁금해 나와본 것이다.

잭은 자신이 아직도 시슈로 보인다는 걸 잊고, 몸을 떨며 벽에 바짝 붙었다. 위장 마법을 꿰뚫어본 키르타슈와 마주친 이후 이 사실을 자꾸 잊어버렸다. 키르타슈는 잭을 본 순간, 잭의 몸 안에 무시무시한 시슈가 아닌 겁에 질린 열세 살짜리 꼬마가 있다는 사실을 꿰뚫어보았다.

그때, 느닷없이 동물 앞발 같은 뭔가가 작은 쇠창살에서 쑥 나와 그의 머리를 잡고 입을 막았다. 잭은 숨을 헐떡이며 질겁하여 팔을 내저었다. 조금 친숙한 듯한, 그러나 동물 울음 같은 소리가 그의 귓가에 들렸다.

"조용히 해, 잭. 나야."

잭은 덜컥 겁이 났지만 가만히 있었다. 보초병은 그를 알아보지 못하고는 어깨를 으쓱하더니 계속 순찰을 돌았다.

잭이 천천히 돌아보았다. 푸른 불빛으로 일렁이는 횃불 아래 동물의 발과 사람 팔이 교묘하게 뒤섞인 앞발이 보였다. 철책 사이로 반짝이는 야성적인 두 눈이 보였다.

"알산?"

망설이며 잭이 물었다.

"그래, 꼬마야. 문 열어."

잭은 뾰족한 송곳니까지 보자 문득 이상한 생각이 들었다.

"알산, 도대체 무슨 일이 있었던 거예요?"

"빌어먹을, 어서 문부터 열라니까."

알산이 으르렁거렸다.

"네가 날 구하러 올 줄 알았어. 안 그래? 그게 아니라면 뱀 소굴의 지하 감옥에서 독사로 변장까지 하고 도대체 뭘 하려는 거야?"

잭이 어색하게 웃었다. 이 생물이 알산이라고 알아볼 길은 없지만, 알산이 맞는 것 같았다. 자물쇠를 살펴보고는 더 생각할 것도 없었다. 그는 도미바트를 꺼내 문을 향해 내리쳤다. 검에서 나오는 마법의 불에 경첩이 튀어올랐다.

바로 그때, 한줄기 찬바람이 불었다. 키르타슈가 뒤에 있었다. 잭은 본능적으로 몸을 떼었다.

순식간에 모든 일이 벌어졌다. 잭이 한쪽으로 피하고, 키르타슈가 검을 쳐들고, 알산이 포효하며 문으로 달려들자, 갑자기 문이 열린 것이다.

알산과 호랑이 여자가 키르타슈를 덮쳤다. 놀란 키르타슈가 잠시 주춤하기는 했지만, 그의 다음 행동은 치명적이었다. 단 한 번의 일격으로 호랑이 여자가 죽은 것이다. 키르타슈는 힘껏 밀어붙여 여자를 떼어내고, 단숨에 일어섰다.

하지만 알산과 잭은 이미 도망친 후였다.

키르타슈가 방금 죽인 변종 생물을 내려다보고 있을 때, 엘리온이 근처 복도에서 모습을 나타냈다. 그동안 엘리온이 어디에 처박혀 있었는지 물을 필요도 없었다. 마법사는 직접 나서는 경우가 거의 없었다.

키르타슈는 호랑이 여자의 몸을 발로 밀어냈다.

"아!"

엘리온은 자신의 피조물이 죽어 있는 모습을 보고 단지 그렇게 부르짖기만 했다.

키르타슈는 잭과 알산이 도망간 쪽을 향해 돌아섰다.

"네 녀석들도 정면 대결이 싫은 게로군."

키르타슈가 중얼거렸다.

"키르타슈?"

마법사가 우물쭈물 불렀다. 키르타슈는 현실로 돌아왔다.

"아사세르와 소세트를 부르고, 전사들을 전부 모아 성의 모든 출구를 단단히 지키라고 해."

키르타슈가 명령했다.

"놈들이 이곳에서 빠져나가게 해선 절대로 안 돼."

엘리온이 말없이 고개를 끄덕였다.

키르타슈는 마법사가 떠나간 뒤 잠깐 복도에 혼자 남아 있었다. 그리고 자신에게 물었다. 왜 이렇게 지팡이 찾는 일을 미루고 있는 거야? 잭을 끝장내고 싶은 욕망이 끓어올랐지만 그럼에도 무엇보다 중요한 일은 계속 임무를 수행하는 것이었다. 게다가……

갑자기 빅토리아가 떠올랐다. 그랬다. 그녀에게는 마음을 끌리게 하는 무언가가 있었다.

나와 함께 가자

"놈들이 돌아가고 있어요!"

빅토리아가 외쳤다.

사실이었다. 시슈들이 무언의 명령이라도 받은 듯 물러서더니 성으로 돌아가고 있었다. 빅토리아는 가지를 딛고 나뭇잎 위로 몸을 뻗었다.

"뭐가 보여?"

샤일이 아래에서 물었다.

"성 주위를 시슈들이 빙 둘러싸고 있어요. 각 문마다 전사들이 떼로 모여 있고."

"잭이 안에 있다는 걸 이제 놈들이 알아차린 거로군. 잭이 못 나오게 하려는 거지."

"어떻게 해야 하죠?"

"좋은 소식이야. 잭이 아직 살아 있고, 또 자유롭다는 말이니

까. 잠깐만……"

빅토리아는 샤일의 마지막 말에 섞인 걱정을 눈치 채고는 돌아 보았다.

"뭐예요, 샤일?"

"전부 돌아간 게 아닌 것 같아. 내가 내려가볼게."

"샤일, 안 돼……"

"넌 여기 있어. 키르타슈가 지팡이를 갖게 되면 우리 모두 끝장이라는 걸 명심하고."

빅토리아가 흠칫 놀라며 고개를 끄덕였다. 샤일은 단번에 나무에서 내려와 주위를 살폈다. 그림자 하나가 그의 앞에 불쑥 나타났다. 샤일이 미소를 짓고는 말했다.

"이제야 맞서 싸울 엄두가 났나보군."

마법사가 샤일을 향해 몇 발짝 앞으로 나왔다. 달빛이 그의 모습을 비추었다. 샤일은 놀라움을 숨기지 못했다. 시슈들 중에 마법사가 있을 줄은 몰랐다. 유니콘들이 뱀 인간들에게도 재능을 부여했다는 말인가?

"쉭쉭— 놀란 것 같군, 마법사 친구. 쉭쉭— 네가 뭘 할 줄 아는지 좀 볼까? 쉭쉭—"

샤일은 고개를 끄덕이며 방어 자세를 취했다. 다른 마법사와 마법으로 결투를 벌이는 게 처음은 아니었다. 수련시절에 한 결투들은 다른 견습생들을 상대로 한 사소한 실랑이에 지나지 않았다. 하지만 저항군에 가담한 이후, 여러 번 엘리온과 마주쳤었다. 그때마다 거의 간신히 도망쳤다. 엘리온이 막강하고 경험 많은 마법사여서 샤일은 그의 상대가 되지 못했다. 하지만 이 시슈는 별로 대단할 것 없는 마법사인 게 틀림없었다. 그렇지 않다면 전사들 꽁무니에 숨어 있을 리 없지 않은가!

그런데 왜 갑자기 얼굴을 드러내고 직접 싸우기로 결심한 걸까?

시슈가 마법 공격을 할 준비를 했다. 샤일은 보이지 않는 방패를 세우려고 정신을 모았다. 이 시슈가 지금 와서야 자신을 공격하는 이유를 알아챘다. 샤일의 힘이 상당히 약해진 상태라 곧 마법을 제대로 쓸 수 없게 된 걸 노린 것이었다.

"쉭쉭— 지팡이와 여자아이만 주면 돼. 쉭쉭—"

"먼저 날 죽여야 할 거야."

"쉭쉭— 그렇게 해주지, 쉭쉭—"

시슈가 웃으며 쉭쉭거렸다.

잭은 바니사르의 왕자였지만 지금은 반인반수 상태가 되어버린 알산을 똑바로 볼 수가 없었다. 알산의 빠른 발걸음을 놓치지 않으려 애쓰며 잭은 어디로 가는지도 모른 채 뒤따라 달려갈 뿐이었다.

알산은 요새의 복도들을 내달리며 분노를 쏟아내고 있었다. 알산과 마주친 보초병들 중 어느 누구도 그의 발톱과 송곳니를 피할 만큼 재빠르지 못했다. 인간이든 시슈든 일단 마주치면, 알산은 살을 씹는 쾌감을 즐겼다. 하지만 그의 안에 인간적인 무언가와, 가능한 한 빨리 이곳에서 나가야 한다는 걸 알 만큼의 상식은

아직 남아 있었다.

알산 역시 잭을 쳐다보기를 꺼려했다. 잭이 아직 시슈로 위장하고 있기는 했지만, 알산 안의 늑대는 잭이 뒤집어쓴 파충류의 모습 뒤로 더없이 맛있고 부드러운 인간이 감춰져 있다고 말하고 있었다.

알산은 인상을 쓰며 잭이 알아채지 못하게 으르렁거렸다.

"난 여전히 바니사르의 왕자, 브룬 왕의 아들 알산이다."

만일 이둔으로 돌아가면 어떤 일이 벌어질까? 아버지가 이미 안 계시다면 사람들이 그를 왕위 계승자로, 군주로 받아들여줄까?

그렇지 않을 거라는 생각이 들었다.

절대로.

샤일은 마법을 제때에 차단하지 못해 시슈 마법사의 공격을 온몸으로 받으며 뒤로 물러섰다.

"샤일!"

빅토리아가 소리쳤다.

샤일은 나무줄기에 머리를 부딪히고 바닥에 쓰러지더니 의식을 잃었다. 빅토리아는 자신에게 무슨 일이 일어날지는 조금도 신경쓰지 않고 나무에서 뛰어내려 그에게 달려갔다. 샤일이 아직 살아 있음을 확인하자 안심이 되었다. 샤일이 친 불완전한 방어막이 적의 공격을 완전히 차단하지는 못했지만 다행히 직접 몸에 닿는 것은 피할 수 있었던 것이다. 샤일은 가벼운 상처를 입은 것이라 별 문제 없이 곧 의식을 회복할 수 있을 것이다.

하지만 잭이 돌아올 때까지…… 알산을 데리고 오든 아니든, 그때까지 샤일을 지키며 버텨야 할 사람은 빅토리아 자신이었다.

그녀는 깊이 숨을 고르고, 두 손에 든 지팡이를 높이 들며 시슈를 노려보았다.

"쉬쉬— 널 기다리고 있었다. 쉬쉬—"

빅토리아는 아무 말도 하지 않고 방어 자세만 취했다.

어둠 속에서 차가운 푸른 눈이 그녀를 흥미롭게 지켜보고 있다는 건 까맣게 모른 채.

알산이 순간 발걸음을 멈추자, 잭도 같이 멈췄다.

두 사람은 엘리온의 실험실에 도착했다. 죽은 늑대가 들어 있는 우리, 사슬이 달린 벽, 그리고 고문실을 연상케 하는 이상한 도구들이 있었다.

"왜 이리 온 거예요? 뭐 찾을 거라도 있어요?"

'엘리온.'

늑대가 속으로 으르렁거렸다.

"숨라리스, 무적의 검을 찾아야 해."

알산이 대답했다. 검은 엘리온이 마법의 책을 놓아두었던 독서대 옆 한구석에 있었다. 알산은 검을 잡고 다시 문으로 향했다. 그러고는 우리 옆에서 잠깐 발걸음을 멈추고, 절반쯤 동물로 변한 얼굴에 기이한 표정을 지으며 늑대의 시체를 바라보았다. 그

의 몸 한 부분이 죽은 늑대를 애도하는 동시에 자신의 잃어버린 몸을 갈망했다.

잭이 창문으로 가 밖을 엿보았다.

"우리는 포위됐어요, 알산."

잭은 샤일과 빅토리아를 생각하며 두 사람이 무사하기만을 바랐다. 특히 빅토리아가 무사해야 했다.

"너한테 이곳을 벗어날 훌륭한 계획이 있겠지."

알산이 으르렁거렸다.

"아니, 난……"

"좋아."

알산은 목 깊숙이 낮은 웃음소리를 냈다.

"그렇다면 비늘투성이 목을 몇 개 따야겠군."

잭은 아무 말도 안 했지만 그 계획이 그리 마음에 들지는 않았다.

마법사가 주문으로 빛을 부르자 구름이 잔뜩 낀 하늘에서 갑자기 빅토리아에게 한 줄기 광선이 내리꽂혔다. 그러나 섬광은 빅토리아의 몸에 가닿지 않고 곧바로 아이셸의 지팡이 위로 모였다. 빅토리아가 잠시 버티는 동안 광선 에너지는 불꽃을 일으키며, 놀라움에 가득 찬 동시에 결의 어린 그녀의 얼굴을 비추었다. 바로 그때, 빅토리아가 마법사 시슈를 향해 다시 광선을 발사했다. 놈은 방어막을 치려 했지만, 좀 전에 자신이 건 주문이 역전

환해 다시 돌아왔고, 이에 맞서기에는 역부족이었다.

기진맥진한 빅토리아는 적의 몸이 화염 속에 타들어가는 모습을 지켜보았다.

'이제 됐어. 샤일은 안전해.'

하지만 바로 그때 그림자 하나가 어둠 속에서 그녀를 향해 불쑥 튀어나왔다. 그림자는 고양이과 동물처럼 민첩하고 조용했으며, 부드러운 푸른빛을 발하는 검을 들고 있었다.

빅토리아는 다리가 후들거렸다. 마침내 키르타슈가 그녀를 찾아온 것이다. 그렇다면 이미 잭이 끝장났다는 뜻인가?

'아니, 그럴 리 없어. 잭이 죽었을 리 없어.'

생각만으로도 고통스러워 심장이 터져버릴 것 같았다. 하지만 마음속에는 여전히 희망의 불길이 살아 있었다. 그녀는 고개를 가로저으며 지금 직면한 새로운 위험에만 집중하려고 노력했다.

키르타슈가 불과 몇 미터 앞에서 발걸음을 멈추었다.

"제법 빨리 배우는데. 아이셸의 지팡이를 가진 지 겨우 하루밖에 되지 않았는데 벌써 다룰 줄 알다니."

'날 지켜보고 있었어.'

이런 생각이 들자 빅토리아는 불안해졌다.

좋아. 싸워보지도 않고 항복할 생각은 없다. 더구나 키르타슈는 그녀를 생포하려 하겠지만, 샤일은 죽일 것이다. 무슨 수를 써서라도 샤일에게 가까이 가는 것을 막아야 한다.

"빼앗아가려면 힘깨나 들 거야."

빅토리아가 경고했다.

키르타슈가 미소를 짓고 도전을 받아들이며 방어 자세를 취했다.

빅토리아가 말없이 간절하게 마음을 모으자, 지팡이는 대기중의 에너지를 흡수하기 시작했다. 키르타슈는 신중하게 거리를 두며 이 모습을 흥미롭게 지켜보았지만, 자세를 풀지는 않았다. 빅토리아가 마법 광선을 쏘기 위해 지팡이를 돌렸다. 키르타슈는 별다른 움직임 없이 광선을 피했다. 광선이 나무에 부딪히자 나무가 쩍 갈라졌다.

빅토리아가 알아차렸을 때는 이미 키르타슈가 사라진 후였다. 빅토리아는 겁에 질려 사방을 둘러보았고, 안개 속에서 자신을 덮칠 듯 날아오는 그림자를 감지하고는 본능적으로 지팡이를 들어올렸다.

검과 지팡이가 부딪치며, 불꽃이 튀었다.

키르타슈가 다시 공격하자 빅토리아는 지팡이로 막았다. 키르타슈의 얼굴을 가까이에서 봐서는 안 된다는 걸 잘 알고 있지만 결코 쉬운 일이 아니었다. 그녀를 바라보는 그의 눈빛은 그녀를 태워버릴 듯 뜨거우면서도 얼음처럼 차가웠다.

키르타슈는 하이아스를 들어올린 채 몇 걸음 뒤로 물러섰다. 조금도 흔들림이 없었다. 오히려 너무나 매끄럽게 움직여서 이 모든 일이 오로지 키르타슈 혼자만 아는, 언제라도 그의 변덕에 따라 바꿀 수 있는 규칙에 의해 진행하는 게임 같았다. 그리고 실제로 상황은 그렇게 풀려가고 있었다. 빅토리아도 금방 알아챘다. 사실 애초부터 키르타슈는 이 싸움의 승자였다. 그는 지금 빅토리아를 시험하며, 그녀의 재주와 힘과 아이셀의 지팡이가 지닌 힘을 평가하고 있는 것이었다.

키르타슈는 빅토리아의 동요를 알아채고는 이제 게임을 끝내기로 결심한 것 같았다. 그가 다시 재빨리 움직였다. 빅토리아는 뒷걸음질치다 뒤에 있는 나무에 부딪혔다. 하이아스가 희미한 어둠 속에서 잠깐 번득였다. 그러자 빅토리아가 무슨 일인지 미처 알아차리기도 전에 아이셀의 지팡이가 손에서 떨어져나가며 조금 떨어진 풀밭 위로 떨어졌다.

불과 몇 초 후, 키르타슈의 칼날이 빅토리아의 목에 닿았다.

알산은 울부짖으며 성을 휘젓고 다녔다. 아무것도 그를 막을 수 없었다. 그는 누구보다도 더 빨리 달리고, 더 높이 뛰고, 더 세게 내리쳤다. 그는 숨라리스가 깃털이라도 되는 양 휘둘렀다. 검은 알산이 지닌 새로운 동물적인 힘을 흡수했다. 비록 그 힘은 누르곤 기사단의 기치—명예, 용기, 정직—아래 벼린 검의 본성과는 어울리지 않았지만, 검은 주인을 알아보고는 그의 아주 작은 몸짓에도 복종했다. 숨라리스에 닿은 시슈들은 버터처럼 쉽사리 두 덩이로 갈라졌다.

잭은 어느 정도 거리를 두고 뒤에서 따라갔다. 알산을 시야에서 놓칠까봐 걱정할 필요는 없었다. 단지 복도 양쪽으로 널브러진 토막 난 시체들의 흔적을 따라가기만 하면 되었다.

키르타슈의 푸른 눈이 빅토리아의 짙은 밤색 눈을 뚫어져라 바라보았다. 빅토리아는 고개를 돌리고 싶었지만 그럴 수가 없었다. 그의 눈빛에 사로잡힌 것만 같았다. 키르타슈의 정신이 빅토리아의 머릿속을 샅샅이 뒤지고 있었다. 그녀는 저항하려고 했지만 역부족이었다. 키르타슈가 의아하다는 듯 인상을 찡그렸다.

빅토리아는 두려움에 사로잡혀 숨을 거칠게 몰아쉬었다. 키르타슈의 검이 계속 그녀의 목에 닿아 있었다. 도망칠 수가 없었다. 죽음을 기다리는 일 말고는 할 수 있는 게 아무것도 없었다.

키르타슈가 고개를 갸웃거렸다. 그가 계속 바라보자, 빅토리아는 절망스러웠다.

'뭐 하는 거야? 내가 필요한 거라면 왜 성으로 데려가지 않는 거지? 내가 필요 없다면, 왜 아직 죽이지 않는 거야?'

빅토리아의 생각을 읽은 키르타슈가 말했다.

"난 널 죽여야 해, 알고 있지?"

빅토리아가 뭐라 대꾸하려 했지만 목 안이 바짝 말라 있었다. 눈이 두려움의 눈물로 가득 찼다.

그런데 바로 그때, 놀랍게도 키르타슈는 왼손을 들어 손가락으로 빅토리아의 뺨을 부드럽게 어루만졌다. 빅토리아는 온몸이 오싹했다. 어떻게 살인자의 손이 이렇게 부드러울 수 있지?

키르타슈는 빅토리아의 얼굴에 붙은 머리카락 한 올을 떼어주고는 계속 그녀를 바라보았다.

키르타슈의 손가락에서 어떤 물체가 반짝이고 있었다. 반지였다. 딱히 무슨 색이라고 말하기 힘든 작고 둥근 보석이 박힌 뱀 모양의 반지였다. 거기서 시선을 떼고 고개를 돌린 그녀는 다시 키르타슈의 차가운 시선과 마주쳤다. 순간 두 줄기 눈물이 뺨을 타고 흘러내렸다. 키르타슈가 손가락 끝으로 눈물을 닦았다.

"제발……"

빅토리아가 속삭였다. 여전히 목을 겨누고 있는 검이 그녀의 살갗에 상처를 남기고 있었다.

"부탁이야. 나를 죽이든지, 아니면 보내줘. 이러지 마……"

키르타슈는 아무 말도 하지 않았다. 대신 다정하게 빅토리아의 턱을 잡아 고개를 들어올렸다. 빅토리아는 키르타슈의 눈을 똑바로 쳐다볼 수밖에 없었다.

얼음처럼 불타는 푸른 눈.

빅토리아의 안에서 모순되는 두 감정이 뒤엉켰다. 두 사람의 마음은 전속력으로 돌아가는 두 개의 자석처럼 당기고, 밀어내고, 당기고, 밀어냈다.

드디어 키르타슈가 말했다.

"넌 죽어서는 안 돼."

'내가 널 두 세계에서 가장 강력한 인간으로 변신시킬 거다.'

엘리온이 한 말이 떠오르자 알산은 느닷없이 발걸음을 멈추었다.

잭도 그대로 멈췄다. 현기증이 일었다.

"무슨 일이에요?"

그는 간신히 물었다.

알산이 대답을 하지 않자, 잭은 벽에 몸을 기댔다. 진이 빠진 것 같았다. 이런 학살을 얼마나 더 견딜 수 있을지 알 수 없었다. 알산을 감방에서 꺼낸 이후, 끔찍한 살상이 계속 되고 있었다.

'두 세계에서 가장 강력한 인간……'

알산도 돌 벽에 기대며 바닥에 주저앉았다. 그러고는 피범벅이 된, 자신의 손이었던 앞발을 펴보았다.

'성스러운 여신 이리알이시여, 제가 무엇으로 변하고 있는 겁니까?'

잭이 용기를 내어 알산에게 다가갔다.

"괜찮아요?"

알산은 처음으로 잭의 얼굴을 바라보았다. 어느새 위장 마법이 풀려 시슈의 모습은 물거품처럼 사라지고, 호리호리한 열세 살짜리 금발 소년으로 돌아와 있었다. 잭의 초록색 눈은 두려움과 공포로 가득 차 있었다.

"놈들이 도대체 무슨 짓을 한 거예요?"

"날 괴물로 만들어놓았어."

알산의 목소리는 다시 으르렁거리고 있었다.

"그래서 안 될 것도 없겠지."

키르타슈가 중얼거렸다. 그는 여전히 빅토리아에게 칼날을 겨누고 있었다.

"널 그냥 보낼 수도 있어."

"그럼, 그렇게 해줘."

빅토리아가 속삭였다.

"계속 저항군에 있으면, 넌 조만간 죽고 말 거야. 네가 할 수 있는 최선은 포기하는 거야, 빅토리아."

빅토리아는 키르타슈가 그녀의 이름을 기억한다는 사실에 놀라지 않았다. 키르타슈는 이름도 얼굴도 잊는 법이 결코 없으니까.

그녀는 침을 삼키고는 자신도 모르게 중얼거렸다.

"포기하지 않을 거야."

키르타슈의 눈에 잠시 실망의 빛이 어렸다.

"그렇다면 다시는 내가 가는 길에 나타나지 마. 다음번에는 널 죽이지 않고는 다른 방법이 없을 테니까."

빅토리아가 깊이 숨을 내쉬었다.

"어쩌면 다른 선택의 여지가 있을지도 모르지."

키르타슈가 덧붙여 말했다.

빅토리아는 잠시 눈을 감았다. 어지러웠고, 이 긴장을 더는 견뎌낼 수 없을 것 같았다.

다시 눈을 뜨자, 키르타슈가 그녀에게 손을 내밀고 있었다. 그녀를 바라보는 그의 눈은 진지했다.

"같이 가자."

키르타슈가 말했다.

"무슨……?"

"나와 함께 가자."

키르타슈가 다시 말했다.

"내 옆에 있으면 넌 황후가 될 거야. 우리 둘이 같이 이둔을 다스리자."

잭이 우정과 믿음의 표시로 알산의 털북숭이 가슴 위에 손을 얹었다. 이 작은 몸짓으로도 알산은 많은 위로를 받았다.

"샤일이 도와줄 거예요."

잭이 말했다.

"아니."

엘리온과 키르타슈가 나눈 대화를 떠올리며 알산이 대답했다.

"이건 주문이 실패해서 나온 결과야. 아주 복잡한 주문이지. 내가 알기로는 네크로맨서 아슈란만이 되돌려놓을 수 있어."

잠시 동안 서로 아무 말이 없다가 잭이 조심스레 입을 뗐다.

"그럼 알산이 아슈란과 셰크들의 편이 되는 건가요?"

알산이 똑바로 바라보자 잭이 재빨리 덧붙였다.

"알산을 탓하지 않을 거예요. 만일 아슈란 편이 된다 해도……"

"절대로 그럴 일은 없어."

알산이 으르렁거리며 말을 잘랐다.

빅토리아는 키르타슈가 자신을 놀리고 있다고 생각하며 경계했다. 하지만 키르타슈의 눈에는 진심이 담겨 있었다.

"난…… 무슨 말인지 이해가 안 돼."

누군가를 죽일 때조차 단 한 번도 망설이지 않는, 자비심이라고는 눈곱만큼도 없는 암살자가 눈앞에 있다. 적이 눈앞에 있다. 그런데 그가 하는 말이……

키르타슈는 고개를 옆으로 기울일 뿐 아무 말도 하지 않았다. 손은 여전히 앞으로 내민 채로, 빅토리아가 그 손을 잡아주길 바라며.

"이건…… 말도 안 돼."

빅토리아가 중얼거렸다.

키르타슈는 여전히 말 한마디 없이 빅토리아를 바라보고만 있었다. 이미 할 말은 다했고 덧붙일 말은 없다는 듯이. 빅토리아는 악몽을 꾸는 것 같았다. 그녀는 다시 키르타슈를 빤히 보며 길게 심호흡을 했다. 그런데 놀랍게도 그에게서 증오, 두려움, 거부감이 아닌 이상한 매력이 느껴졌다.

"놀리는 거지, 그렇지?"

키르타슈가 미소를 지었다.

"너를 놀려서 얻을 게 뭐가 있다고?"

"날 혼란스럽게 하는 거."

그녀가 중얼거렸다.

"이미 혼란스러워하고 있잖아, 빅토리아. 하지만 난 네게 많은 것을 가르쳐줄 수 있어……"

키르타슈의 눈에서 시선을 뗄 수 없었다. 그의 곁에 머물며 그에게 많은 것을 배우고 있는 자신의 모습이 보였다. 그녀는 생각을 뿌리치며 공포에 사로잡혔다. 아니야, 그건 내가 원하는 게 아니야. 그런데, 왜, 도대체 왜 마음은 그에게 손을 내밀고, 함께 떠나고 싶어하는 거지?

그녀는 얼굴을 돌리려 했다. 그제야 키르타슈가 이미 검을 거두었다는 걸 알았다. 그는 그녀를 위협하고 있는 것이 아니었다.

그녀는 저항할 수 없는 힘에 이끌려 다시 키르타슈를 보았다.

밀고, 당기고, 밀고, 당기고, 밀고…… 두 자석은 전속력으로 돌고 있었다.

"빅토리아……"

키르타슈가 말했다.

애정이 담긴, 나지막이 속삭이는 목소리였다. 빅토리아는 키르타슈가 데려가주길 온 마음을 다해 바라는 자신을 보았다.

"왜지?"

빅토리아가 속삭였다.

왜 목숨을 살려주는지, 왜 이런 걸 물어보는지, 왜 자기를 데리고 장난치는지 물어보는 게 아니었다. 왜 이렇게 숨을 쉬기가 힘들며, 왜 느닷없이 그가 그녀의 팔을 잡고 그가 왔던 곳으로 데려가주었으면 하는 생각이 드는지 그 이유를 알고 싶었다.

키르타슈는 빅토리아가 무엇을 묻는지 알아들었다.

"너와 내가 별로 다르지 않기 때문이야. 너도 곧 이 사실을 알게 될 거야."

빅토리아는 다시 정신을 차리고, 키르타슈가 무자비한 살인자라는 사실을 떠올리며 그런 사람이 되고 싶지 않다고 생각했다.

"그렇지 않아. 사실이 아니야. 우리는 달라."

하지만 키르타슈는 미소를 지었다.

"우리는 동전의 서로 다른 면이야, 빅토리아. 서로를 보완해주는 거지. 난 네가 존재하기 때문에 존재하는 거고, 너도 그래."

"아니야……"

키르타슈의 푸른 눈이 계속 빅토리아를 응시하고 있었다. 빅토리아는 그 눈에 빠져들었다.

얼음바다 같지만 동시에 열세 살 소녀를 위해 마련해놓은 작고 따뜻한 안식처 같은 느낌을 주는 눈.

'사실일 리 없어. 거짓말을 하고 있는 거야.'

그러나 키르타슈의 눈길은 여전히 강렬하게 무언가를 암시하는 듯했다. 그 순간 그녀는 그 눈빛에 저항할 수 없음을 깨달았다.

'나와 함께 가자.'

키르타슈는 말했었다.

빅토리아가 망설이며 손을 들었다.

그녀의 손가락이 키르타슈의 손가락과 스쳤다. 즉시 전기가 통하는 듯, 마음을 송두리째 뒤흔드는 무언가가 느껴졌다.

기분 좋은 느낌이었다. 그녀는 그 기분에 자신을 맡기고 잠시 눈을 감았다. 산소가 모자란 듯, 이상한 나른함이 달콤한 한기처럼 온몸으로 퍼졌다. 다시 눈을 뜨자 키르타슈의 자석 같은 눈길과 다시 마주쳤고, 그는 손을 꼭 쥐며 미소를 지었다.

패배

별안간 키르타슈가 긴장하며 뒤를 돌아보았다. 너무 재빠른 움직임이라 빅토리아는 미처 알아채지도 못할 정도였다. 하지만 무엇이 그의 주의를 끌었는지 즉시 알 수 있었다.

저쪽에서 엘리온이 낮은 소리로 뭔가를 중얼거리며 어두운 표정으로 두 사람을 지켜보고 있었다. 빅토리아는 엘리온의 말을 알아들었다. 공격 주문이었다.

"엘리온, 안 돼!"

키르타슈가 소리치고는 두 팔을 들어 십자 모양으로 교차하며 대항 마법을 썼다.

하지만 너무 늦었다. 엘리온의 손가락에서 마법 에너지 한줄기가 솟아나와 공터를 가로질러 곧장 빅토리아의 몸을 향해 돌진했다. 그녀는 여전히 나무에 등을 기대고 있었다.

비명을 지르며 팔로 스스로를 감싸 보호하려 했지만 마음속에서는 너무 늦었다고, 곧 자신이 죽을 거라고 외치는 소리가 들려왔다.

돌연 비명 소리가 공기를 갈랐다.

빅토리아는 이 순간 자신이 목격한 광경을 결코 잊을 수 없을 것이다.

누군가 그녀와 엘리온 사이로 몸을 던져, 마법사의 공격과 이를 저지하려고 키르타슈가 일으킨 마법을 온몸으로 동시에 막아낸 것이었다. 두 에너지의 흐름이 어둠 속에서 빅토리아를 지키기 위해 나타난 형상에 부딪히더니 끔찍하면서도 동시에 믿을 수 없을 정도로 아름다운 형형색색의 빛으로 폭발했다. 마치 별의 죽음을 지켜보는 것 같았다.

빅토리아의 공포에 질린 눈앞에서, 저항군의 마법사이자 친구이자 오빠이자 스승인 샤일이 존재한 적도 없었다는 듯 완전히 분해되고 말았다.

알산이 고개를 들더니 인상을 썼다.

"샤일과 빅토리아에게 문제가 생긴 거 같다. 가능한 한 빨리 이곳에서 나가야 해."

"지금 그러려고 애쓰고 있잖아요. 당신이 그 많은 보초병들을 토막 낸 것도 그 때문이고요. 하지만 우리는 계속 같은 장소만 빙빙 돌고 있는 것 같아요. 게다가 문마다 놈들이 지키고 있어요."

"좋은 생각이 났어. 따라와."

알산이 복도로 달리기 시작하더니 좁은 나선형 계단이 있는 곳에 이르렀다. 잭은 알산이 계단을 내려갈 거라고 짐작했지만, 놀랍게도 그는 올라가기 시작했다. 잭은 초조하게 알산의 뒤를 따랐다.

얼마 후 두 사람은 망루의 가장 높은 곳에 도착했다. 잭은 시원한 밤공기를 마음껏 들이켰다. 혹시 빅토리아나 샤일을 찾을 수 있을까 싶어 어두컴컴한 숲을 자세히 들여다보았지만 아무것도 보이지 않았다. 두 사람이 무사하기만을 바랐다. 계단을 올라오는 동안 잭은 아까부터 자신의 위장 마법이 풀려 있었다는 걸 알았다. 이 현상이 샤일이 붙잡혔다거나 혹은 더 나쁜 일이 생겼다는 뜻이 아니길 간절히 바랄 뿐이었다.

알산이 총안* 사이로 모습을 나타냈다.

"무슨 계획이 있는 거예요?"

잭이 초조하게 물었다.

알산은 대답하지 않았다. 그는 저만치 걸어가더니 잭을 돌아보았다. 그러고는 다시 돌아와 미처 그의 의도를 깨닫지 못한 잭을 등에 업었다. 그는 잭이 깃털이라도 되는 양 손쉽게 들어올렸다.

"악!"

알산의 힘에 놀란 잭이 소리를 질렀다.

"무슨……?"

"단단히 잡아."

---

* 몸을 숨기고 총을 쏘기 위해 성벽에 뚫어놓은 구멍.

잭은 입을 열었지만 아무 말도 할 수 없었다. 알산이 잰걸음으로 도움닫기를 시작했다. 잭은 단단히 매달려 있는 것 말고는 다른 도리가 없었다.

알산이 총안 벽을 향해 달려가, 잭을 등에 업은 채 힘차게 번쩍 뛰어올랐다. 두 사람의 몸이 공기를 가르는 듯하더니, 땅에 떨어졌다. 알산은 선 채로 풀밭에 착지했다. 잭은 약한 현기증을 느끼며, 방금 자신들이 한 일을 여전히 믿지 못한 채 알산의 등에서 내려왔다. 잭이 중얼거렸다.

"환상적이야! 나는 것 같았어요."

심장이 마구 뛰고 있었다. 내가 날다니……

"딴 생각할 틈이 없어. 금방 우리를 잡으러 올 거다."

빅토리아는 분노, 고통, 무력감이 가득 찬 비명을 내질렀다. 다리가 후들거렸고 두 눈엔 눈물이 그렁그렁했다. 그녀는 풀밭 위로 털썩 무릎을 꿇으며 쓰러졌다. 연신 망치를 두들기듯 오직 한 가지 생각만이 계속 머릿속을 맴돌았다.

'샤일이 죽었다…… 샤일이 죽었다…… 샤일이 내 목숨을 구하기 위해 죽었다……'

엘리온의 목소리는 거의 들리지 않았다.

"지금 무슨 장난을 하고 있는지 모르겠군, 키르타슈. 아슈란 님께서 좋아하지 않으실 텐데. 내가 널 몰랐다면, 네가 배신을 하고 있다고……"

엘리온은 말을 끝까지 할 수 없었다. 조용히, 그리고 절도 있는 태도로 키르타슈가 검을 빼어들고 엘리온을 향해 빠르게 다가간 것이다. 엘리온이 키르타슈의 눈에서 번득이는 살의를 발견했을 때는 이미 너무 늦은 후였다.

빅토리아는 마법사가 바닥에 쓰러지는 모습을 보았다. 하지만 슬픔이 가시지는 않았다. 그녀는 등을 보이며 우뚝 서 있는 키르타슈의 모습을 뚫어져라 보았다. 그의 손에는 아직도 검이 있었다.

엘리온은 끝장이 났다. 이제 빅토리아에겐 증오와 복수에 대한 갈증만이 남았다. 마음속으로 지팡이를 부르자, 지팡이는 순순히 그녀의 명을 따랐다.

키르타슈는 뒤돌았다. 빅토리아가 무기를 들고 분노와 고통이 가득한 눈에 눈물을 흘리며 똑바로 서 있었다. 그녀는 단언했다.

"널 죽여버릴 거야."

그러고는 거친 비명을 지르며 키르타슈에게 덤벼들었다.

시슈들은 갈팡질팡하는 가운데서도 수십 마리로 무리를 지어 달려왔다. 알산과 잭은 간신히 작은 숲에 도착했지만 여전히 시슈들에게 바짝 추격당하고 있었다.

알산이 갑자기 발걸음을 멈추고는 으르렁거렸다.

"넌 샤일과 빅토리아를 찾으러 가. 내가 이놈들을 맡을게."

잭이 그를 보았다.

"또다시 당신 혼자 두고 싶지 않아요."

"이런 제길, 꼬마야. 내 말대로 해. 난 놈들과 싸워야 해. 등을 보이는 것보다 그게 나아."

잭은 할 말이 남아 있었지만 감히 알산에게 반대할 엄두가 나지 않았다. 적어도 지금 상황에서는 그랬다. 그는 답답한 심정으로 돌아서서 숲으로 들어갔다.

빅토리아가 다시 소리를 지르며 있는 힘껏 키르타슈에게 지팡이를 휘둘렀다. 키르타슈는 날렵하게 뛰어 피하고는 검으로 공격을 막아냈다. 두 무기가 부딪치자 불꽃이 튀었다. 아이셸의 지팡이는 마법의 힘을 끌어올리는 심장처럼 깜박깜박 부드러운 광채를 발했다. 키르타슈의 검도 차갑게 번득였다.

빅토리아가 한 번, 그리고 또 한 번 지팡이를 휘둘렀다. 키르타슈는 정확하고 노련하게 검을 다루며 조용하고 민첩하게 빅토리아의 주위에서 움직였다. 그녀가 증오와 고통으로 눈멀지 않았다면, 키르타슈가 바로 그녀를 죽일 수도 있다는 걸 깨달았을 것이다. 하지만 키르타슈는 평정심을 잃지 않고 그녀의 공격을 막기만 할 뿐이었다. 분노에 찬 빅토리아가 지팡이를 통제할 수 없어, 지팡이가 내뿜는 마법의 불길이 주인이 아닌 누구에게든 치명상을 안길 거라는 걸 잘 알면서도 그는 별로 상관하지 않는 듯했다. 빅토리아가 아무리 온 힘을 다해 공격해오더라도, 아무리 그 증오심이 크다 해도, 자신이 허용하지 않는 한 그녀는 결코 그를 건

드릴 수 없다는 걸 키르타슈는 잘 알고 있었다.

빅토리아는 육체적 정신적으로 탈진한 상태였지만 계속해서 키르타슈를 공격했다. 때리고, 때리고, 또 때려서 그를 죽이고 싶었다. 그러나 키르타슈는 계속 피하며 공격하지 않고 방어만 할 뿐이었다.

마침내 빅토리아가 무언가에 걸려 넘어지면서 무릎을 꿇었다. 지팡이가 손에서 미끄러졌고, 그녀는 오열하기 시작했다.

'미안해.'

머릿속에 목소리가 들렸다.

'막으려고 했는데, 너도 알다시피……'

빅토리아는 고개를 들어 주위를 돌아보았다. 키르타슈는 사라지고 없었지만 의식 한귀퉁이에서 그의 목소리를 감지할 수 있었다.

'우리는 다시 보게 될 거야, 빅토리아……'

"빅토리아!"

빅토리아는 화들짝 놀라며 옆에 있는 잭을 보았다. 잭의 초록색 눈에는 의문과 함께 걱정이 떠올라 있었다.

"네가 무사해서 다행이야."

잭이 애정이 가득한 눈으로 바라보며 말했다.

"잠시나마 얼마나 걱정했는지……"

말을 끝맺을 수 없었다. 빅토리아가 눈물을 흘리며 그의 품 안으로 파고들었기 때문이다. 잭은 당황하여 어찌할 바를 몰라하며 그녀를 서툴게 안고는 주변을 둘러보았다. 풀밭 위에 뻗어 있는 엘리온의 시체가 보였다.

"두 사람이 엘리온을 죽였구나!"

잭이 놀라워하며 말했다.

빅토리아가 그에게서 몸을 떼며 눈물을 훔쳤다.

"우리가…… 아니라……"

그녀는 간신히 말하고 있었다.

"……키르타슈가 그랬어."

"키르타슈가 엘리온을 죽였다고?"

빅토리아는 침을 삼켰다.

"잭, 샤일이……"

또다시 눈물이 고이며 목이 메었다.

얼음 손 같은 것이 갑자기 잭의 심장을 움켜쥔 듯, 아주 짧은 순간 심장이 멈춘 것 같았다.

"샤일한테 무슨 일이 생겼어?"

잭이 간신히 물었지만 빅토리아는 자기 손만 내려다볼 뿐이었다. 무슨 일이 벌어졌는지 설명할 마땅한 말을 찾지 못하고 있었다. 샤일이 눈앞에서 산산이 분해되었다. 울어줄 시체조차 남아 있지 않았다. 사실이라 믿기에는 너무 끔찍했지만, 사실이었다……

"샤일이 내 목숨을 구하려다 죽었어."

마침내 빅토리아가 나지막이 말했다.

다시 오열이 터져나오자 그녀는 잭의 어깨에 머리를 기대면서 샤일이 선물로 준 유니콘의 눈물을 오른손에 꼭 쥐었다.

잭은 숨을 깊이 들이쉬고 눈을 감았다. 알산과 나눈 믿음만큼 깊은 우정을 느낀 건 아니었지만, 샤일은 항상 밝고 유쾌한 마법사였으며 믿음직한 친구였다.

하지만 빅토리아에게 샤일은 그 이상으로 소중한 존재였다. 둘은 거의 친남매만큼이나 가까웠다. 샤일이 없다면 빅토리아가 무엇을 할 수 있었을까?

잭은 자신이 빅토리아의 마음에 생긴 공허함을 메우기 위해 노력해야 한다는 걸 직감했다. 더구나 지금은 알산에게도 나쁜 일이 일어나지 않았는가. 친구를 꼭 안아주며 잭은 깨달았다. 만일 빅토리아마저 잃었다면 견딜 수 없었을 거라고.

"정말 유감이야, 빅토리아. 키르타슈가 한 짓이지, 그렇지?"

"아니. 엘리온이 그랬어. 키르타슈는……"

'키르타슈는 나를 지키려 했어.'

갑자기 기억이 떠올랐다. 이성의 목소리는 키르타슈가 그렇게 한 건 그녀가 살아 있어야 지팡이를 사용할 수 있기 때문이라고 말하고 있었다. 하지만…… 그는 그녀를 죽여야 한다고 말했다. 그런데 왜 그녀를 그냥 보내주었을까?

고개를 흔들었다. 적이 이상하게 행동한 이유를 생각할 만한 힘이 남아 있지 않았다.

그때 포효가 들려왔다. 두 사람은 깜짝 놀라 고개를 들었다.

엄청난 덩치의 털북숭이가 두 사람을 향해 달려오고 있었다. 그리고 그 뒤로 한 무리의 무장한 시슈들이 단도를 던지며 쫓아오고 있었다.

"알산!"

잭이 소리쳤다.

"알산?"

빅토리아가 따라 소리쳤다.

"여기서 떠나자!"

알산이 울부짖었다.

그는 거의 두 사람 근처까지 와 있었다. 그녀는 알산의 무시무시한 모습에 반사적으로 지팡이를 꼭 쥐고 방어 자세를 취했다. 그리고 바로 그때 반인반수 알산이 두 사람 앞에 섰다.

'알마!'

빅토리아가 머릿속에서 속삭였다.

'알마! 우리를 이곳에서 빼내줘!'

그리고 빅토리아는 난생처음으로 소환 마법을 성공시켰다. 사라지기 전 그녀가 마지막으로 한 생각은 만일 샤일이 살아 있었다면 자기를 자랑스러워했으리라는 것이었다.

시슈들이 세 사람을 향해 돌진했지만 이미 저항군은 사라진 뒤였다.

"놈들이 도망쳤습니다."

아사세르가 보고했다.

키르타슈는 한마디 말도 없이 고개를 끄덕였다. 그는 창가에서 밤풍경을 바라보며 시슈를 등지고 있었다.

"어떻게 할까요…… 마법사님의 시신을?"

아사세르가 주저하며 물었다.

"성으로 가지고 돌아와라."

시슈는 아무 말도 덧붙이지 않았다. 그가 소리 없이 물러나자 키르타슈는 가벼운 미소를 지었다. 이 생물들은 다짜고짜 죽으라고 명령해도 아무 의심 없이 그에게 복종할 것이다. 시슈들은 인간들에게 보이는 것 이상의 무언가가 키르타슈에게 있다는 걸 알았다.

"키르타슈."

차갑고 깊이 있으며 위엄 있는 목소리였다. 키르타슈가 천천히 돌아보았다.

방 한가운데에 어둠에 휩싸인 누군가가 나타났다. 훤칠하고 검은 형체의 그것은 실체가 아닌 이미지였다. 키르타슈는 군주인 아슈란에게 고개 숙여 절했다.

"무슨 일이냐? 엘리온은 어디 있는 거냐?"

"너무 많은 실수를 저질러 제가 제거했습니다."

키르타슈가 작은 소리로 대답했다. 아슈란은 팔짱을 꼈다.

"네 요구를 충족시킬 만한 마법사를 찾는 게 얼마나 힘든 일인지 아느냐?"

아슈란의 말에 문책의 기미가 묻어 있었다.

"용서해주십시오. 하지만 인간 종족은 임무를 수행하는 데 맞지 않습니다. 제가 다니는 세상은 기이한 곳입니다. 재능도 필요하지만 적응하는 능력, 신중함…… 그리고 절대적인 복종이 필요합니다."

키르타슈가 공손하게 덧붙였다.

"알았다. 그렇다면 네 제안은 뭐냐?"

"제가 알기로는 마법사로서 시슈들의 능력은 매우 제한적입니다. 마법 향상을 위해 마법 종단에 들어갈 기회가 없기 때문입니다. 한편 얀은 너무 즉흥적이고 충동적이고, 바루 족 또한 지상에서의 임무에는 그다지 효율적이지 못합니다. 혹시 요정족이라면……"

"요정족은 셰크 제국과 서로 대치하는 종족이다. 우리 편에 가담한 요정 마법사는 하나도 없다. 하지만 알아보도록 하지."

키르타슈는 고개를 끄덕일 뿐 아무 말도 하지 않았다.

"저항군은 이미 다 눌러버렸겠지?"

"그렇다고 말씀드릴 수 있습니다. 그들은 이제 마법사가 없는 상태이고, 또 바니사르의 알산 왕자는 불완전한 변종 생물로 변했습니다. 이제 그는 그 어떤 변절자 단체도 지도할 수 없을 겁니다."

"그 말이 사실이냐?"

"그를 인질로 잡고 있는 동안 엘리온이 실험을 했습니다. 왕자는 자부심이 강한 젊은이입니다. 본인이 처한 새로운 상황이 어떤 의미인지 깨닫게 된다면, 정신적으로 무너지고 말 겁니다."

"그럼 다른 이들은?"

"두 아이뿐입니다."

"그 아이들은 빠져나간 게로구나."

"여자아이가 아이셀의 지팡이를 가지고 있습니다. 그녀를 생포하려 했는데 엘리온이 방해하다 죽음을 자초했습니다."

아슈란은 키르타슈의 눈을 들여다보았다. 키르타슈도 피하지 않고 똑바로 마주 보았다. 키르타슈의 침착한 행동을 보니 군주에게 진실을 감추거나 거스르는 것 같지는 않았다. 엘리온이 빅토리아를 죽이려 한 건 사실이었다. 엘리온은 키르타슈와 빅토리아를 숨어서 엿보고 있었고, 빅토리아에 대한 키르타슈의 감정을 알아챘다.

'지금 무슨 장난을 하고 있는지 모르겠군, 키르타슈. 아슈란 님께서 좋아하지 않으실 텐데. 내가 널 몰랐다면, 네가 배신을 하고 있다고……'

엘리온은 말을 끝맺을 수 없었지만 키르타슈는 그 말을 잊을 수 없을 것이다.

"알았다."

마침내 아슈란이 말했다.

"지팡이는 어찌 된 일이냐?"

"오직 그 여자아이, 빅토리아만이 쓸 수 있는 것 같습니다. 그 아이를 찾아내겠습니다. 허락해주신다면 그 아이 스스로 저를 유니콘에게 데려가게 할 더욱 현실적인 방법을 써보고 싶습니다. 그 사내아이, 잭도 역시 찾아낼 겁니다. 그리고 아슈란 님의 뜻이라면 녀석을 죽이겠습니다."

네크로맨서가 곰곰이 생각하더니 말했다.

"아니다. 용과 유니콘을 찾는 일이 더 시급하다."

키르타슈가 고개를 끄덕였다.

어둠의 군주가 덧붙였다.

"하지만 또다시 그 아이들이 네 일에 걸림돌이 된다면……"

"그때는 자비를 베풀지 않을 것입니다."

키르타슈가 나직이 말했다. 그리고 아슈란의 얼음처럼 차가운 눈을 똑바로 바라보았다.

저항군의 최후

이제는 위험에서 벗어났다. 림바드는 어머니처럼 따뜻한 품으로 세 사람을 맞이했다. 별이 총총한 림바드의 맑은 밤이 두려움, 절망, 고통을 어느 정도 가라앉혀주었다.

하지만 완전히 그렇다고는 할 수 없었다.

아무것도 변하지 않은 듯 보이는 곳, 그들을 잡으러 적이 올 수 없는 곳, 지금까지 일어난 모든 일이 악몽에 지나지 않아 보이는 이 조용하고 자그마한 세상에서도 세 사람은 자신들이 잃어버린 것에 대한 생각을 떨쳐버릴 수 없었다.

빅토리아는 지금까지의 모든 일을 도무지 믿을 수가 없었다. 그녀는 잠옷으로 갈아입고 창가에 앉아 고양이 다마를 어루만지며 하염없이 정원을 바라보았다. 샤일이 산책을 마치고 숲속에서 돌아올 것만 같았다.

그러나 고통에 찬 울부짖음, 분노의 외침, 성난 두드림이 경계의 집을 뒤흔들 때마다, 모든 일이 현실이었으며 실제로 일어난 일이었고, 샤일은 돌아오지 않을 거라는 것, 그러니까 이제 샤일은 죽었다는 사실을 떠올려야 했다.

잭이 방에 들어오자 빅토리아는 돌아서며 무언가 묻고 싶은 눈빛으로 그를 주시했다.

두 사람 모두 몰골이 말이 아니었다. 빅토리아는 재앙 같은 독일 원정을 다녀온 다음 날 집으로 돌아갔다. 할머니는 손녀의 얼굴을 보고는 학교에 가지 못 하게 하고 의사를 불렀다.

빅토리아는 마법을 사용하느라 쇠약해진데다, 무엇보다 너무 지친 상태였다. 의사는 정확한 원인을 찾아내지 못한 채 휴식을 취하라는 진단을 내렸다. 빅토리아는 아무 말 없이 그대로 따랐지만 잭을 도와주기 위해 밤마다 림바드로 돌아왔다.

잭은 이틀이나 잠을 못 자고 있었다. 두 사람은 알산을 지하실에 가둬두었다. 그가 시도 때도 없이 화를 내며 공격했기 때문이다. 알산은 울부짖고 으르렁거리고 비명을 지르고 신음했다. 그때마다 잭은 그의 곁으로 달려가지 않으려고 안간힘을 쓰며 자신을 억눌렀다. 인간의 영혼과 야수의 본능이 알산의 몸을 차지하려고 서로 싸우느라 끔찍한 고통을 겪는 것이었다. 문을 열어주면 알산은 잭과 빅토리아 둘 다 죽이려 들 것이 분명했다. 얼마 동안 알산은 오로지 혼자서 자신과의 전투를 치러야 했다.

"더 나빠졌어. 얼마 안 가 지쳐 쓰러질 거라고 생각했는데. 그러면 음식이라도 좀 들여놓을 수 있을 줄 알았지. 하지만 알산의 몸 안에서 그를 망가뜨리고 있는 야성이 조금도 잦아들지를 않아."

잭이 중얼거렸다.

"문을 부수려 하고 있어."

빅토리아가 말했다.

피곤에 지친 잭이 고개를 가로저었다.

"걱정하지 마. 문은 내가 잘 확인했어. 저러는 게 처음도 아니잖아."

잭은 빅토리아 곁에 앉아 한숨을 쉬며 두 손으로 얼굴을 감쌌다. 빅토리아는 잭을 안아주고 위로해주고 싶었으며, 그가 있다는 사실에 기운을 얻고 싶었다. 잭이 지친 기색으로 고개를 들자 그녀는 손을 들어올려 그의 눈을 가린 금발 머리카락 몇 가닥을 이마에서 떼어주었다. 그런데 잭의 몸이 뜨거웠다. 그녀는 손을 그의 이마에 대었다.

"잭, 열이 있는 것 같아. 좀 쉬어야겠어."

잭이 고개를 가로저었다.

"아니야. 원래 그래. 내 체온은 정상보다 이 도 정도 높아. 어렸을 때부터 그랬어."

"희한한 일이네."

"맞아. 너도 이미 나한테 이상한 일들이 많이 생긴다는 걸 잘 알잖아. 왜 그런지 나도 설명할 수는 없지만."

잭이 침울하게 미소를 짓더니 말을 이었다.

"예전에는 내가 누군지 알 수만 있다면 무슨 일이라도 할 수 있을 것 같았는데, 지금은 아니야. 내가 아직 그 대가를 치를 준비가 되지 않았다는 걸 깨달았어. 우리는 샤일을 잃었고, 알산도 변하고 말았지…… 뭐라고 설명할 수 없는 존재로 말이야. 게다가 하마터면 너마저 잃을 뻔했잖아. 만일 그런 일이 일어났다면 난 아마 미쳐버렸을 거야."

그는 빅토리아를 진지하게 바라보며 자기 심정을 밝혔다.

그녀는 방망이질하는 심장 박동에 어쩔 줄 몰라하며 고개를 숙였다. 잭이 고개를 저으며 한숨을 쉬고 결론을 내렸다.

"내가 누구인지, 나 자신을 찾기 위해 내 목숨을 바칠 수는 있지만, 친구들까지 위험에 빠뜨릴 수는 없어. 이 사실을 너무 늦게 깨달았어."

"미리 알았더라면 다른 식으로 행동했을까?"

잭이 잠시 생각에 잠기더니 마침내 대답했다.

"모르겠어. 선택의 여지가 없었을 수도 있지. 자꾸만 무언가가 나를 싸움으로 내몰고 있어. 그건 마치…… 이 전투를 통해, 내 검을 통해, 그리고 심지어 키르타슈를 통해…… 나 자신을 찾게 하려는 것 같아. 설사 내가 이 모든 일에서 멀리 떨어져 지내더라도, 어떤 식으로든 결국 키르타슈와는 또다시 부딪치게 되었을 거라는 기분이 들어. 마치…… 미리 정해진 운명처럼 말이야."

잭은 혼란스러워하며 입을 다물고 인상을 찡그렸다. 이상하고, 이해할 수도 없는 생각이었다.

"무슨 말인지 알 거 같아. 나한테도 비슷한 일이 일어나거든."

한기를 느끼며 빅토리아가 속삭였다.

잭이 빅토리아를 똑바로 쳐다보았다.

"그런데 너 괜찮은 거야? 안색이 별로 안 좋아."

빅토리아가 잭의 눈을 피했다.

"견뎌낼 거야."

그녀는 억지로 힘을 내려 했지만 속으로는 그렇지 못했다. 샤일을 잃어버린 사건은 큰 충격이었고, 어쩌면 완전히 회복할 수 없을지도 몰랐다.

또다시 고통에 찬 알산의 울부짖음이 온 집 안을 뒤흔들었다.

"잭, 만일 알산이 회복하지 못하면 우리는 어쩌지?"

잭이 거의 뚫어질 정도로 빅토리아를 쳐다보더니 단언했다.

"회복할 거야. 그 반대는 생각도 하지 마."

"알았어."

빅토리아가 순순히 동의하고는 잠시 주저하더니 물었다.

"알산을 도우려면 어떻게 해야 하지?"

"사실, 할 수 있는 일이 별로 없어."

잭이 한숨을 쉬었다.

"엘리온이 건 주문이 아주 복잡한 것 같아. 알산이 엘리온이 키르타슈에게 하는 말을 들었는데 오직 아슈란만이 제대로 돌려놓을 수 있대."

빅토리아는 잭이 알산의 몸에서 어떻게 짐승을 몰아낼 생각인지 궁금했지만 물어보지는 않았다. 그런데 잭이 마치 빅토리아의 생각을 읽기라도 한 듯 말을 이었다.

"빅토리아, 겉으로 봐서 아무리 아닌 것 같아도 알산은 여전히 알산이야. 그리고 끝까지 싸울 거야. 그가 우리와 함께 있는 동안은 저항군도 계속 살아 있는 거야."

빅토리아가 고개를 가로저었다.

"잭, 우리는 샤일을 잃었어. 그리고 아무리 네가 우겨도, 내 생각에는 알산이 처한 상황으로 봐서는 다시 못……"

"우리가 성에 있었을 때……"

잭이 말을 자르고는 끼어들었다.

"내가 말했어. 만일 치료법을 찾으려고, 놈들이 알산에게 무슨 짓을 했는지 알아내려고…… 아슈란과 한편이 되더라도, 난 알산을 이해할 거라고, 탓하지 않을 거라고. 그런데 알산이 내게 뭐라고 대답했는지 알아? '절대로 그럴 일은 없어.' 이게 저항군의 정신이고, 알산의 마음인 거야. 그러니까 아무리 알산이 괴물처럼 보여도 그는 언제까지나 우리와 함께할 거야. 내면은 여전히 알산인 거라고."

빅토리아는 고개를 숙여 흘러내린 머리칼 뒤로 얼굴을 숨겼다. 부끄러움에 달아오른 자신의 얼굴을 잭이 보지 못했으면 싶었다.

'나는 유혹에 진 거야. 키르타슈가 내민 손을 잡은 거라고. 아, 샤일…… 곁에 있다면 얼마나 좋을까. 이제는 누구를 의지해야 할지 모르겠어.'

키르타슈가 그녀를 죽이려던 엘리온을 막았다는 이야기를 했을 때, 잭은 믿지 않았다. 하지만 빅토리아는 살인자와 나눈 이상한 대화에 대해서는 그에게 말하지 않았다. 잭은 여전히 키르타슈를 증오했고, 빅토리아가 키르타슈와 함께 떠나려 했다는 사실을 안다면 상처입고 배신당한 기분을 느낄 것이었다.

하지만 빅토리아는 지금 자신이 아직 살아 있고 자유로울 수

있는 것이 키르타슈가 원했기 때문이라는 것도 알고 있었다. 그뿐이 아니었다. 키르타슈는 엘리온의 공격에서 그녀의 목숨을 구하려고도 했다. 그런데 샤일이 한 발 빨랐던 것이다.

빅토리아는 속으로 신음을 삼켰다. 모든 게 너무 혼란스러웠다.

'키르타슈는 나를 속였어. 그는 텔레파시 능력으로 사람들을 조종할 수 있어. 내게 최면을 걸고…… 하지만 왜? 무엇 때문에? 날 가지고 논 거야…… 그리고 나는 그가 마음대로 속이게 내버려둘 정도로 바보였으니…… 내가 그의 눈에서 봤다고 믿은 건 뭐지? 진지함? 관심? 애정? 다정함? 키르타슈에겐 감정이 없어. 그런 살인자에게 감정이 있을 리 없지.'

문득 잭이 자신의 어깨에 팔을 얹는 것이 느껴졌다.

"울지 마."

잭이 다정하게 말했다. 그제야 비로소 빅토리아는 자기 눈에 눈물이 고인 것을 깨달았다.

"다 잘될 거야."

"아니."

빅토리아가 고개를 가로젓고는 벌떡 몸을 일으켰다. 자신이 저항군을 배신한 더럽고 비굴한 사람 같은 기분이 들었다. 내 잘못으로 샤일이 죽었어. 그리고 내겐 잭을 믿을 만큼의 용기도, 알산처럼 키르타슈를 거부할 굳은 의지도 없어.

"아무것도 잘되지 않을 거야, 잭. 그게 안 보이니? 네가 뭐라고 말해도 우리는 진 거야. 저항군은 끝난 거라고!"

그러고 나서 빅토리아는 자신이 내뱉은 말에 놀랐다. 그녀는 잭을 외면한 채 방에서 달려나갔다.

잭은 빅토리아의 비밀 안식처인 숲속에서 그녀를 찾아냈다. 사실 그 장소는 누구에게도 비밀은 아니었지만, 그녀가 그곳으로 사라지면 모두가 조용히 내버려두었다.

개울 옆에는 커다란 수양버들이 있었다. 바로 그 아래서 불과 이 주 전에 빅토리아는 샤일을 치료해주었다. 그녀는 커다란 나무 뿌리 사이에 담요를 깔고 그곳에서 몸을 웅크리고 개울물 소리를 자장가 삼아 별빛 아래 잠이 들기도 했다. 잭이 왜 그러냐고 여러 번 물었지만, 그때마다 빅토리아는 대답할 말을 찾지 못했다. 침대가 이 이상한 '캠프'보다 편안하긴 해도, 이곳에서 잠을 자고 일어나면 정신이 맑아졌다.

잭은 자신과 빅토리아 사이에 커튼처럼 드리운 버드나무 가지를 치우며 고개를 내밀었다.

"똑, 똑, 들어가도 되니?"

버드나무 뿌리 사이에 웅크리고 있던 검은 그림자가 고개를 들자, 별빛과 개울 위를 날아다니는 반딧불에 얼굴이 드러났다. 창백하고 피곤해 보이기는 하지만 빅토리아에게서는 마법 같은 초자연적인 기운이 느껴졌다.

"당연하지, 어서 와."

빅토리아가 나지막이 말했다.

잭이 커다란 가지를 골라 그 위에 편하게 자리를 잡고는 나무

에 등을 기대며 길게 몸을 뻗었다.

"전에, 바로 얼마 전에 바로 이 장소로 샤일을 데려왔었어."

빅토리아가 기억을 떠올렸다.

"치료해주려고 말이야. 그런데 이제 샤일이 없고, 다시는 못 볼 거라고 생각하니 너무 이상해."

잭은 아무 대답도 하지 않았다. 그 역시 샤일을 잃은 이후 깊이 상심하고 있었고, 그 마음을 표현할 말을 찾지 못하고 있었다. 빅토리아가 한숨을 내쉬며 잭을 쳐다보았다.

"아까 내가 한 말, 미안해."

빅토리아가 말했다.

"아냐, 신경쓰지 마. 네 말이 맞을 수도 있어. 어쨌든 우리는 이 싸움에서 늘 불리한 입장에 있으니까."

빅토리아는 잭의 대답에 묻어나는 슬픔에 마음이 쓰여 그를 쳐다보았다.

"너, 키르타슈와 마주쳤었지, 그렇지?"

잭이 고개를 끄덕였다.

"우리 둘은 싸웠어. 정면 대결을 펼치긴 했지만 결국엔 도망쳐야 했어."

"나도 키르타슈와 싸웠어. 하지만 내 경우는 그리 자랑할 만한 일이 못 돼. 그가 날 죽이려 하지 않았거든."

'난 널 죽여야 해, 알고 있지?'

빅토리아의 머릿속에 키르타슈의 목소리가 맴돌았다.

'넌 죽어서는 안 돼.'

빅토리아는 갈피를 잡을 수가 없어 머리를 세차게 흔들었다.

"하지만 결국 그가 널 데려가지 못했잖아. 넌 사자처럼 용감하게 자신을 지킨 거야."

빅토리아는 또다시 자신이 큰 잘못을 했다는 생각에 주눅이 들었다. 무슨 일이 있었는지 잭에게 사실을 말하려 했지만 그가 계속해서 말했다.

"그거 알아? 예전에는 키르타슈가 나를 미워한다고 생각했어. 내가 그를 미워하는 것처럼 말이야. 하지만 지금은…… 그는 미워할 줄도 모른다는 생각이 들어. 도대체 감정이란 게 없기 때문이지."

빅토리아의 온몸에 전율이 일었다. 자기도 방금 같은 생각을 했기 때문이었다. 하지만 키르타슈의 얼음 같은 눈에서 반짝이던 것은…… 빅토리아는 고개를 가로저었다. 잭의 말이 맞다. 모든 건 공상의 산물이고, 그 때문에 자신이 더 비참하게 느껴졌다.

"난 싸우지 않았어. 잭."

결국 빅토리아가 털어놓았다.

"그럴 힘이 없었어. 키르타슈가 원하기만 했다면 나를 데려갈 수도 있었을 거야."

잭은 깜짝 놀라 그녀를 쳐다보았다.

"이상한 일이네. 아이셀의 지팡이를 사용하기 위해서라도 네가 필요했을 텐데. 그런데도 그가 갑자기 마음을 바꾸다니 이상한 일이야. 도대체 왜 그랬을까?"

빅토리아는 대답하지 않았다. 키르타슈가 그녀의 눈을 바라보

던 일이 떠올랐다. 암살자의 의식이 그녀의 머릿속을 샅샅이 뒤지는 동안 느낀, 무방비하고 벌거벗은 듯한 이상한 기분이 되살아났다. 빅토리아는 키르타슈가 그녀의 머릿속에서 무엇을 보았는지도 몰랐고, 알고 싶지도 않았다. 잭이 키르타슈를 염탐하려고 알마를 이용했을 때 샤일이 한 말이 떠올랐다. 잭의 의식을 통해 그가 림바드에 올 수도 있다는 말. 그거였을까? 빅토리아는 온몸의 피가 얼어붙는 것 같았다. 자신도 모르는 사이에 얼마나 많은 비밀을 적에게 노출했을까?

"나 피곤해, 잭. 싸우느라, 두려움에 짓눌리느라…… 이미 샤일을 잃었지만 이제는 누구도 더 잃고 싶지 않아. 내가 이기적인 건 알지만, 하지만 우리가 계속하는 이 일이 정말로 가치가 있는 일일까? 절대로 용과 유니콘을 찾지 못할 거야. 다 소용없어."

"어쩌면 그럴지도 모르지."

짧은 침묵 뒤에 잭이 인정했다.

"하지만 난 계속해야 해. 내가 그래야 하는 이유는……"

"부모님 때문에? 잭, 너희 부모님과 샤일은 엘리온이 죽인 거야. 이제는 그 엘리온도 죽었고. 그리고 그분들은 이제 다시 살아나지 않아. 다 소용없는 일이라고."

잭은 잠시 입을 다물고 있다가 말했다.

"포기하려는 네 마음은 이해해. 그렇다고 널 책망하지는 않을게. 하지만 난 계속해야 해. 아무리 둘러봐도 내겐 아무것도 남은 게 없거든. 내 말 알겠어? 키르타슈가 내게서 모든 걸 빼앗아가 버렸어. 난 이제 집도 가족도 갈 곳도 없어. 림바드가 내 유일한 피난처고, 알산과 네가 내게 남은 유일한 친구들이야."

빅토리아는 안타깝게 잭을 보며 말했다.

"아니야, 잭. 꼭 그렇지는 않아. 우리 집은 아직 안전해. 그리고 아주 크기도 하고. 할머니께 말씀드리면, 너한테 아무도 없다고 말씀드리면…… 분명히 너도 같이 있으라고 하실 거야. 그러면 다시 환한 햇빛 속에서 살 수 있잖아."

돌연 빅토리아가 불안한 마음에 입을 다물었다. 키르타슈가 머릿속을 헤집고 다니면서 할머니의 저택 위치를 알아냈을 수도 있다는 생각이 든 것이었다.

하지만 잭은 빅토리아의 동요를 알아채지 못했다.

"아니, 빅토리아. 그렇게 할 수는 없어. 키르타슈는 나를 너무 잘 알고 있고, 날 찾고 있을 거야. 너희 가족을 위험에 빠뜨리고 싶지 않아. 무척 고마운 말이지만 말이야…… 그리고 지난번에 사막에서 네가 내 목숨을 구해줬는데도 아직 고맙다는 말을 못하고 있었네."

"내가 아니었어. 지팡이였지, 널……"

"네 뜻에 따른 거잖아, 빅토리아. 네가 날 구하고 싶어하니까 지팡이가 네 의지에 따라 행동한 거야. 고맙다는 말을 할 기회가 없었어."

빅토리아가 대답하려고 고개를 들었다. 그리고 아주 가까이서 강렬한 눈빛으로 그녀를 보고 있는 잭과 시선이 마주쳤다. 잭과 가까이 있으면 심장 박동이 빨라졌다.

'내가 왜 이러는 거지?'

그녀는 혼란스러웠다.

한편 잭은 빅토리아의 눈에서 시선을 뗄 수 없었다. 그녀를 안아주고, 지켜주고, 나쁜 일은 절대로 일어나지 않을 거라고 말해주고 싶은 충동이 들었다. 하지만 아무 말도 나오지 않아 그대로 못 박힌 듯 있을 뿐이었다.

빅토리아가 침을 삼켰다. 지금이 두 사람에게 중요한 순간임을 감지했지만, 무슨 말을 해야 할지, 어떻게 행동해야 할지 몰랐다.

"빅토리아, 나는……"

느닷없이 집 쪽에서 들려오는 천둥 같은 소리에 잭의 목소리가 파묻혔다. 분노에 찬 울부짖음이었다. 무슨 일이 벌어지고 있는지 즉각 알아챈 잭이 자리에서 벌떡 일어났다.

"알산이야. 무슨 일이 생겼나봐."

두 사람은 집으로 달려가 곧바로 지하실로 통하는 계단을 내려갔다. 알산을 가둬둔 방문 앞에서 발걸음을 멈추었다. 문을 두드리는 소리가 점점 커졌고, 그때마다 문이 부서질 것 같았다.

"문을 부수려 하고 있어!"

잭이 문을 받치기 위해 몸을 던지며 말했다.

"도와줘!"

빅토리아는 계단 아래 서 있다가 반사적으로 잭 옆으로 달려갔다. 두 사람이 온 힘을 다했지만, 알산이 문을 내려칠 때마다 사방의 벽들이 흔들렸다.

"잭, 우린 오래 버티지 못할 거야."

빅토리아가 중얼거렸다.

별안간, 두드리는 소리가 멈췄다.

"빅토리아?"

아주 오래전, 알산의 목소리였던 쉰 목소리였다.

"너니?"

"알산! 괜찮은 거예요?"

잭이 소리쳤다. 그러나 잭은 여전히 문을 밀던 힘을 줄이지 않았고, 빅토리아에게도 그렇게 하라는 표시를 했다.

"빅토리아."

잭의 말은 무시한 채 알산이 문 뒤에서 말했다.

"빅토리아, 날 여기서 어서 꺼내줘. 내가 이곳을 떠나야 한다는 걸 알잖아."

"안 돼요, 알산. 거기에서 나오면 안 돼요."

잭이 끼어들었다.

"어디로 가려는 거예요? 림바드 밖에서 뭘 하려고요?"

알산이 계속 고집을 부렸다.

"빅토리아, 날 떠나게 해줘. 그러지 않으면 조만간 내가 너희를 죽이게 될 거야. 빅토리아 너도……"

알산이 잠시 말을 끊었다 다시 덧붙였다.

"그리고 잭도……"

빅토리아는 온몸을 덜덜 떨며 눈을 감았다.

"안 돼, 알산, 우리가 그렇게 못 하게 막을 거예요."

잭이 잘라 말했다.

"내 말이 사실이라는 걸 알잖아, 빅토리아."

으르렁거리는 소리와 함께 알산의 목소리가 계속 이어졌다.

"난 이놈의 짐승을 막을 수가 없어. 그리고 너희도 역시 할 수 없는 일이야. 날 떠나게 해줘."

잭이 더는 참지 못하고 닫힌 문에 대고 목청을 높였다.

"알산을 포기하지 않을 거예요! 내 말 들려요? 그런 말은 꺼내지 말라고요!"

알산은 아무 말도 하지 않았다. 문을 부수려고 하지도 않았다. 긴장된 침묵만이 감돌았다. 잭이 말했다.

"빅토리아, 넌 자러 가. 내가 여기 있을게, 알산이랑 같이."

"널 해치면 어떻게 하려고……"

"그러지 않을 거야. 알산은 내 친구야."

빅토리아는 아무 말도 하지 않고 계단 위로 멀어져갔다.

잭이 문 옆 바닥에 앉아 벽에 등을 기댔다. 눈이 감겼다. 그리고 자신도 모르는 사이에 잠에 빠져들었다.

꿈속에서 조용히 다가와 그에게 몸을 기울이는 빅토리아의 모습을 본 것만 같았다. 그는 소스라쳐 잠에서 깨어나 주위를 경계하며 둘러보았다. 문은 여전히 단단히 닫혀 있었다. 다시 벽에 기댔다. 꿈을 꾼 거야. 하지만 누군가가 덮어준 담요를 발견하고는 잭의 가슴에 뜨거운 무언가가 솟구쳤다. 그는 미소를 지으며 친구를 의심한 자신을 책망하고는 일어섰다. 모든 게 여전히 고요한 채 그대로였다.

"알산도 잠든 게 분명해."

잭은 잠자러 올라가기로 했다.

빅토리아의 방 앞을 지나면서 그는 반쯤 열려 있는 문틈으로 방 안을 들여다보았다.

친구는 침대 위에 누워 있었다. 베개 위에 짙은 밤색 머리카락이 흩뜨러져 있었고, 창백한 얼굴은 창문으로 들어오는 별빛에 빛나고 있었다. 손에는 샤일이 선물한 유니콘의 눈물을 쥐고 있었다. 잭은 울적한 마음을 안고 자기 방으로 갔다.

잭이 문에서 물러가자마자, 빅토리아는 눈을 떴다. 가슴이 두방망이질치고 있었다. 잠깐 기다리자 잭의 방문이 닫히는 소리가 들려왔다. 그녀는 조용히 일어나 지팡이를 들고 지하실을 향해 살그머니 걸어갔다.

잭은 승리에 찬 울부짖음이 온 집 안에 울려퍼지자 깜짝 놀라 잠에서 깼다. 단숨에 일어나 지하실로 달려간 잭은 산산이 부서진 문과 함께 지하실이 텅 비어 있는 것을 발견했다. 아주 짧은 순간이었지만, 온몸의 피가 얼어붙는 듯했다. 빅토리아가 자고 있던 모습과 함께, 순식간에 야수 알산이 그녀를 덮치는 영상이 떠올랐다.

"빅토리아!"

그는 친구를 구하려고 다시 위를 향해 계단을 뛰어올라갔다.

그런데, 방에 빅토리아가 없었다. 바로 그 순간, 잭은 공기의 파동 같은 떨림을 느꼈다. 비로소 그는 무슨 일이 일어났는지 깨달았다. 누군가 림바드를 떠난 것이다.

잭은 무언가를 직감하고는 도서관으로 달려갔다. 아직 도서관

에 도착하지도 않았지만, 그는 알고 있었다. 빅토리아가 그곳에 있으리라는 것을.

빅토리아는 홀로 구슬 옆에 서 있었다.

알산은 모든 고통과 불행을 혼자 짊어지기 위해 떠난 것이었다. 어쩌면 두 번 다시 돌아오지 않을지도 몰랐다.

빅토리아는 조용히 방문에 서서 잭이 서랍과 옷장에서 옷가지를 꺼내 침대 위에 펼쳐놓은 가방에 넣는 모습을 지켜보았다.

"이게 좋은 생각인지 난 모르겠어."

결국 빅토리아가 말했다.

잭이 화가 나 그녀를 향해 돌아섰다.

"팔짱만 끼고 있을 수는 없어. 만일 그 마법 구슬이 알산을 찾아내지 못한다면……"

"하지만 알산은 자기가 원해서 떠난 거야. 이해 못 하겠니? 우리에게 떠나게 해달라고 부탁했잖아. 그리고 알마가 알산의 위치를 찾지 못한다면, 그건 이미 알산이 너무 변해서 이젠 알산이 아니기 때문이야."

잭이 말을 잘랐다.

"그래도 상관없어. 그를 찾으러 갈 거야."

"하지만 잭, 어디 있을 줄 알고, 세상이 얼마나 넓은데……"

"이곳에 남아 언제까지 기다리고 있을 수만은 없잖아."

"왜 안 되는데?"

잭은 못마땅한 눈빛으로 빅토리아를 바라보았다. 빅토리아의 눈빛에 깃든 무언가가 부탁하고 있었다. 가지 말라고, 그녀 옆에 있어달라고. 그러나 잭은 부재한 사람들의 추억이 가득한 공허하고 슬픈 장소에 매여 있다는 생각만 해도 끔찍한 공포를 느꼈다.

도망쳐야 했고, 알산을 찾아 이곳을 떠나야 했다. 그리고 빅토리아도 자신을 막을 수 없을 것이다. 그는 냉정하게 말했다.

"알산은 내 친구야. 많은 것을 가르쳐주었고, 내 목숨도 구해주었어. 난 그에게 빚이 많아. 이제 그에겐 내가 필요해."

"잭, 알산은 자기 의지로 떠난 거야. 그는 혼자 있고 싶어해. 우리를 위험에 빠뜨리지 않기 위해 우리에게서 멀리 떨어지려는 거라고."

"하지만 지구에서 사람들이 그를 어떻게 대할지 생각해봐! 더구나 이제는 온전한 인간도 아니잖아, 빅토리아. 그를 죽일 거야. 떠나게 하면 안 되는 거였어! 도대체 네가 무슨 짓을 한 건지 알기나 하는 거야?"

빅토리아는 아무 말도 하지 않았다.

잭이 도미바트를 여행 가방에 넣었다. 특별한 재질로 제작한 칼집이 칼날에서 발산되는 열기를 막아주었다. 그는 가방을 잠그고는 어깨에 걸쳐멨다. 빅토리아를 바라보자 조금 마음이 누그러졌다. 안 돼, 이애를 이렇게 둘 수는 없어! 너무 많은 것들이 두 사람을 이어주고 있었고, 그동안 함께해온 시간들이 너무나 소중했다. 하지만……

"나를 이해해줘. 알산은 내게 친형과도 같은 존재야. 이렇게 떠

나게 할 수는 없어. 그에게 등 돌릴 수는 없다고!"

"그럼 나한테는 등을 돌려도 되고?"

잭이 심호흡을 했다.

"빅토리아, 내게 선택을 강요하지 마. 알산에겐 지금 문제가 있고, 그에게는 내가 필요해. 하지만 넌 아니잖아."

잭은 빅토리아를 똑바로 보았다.

"……너도 내가 필요하니?"

빅토리아는 망설였다. 뭐라고 말을 해야 하나? 잭이 절실하게 필요하다고? 하지만 설사 그렇다고 해도 고백해서는 안 된다는 걸, 적어도 지금 이 순간만큼은 아니라는 걸 그녀는 알고 있었다. 부끄러움과 자존심 때문에 잭의 눈을 바라볼 수도, 지금 그녀에게 그가 얼마나 중요한 존재인지 말할 수도 없었다. 하지만 떠나지 못하게 설득하더라도, 잭은 알산을 저버린 일을 평생 후회할 것이다.

안 돼. 빅토리아는 잭에게 곁에 남아달라고 부탁할 수도, 림바드의 고독 속에 그를 혼자 가둬둘 수도 없었다. 더구나 알산을 떠나게 한 사람이 그녀 자신이라는 걸 생각한다면.

그녀는 고개를 들고 말했다.

"아니, 네 말이 맞아. 난 네가 필요하지 않아."

빅토리아는 잭의 눈에 언뜻 비친 고통과 절망의 그림자를 보았다고 생각했다. 하지만 막상 들려온 잭의 목소리는 차갑고 무심했다.

"좋아. 그렇다면 더 말하지 않아도 되겠네."

빅토리아는 돌연 슬퍼졌다. 짐을 등에 짊어지고 결연한 표정을 지은 잭은 실제보다 더 나이 들어 보였다. 이제 그는 떠날 준비를 마쳤고, 빅토리아는 그를 옆에 붙들어둘 기회를 영영 놓친 것이었다.

잭이 문으로 걸어가자 빅토리아는 그가 지나가도록 물러섰다. 두 사람의 몸이 스치며 짧은 순간 시선이 마주쳤다. 두 사람은 망설였다. 시간이 그대로 얼어붙은 듯했다.

'날 붙잡아줘.'

잭이 생각했다.

'그에게 남아 있으라고 애원해야 해.'

빅토리아가 속으로 말했다.

하지만 잭은 문턱을 넘어섰고, 빅토리아와 떨어져 복도 아래로 계속 걸어갔다. 그녀는 멀어져가는 잭의 모습을 애써 외면했다.

잭은 도서관에 도착하자마자 림바드를 떠나려면 빅토리아의 도움이 필요하다는 걸 깨달았다. 입구를 향해 돌아서자, 조용히 서 있는 빅토리아가 보였다. 손에는 지팡이를 들고 있었다.

그녀가 말했다.

"서둘러. 목적지를 정하고 구슬 가까이 가. 나머지는 알마와 내가 알아서 할게."

그때 원탁 위로 변화무쌍한 색깔의 신비로운 구슬이 나타났다. 구슬 안에 알마가 나타났다. 그는 주춤했다. 이런 여행을 혼자 한 적은 한 번도 없었고, 어디에서부터 알산을 찾아야 할지도 결정하지 못했다. 빅토리아가 말한 대로 세상은 넓었다.

잭이 한 발 앞으로 나와 망설이다 빅토리아를 돌아보고는 약속했다.

"알산과 함께 돌아올게. 그러면 저항군은……"

"저항군은 이제 존재하지 않아, 잭."

빅토리아가 말을 잘랐다.

"이제 그만 받아들여!"

"절대로 안 돼. 맹세하건대 키르타슈 놈을 죽이고 말 거야. 아무리 오래 걸리더라도 말이야."

"너한테는 친구들보다 적이 더 중요하다니 희한한 일이구나."

빅토리아가 쌀쌀맞게 대꾸하자 잭이 폭발했다.

"무슨 뜻이야? 나는 알산이 어디에선가 혼자 길을 잃고 돌아다니는 동안 이곳에 틀어박혀 있을 수 없어! 그를 떠나게 내버려둔 것도 내가 아니고! 최소한 나는 슬퍼하기만 하면서 세월을 보내지는 않아!"

빅토리아가 눈을 감자 잭은 친구에게 상처를 주었음을 깨달았다.

하지만 같이 가주지도 않고 도와주지도 않고 알산을 떠나게 한 데다, 그리고 무엇보다…… 자신이 그녀를 필요로 하는 만큼 그를 필요로 하지 않는 빅토리아에게 화가 났다.

그러자 이 순간만큼은 심한 말을 한 게 미안하지 않았다.

"가버려! 가서 다시는 돌아오지 마!"

빅토리아가 화를 참으며 말했다.

"걱정 마."

잔뜩 속이 상한 잭이 말했다.

바로 그 즉시 두 사람 모두 자신들이 한 말을 후회했지만, 둘 중 누구도 바로잡으려고 먼저 나서지는 않았다. 잭은 원탁으로 걸어가 조금도 주저하지 않고 구슬을 향해 손을 뻗었다. 광채가 점점 강해지며 잭의 몸을 감쌌다. 잠시 아찔했지만 생각할 시간은 있었다.

'런던.'

잭은 림바드와 빅토리아를 뒤에 남겨두었다.

빅토리아는 잭이 사라지는 모습을 보며 꼼짝 않고 그대로 있었다. 그리고 뒤돌아서서 경계의 집 안으로 들어갔다.

종소리가 학교 복도와 교실에 울려퍼졌다.

선생님은 각자의 물건을 챙기는 학생들에게 다음 날까지 해올 숙제를 알려주었다. 빅토리아는 지시 사항을 필기하고 수첩을 가방에 넣었다.

막 나가려는 순간 선생님이 빅토리아를 불렀다.

"괜찮은 거니? 너무 창백해 보이는구나."

"좀 아팠어요."

"그래. 아직 다 낫지 않은 거니?"

빅토리아는 눈길을 피할 뿐, 아무 말도 하지 않았다.

선생님은 거듭하여 물었다.

"다른 일이 있는 거야? 요즘 계속 무척 슬퍼 보이는구나. 마음

이 내내 다른 데 있는 것 같아."

"괜찮아요. 그냥……"

빅토리아는 망설였다.

"최근에 아주 친한 친구를 잃었어요. 사고였어요. 사람들이 흔히 말하듯이, 뜻밖의 순간에 뜻밖의 장소에서요."

'위대한 영웅처럼.'

그녀는 샤일이 한 말을 떠올리며 생각했다. 그런 대화를 나눈 지 불과 며칠밖에 지나지 않았는데 그때가 벌써 영원처럼 멀게 느껴졌다.

"저런, 빅토리아, 안됐구나. 할머님께서는 아무 말씀을 하지 않으셔서."

"할머니는 모르세요. 그런데…… 슬픈 게 정상인 거죠, 그렇죠? 하지만 언제까지나 이러진 않을 거예요. 시간이 지나면 괜찮을 거예요. 걱정하지 마세요."

선생님은 빅토리아의 말에 고개를 끄덕이며 조심스레 그녀를 살펴보았다. 빅토리아의 눈에는 고통이 어려 있기는 했지만, 더 깊은 성숙함과 지혜로움도 함께 느껴졌다.

"좋아. 도움이 필요하면 선생님이 늘 여기 있다는 거 잘 알고 있지?"

빅토리아가 고개를 끄덕였다.

그녀는 거대하고 음산한 분위기의 학교 건물 밖으로 나왔다. 이미 어둠이 내려 있었다. 차가운 바람이 나뭇가지를 흔들며 교정 돌길 위에 유령같이 으스스한 그림자를 드리웠다.

밖에서 기다리는 사람은 아무도 없었다. 빅토리아는 남다른 성격에 혼자 있길 좋아해 학교 친구들이 없었다. 그것 때문에 걱정한 적은 한 번도 없었지만, 지금 이 순간만큼은 반 친구들의 평범한 생활이 그리웠다. 이둔에 대한 이야기를 들은 적도 없고, 저항군에 대해 아는 것도 없는 평범한 소녀라면 얼마나 좋을까……

빅토리아는 고개를 가로저었다. 누굴 속일 수 있겠어? 나는 평범한 소녀가 아니고, 앞으로도 절대 그렇지 않을 거야.

빅토리아는 두려움, 고통, 증오, 능력이라는 것이 무엇인지 잘 알고 있었다. 그녀에겐 치유능력이 있었고, 또한 그녀는 루나리스를 찾을 열쇠이기도 했다. 오직 그녀만이 아이셀의 지팡이를 다룰 수 있었다. 그녀가 이둔과 어떤 식으로든 관계가 있건 없건, 원한다고 해서 이런 능력들이 사라지지 않을 것은 분명했다.

루나리스……

빅토리아는 그 작은 유니콘에 대해 열정적으로 이야기하던 샤일을 떠올렸다. 이제 샤일은 다시는 루나리스를 볼 수 없을 것이다.

'샤일, 난 또 샤일을 실망시키고 말았군요. 루나리스를 찾기 위해 뭘 해야 할지 모르겠어요. 지팡이를 어떻게 사용해야 루나리스가 있는 곳으로 갈 수 있는지도. 하지만 맹세할게요, 샤일을 위해 루나리스를 꼭 찾아낼 거라는 걸.'

며칠 동안 계속 머릿속을 떠나지 않는 생각이 있었다. 샤일의 꿈을 이루어주는 것. 샤일을 위해 루나리스를 찾는 것. 그리고 루나리스에게 샤일이 어린 유니콘의 목숨을 구해준 적이 있고, 샤

일 자신도 잘 모르는 세상에서 루나리스를 찾는 데 온 생애와 마법을 바쳤다고 이야기해주는 것.

빅토리아는 약속했다.

'루나리스를 찾을 거야. 설사 나 혼자 해야 한다고 해도.'

잭과 벌였던 다툼이 새삼스럽게 머릿속에 떠오르자, 다시 고통이 심장을 자극했다. 가끔은 샤일보다 잭이 더 그리웠다. 그럴 때마다 빅토리아는 그에 대한 화를 돋워 이별의 고통을 가라앉히기 위해, 잭이 퍼부었던 상처의 말들을 떠올리려고 애썼다. 눈을 감아도 잭에 대한 기억은 머릿속에 생생했다. 과연 잭을 잊을 수 있을까. 잭 없이 살 수 있을까. 사실은 네가 없다면 인생은 잿빛이 되고 말았을 거라고, 삶을 웃음으로 채우기 위해서는 네가 필요하다고, 지난 몇 달 동안 너와 함께하는 것에 너무나 익숙해져서 네가 없다는 상상만으로도 허전하고 끔찍할 정도로 외롭다고 그때 말해야 했던 건 아닐까. 그리고 그렇게 했더라면, 이 모든 사실을 말했더라면 무언가가 달라졌을까……

아닐 거야, 빅토리아는 생각했다. 어쨌든 결국 잭은 그녀를 원망하며 떠나지 않았는가. 잭이 너무 서둘러 떠나는 바람에, 샤일이나 빅토리아 없이는 그가 림바드로 돌아올 수 없다는 생각까지는 미처 하지도 못했다. 지금 이 순간, 잭은 지구 어딘가에 있을 것이다. 그리고 어쩌면 두 사람은 결코 다시 만날 수 없을지도 모른다.

'우리는 다시 보게 될 거야, 빅토리아……'

그때 마음 깊은 곳의 기억이 다시 떠올랐다. 순간 전율이 일었다. 무슨 이유에서인지 키르타슈가 떠오른 것이다. 루나리스를 계속 찾는다면, 조만간 키르타슈와 다시 마주칠 것이다. 이제는 그녀를 보호해줄 샤일도, 알산도, 잭도 없다.

마음속에서 항상 다른 사람들이 필요하다는 생각에 대한 반발심이 일었다. 잭은 많은 일이 그녀의 탓이라고 퍼부어댔다. 그녀는 그가 잘못 알고 있다는 걸 증명해 보이고 싶었다.

'……다시는 내가 가는 길에 나타나지 마라. 다음번에는 널 죽이지 않고는 다른 방법이 없을 테니까.'

키르타슈의 말이 떠올랐다.

'아니.'

빅토리아는 굳게 다짐했다.

'잭이 먼저 너를 죽이지 않는다면, 내가 죽일 거야. 다시는 나 자신이 무력하다는 생각이 들지 않도록, 네 자비 따위는 받아들이지 않을 거야. 그래, 우리는 다시 만날 거야, 그리고 우리가 다시 만나면…… 너를 죽이기 전에 널 데리고 장난칠 사람은 바로 나야.'

빅토리아는 생각에 골몰한 채로 학교 문을 나섰다. 높은 담 위 나뭇가지 뒤에 어두운 그림자 하나가 몸을 숨기고 있다는 것을 까맣게 모른 채.

그림자는 호기심 가득한 차갑고 푸른 눈을 반짝이며 빅토리아를 주시하고 있었다.

(2권에서 계속)

옮긴이 **고인경**

한국외국어대학교 스페인어과를 졸업하고 동 대학원에서 후안 고이티솔로에 관한 연구로 석사 학위를 받았다. 주한 멕시코 대사관에서 근무했으며 스페인어권 통번역 프리랜서로 활동하고 있다. 『전쟁의 풍경』 『그리고 갑자기 천사가』 등을 우리말로 옮겼다.

문학동네 세계문학

이둔의 기억 1 제1부 저항군

초판인쇄 | 2007년 7월 20일
초판발행 | 2007년 7월 27일

지 은 이 | 라우라 가예고 가르시아
옮 긴 이 | 고인경
펴 낸 이 | 강병선
책임편집 | 김지연 염현숙 오영나 박여영 강건모
펴 낸 곳 | (주)문학동네
출판등록 | 1993년 10월 22일 제406-2003-000045호

주 소 | 413-756 경기도 파주시 교하읍 문발리 파주출판도시 513-8
전자우편 | editor@munhak.com
전화번호 | 031) 955-8888
팩 스 | 031) 955-8855

ISBN 978-89-546-0361-4 04870
978-89-546-0360-7(세트)

www.munhak.com